동아
COMMUNICATION
GROUP

동아
COMMUNICATION
GROUP

은퇴 좀 해라

은퇴좀해라 13권

초판 1쇄 인쇄일 | 2021년 1월 5일
초판 1쇄 발행일 | 2021년 1월 11일

지은이 | 생착률95
펴낸이 | 박성면
펴낸곳 | (주)동아

출판등록 | 제406-39601002510020070000071호
주소 | 경기도 파주시 문발로115 세종대학교출판부 206호.
전화 | (031)8071-5201
팩스 | (031)8071-5204
E-mail | lion6370@hanmail.net

정가 | 8,000원

ISBN 979-11-6302-438-5 (04810)
ISBN 979-11-6302-317-3 (Set)

은퇴 좀 해라

DONG-A SPORT FANTASY STORY

생각공장95 스포츠판타지 장편 소설

NG

동아
COMMUNICATION GROUP

은퇴 좀 해라

목 차

은퇴 좀 해라

1장. 이제 내가 차이를 보여 줄게

은퇴 좀 해라

이성준의 바르셀로나 이적설이 떴다.

대한민국 팬들이 흥분할 수밖에 없는 이적설.

대한민국에서 둘이 보여 주었던 완벽한 호흡을 이젠 수시로
볼 수 있다는 측면에서 대단히 기뻐할 수밖에 없었다.

바르셀로나 팬들도 마찬가지.

브라질 국가대표인 구가가 있지만 백업이 별로라 고민이 많았
던 윙백 포지션이다.

이성준이 오면 구가와 함께 완벽한 오른쪽을 만들 수 있다.

그런 기대감을 가지며 며칠이 지나자.

이성준이 바르셀로나에 왔다.

메디컬 테스트를 위함이지만 검호도 현장을 찾았다.

"아, 오피셜 영상 찍는구나."

처음 자신이 바르셀로나에 왔을 때가 생각이 난다.

데용이 와서 도와주었던 기억.

이번엔 친구인 성준을 위해 검호가 움직였다.

"너 믿고 왔다. 트레블. 진짜 하고 싶어서."

"뮌헨 팬들이 뭐라고 안 해?"

"신경 안 써. 난 우승이 하고 싶을 뿐이야."

"SNS에 올려야지. 뮌헨 팬들 신경 안 쓴다고 했다고."

"죽을래?"

티격태격하면서도 둘이 웃는다.

서로가 서로를 얼마나 든든하게 생각하는지 알기 때문에 나오는 미소다.

"자, 촬영합시다."

세계 최고의 윙백으로 거론되는 이성준이다.

당연히 그에 걸맞는 오피셜 영상이 필요한 법.

검호가 함께 촬영에 임하며 영상의 질을 한층 높여 놨다.

재밌는 건.

"둘이 진짜로 싸우는데?"

"너무 진지하게 하는 거 아냐?"

"그냥 일대일 영상 찍고 싶을 뿐이었는데."

가볍게 일대일을 부탁한다는 말에 둘이 진지하게 대결에 임한 것이다.

그래도 그런 진지한 면이 한층 박진감 넘치는 장면으로 다시 태어났다.

며칠 후.

오피셜이 떴다.

[오피셜] 이성준, 바르셀로나행! 나검호와 한솥밥! 계약 기간
4+1년!

이성준의 주특기인 크로스를 검호가 헤딩으로 꽂아 넣는 장면
을 시작으로 오피셜 영상이 떴다.

텅 빈 구장에서 촬영한 영상이지만 적절한 CG를 활용해 최고의
영상이 나왔다.

마지막으로 바르셀로나 유니폼을 입는 성준의 영상까지.

모든 것이 완벽한 오피셜이 떴다.

****

푸욜이 작정했다.

오피셜은 이성준으로 끝나지 않았다.

전 시즌 무관의 설움을 확실히 날려 버리겠다는 생각을 이번
여름 이적 시장에 제대로 보여 주고 있었다.

첼시의 하베르츠를 결국 데려왔다.

스트라이커와 오른쪽을 뛸 수 있는 파비우 실바도 왔다.

세드릭과 경합하게 될 포르투갈의 칸테라 불리는 플로렌티노

루이스도 동행에 나섰다.

중앙 미드필더는 임대를 갔던 리키푸츠가 더욱 성장해서 돌아왔다.

마지막으로 미란다가 지키고 있는 왼쪽 윙백은 유벤투스 출신 루카 펠레그리니를 데려왔다.

라인업 전체가 경쟁이 가능한 상태로 바뀌면서 선수단의 긴장감도 올라갔다.

보이지 않는 경쟁 심리가 훈련 중에도 적용되며 치열한 모습이 연출되었다.

그만큼 적응도 빨라졌다.

"껌, 올 시즌 선수단을 이끌어 줘."

"네?"

갑작스러운 사비의 제안에 검호가 놀랐다.

"주장을 맡아 달란 소리야."

메시 은퇴 이후 24-25 시즌에는 네이마르가 주장을 했다.

그가 교체로 나가면 검호가 완장을 낀 경우는 있지만 지금은 분명 그런 느낌이 아니다.

"알다시피 새로운 선수가 많이 왔어. 경쟁이 치열하지. 그런데 경쟁만으론 팀이 강해질 순 없어. 화합도 필요해. 세계 최고인 네가 그런 화합을 이끌어 줘. 아무도 군소리 못 하게."

선수들의 자존심은 실력과 직결된다.

세계 최고 선수의 한마디면 훈련장이나 대화의 분위기가 달라진다.

"예전 메시가 했던 걸 하라는 거군요."

"부탁한다. 껌."

"좋아요. 해 보죠."

그렇게, 25-26 시즌이 시작되었다.

완장을 찬 검호가 1라운드부터 등장하자 대한민국 팬들의 국뽕은 한층 커졌다.

'이게 메시 감각이구나.'

경기를 치르면 치를수록 싱크로율이 올라오고 있다.

점점 오르면서 메시의 감각이 느껴졌다.

어떤 상황에서 어떻게 슈팅을 했는지 직접 느끼니 한층 더 날카로운 공격력을 뿜어낼 수 있었다.

물론 완벽한 상태가 아니라 종종 기회를 놓치기도 했지만.

그래도 기본적으로 쌓인 실력이 검호를 힘들게 만들진 않았다.

-나검호, 이성준에게. 이성준. 치고 들어갑니다! 이성준 크로스!!! 네이마르으으으!!!! 고올! 네이마르! 올 시즌도 건재함을 과시하는군요!

-돌아서는 하베르츠, 오른쪽으로! 나검호에요! 나검호, 꺾어 줍니다! 파비우우우우!!! 고오올! 파비우!

슈팅과 결정력이 완벽하지 않은 만큼 팀 동료를 살리는 데 더 많은 힘을 쓰는 검호였다.

그와 함께 하베르츠가 경기를 풀어 주니 바르셀로나의 경기력은 점점 상승했다.

많은 선수 영입으로 흔들림이 있지 않을까란 예상이 완전히 사라지게 되었다.

14라운드 엘클라시코에서도 바르셀로나가 경기를 압도했다.

리온 테드 대신 영입이 된 카누는 그만한 존재감을 보이지 못하면서 팀 패배를 막지 못했다.

모든 게 좋았지만 아쉬운 부분도 있었다.

-나검호, 발롱도르 아쉬운 2위! 수상은 레오날두!
-레오날두, 드디어 발롱도르! 나검호와 경쟁 체제 들어가나?!

예상대로 트레블을 한 레오날두에게 발롱도르가 넘어갔다.

예측은 하고 있었지만 아쉬운 마음이 드는 것이 사실.

대신, 그 아쉬움을 다른 부분에서 풀 수 있었다.

-발롱도르 7위 이성준, 이제는 확실한 월드클래스!
-박선우, 5위 투표 획득! 발롱도르 29위!

두 친구가 발롱도르에서 성과를 내며 한층 뿌듯하게 만들어 주었기 때문이었다.

특히 성준의 7위는 공격수가 즐비한 순위권을 흔들었다는 측면에서 더 많은 박수갈채를 받았다.

"아쉽냐?"

"괜찮다."

발롱도르 시상식이 끝나고 돌아온 검호.

시상식에 참여하지 않은 성준이 검호의 집으로 왔다.

"아쉬운 표정인데?"

"안 아쉬우면 거짓말이지. 그런데 진짜 괜찮아. 내년에 다시 탈 테니까."

"트레블도 하고, 월드컵도 우승해서?"

그렇다. 2026년 검호에게 커다란 의미가 있는 해가 될 것이다.

트레블은 물론이고, 월드컵 우승이라는 거대한 목표를 실현시키는 해가 될 테니까.

그런 자신감이 있으니까.

"그래. 그러면 발롱도르는 다시 돌아오겠지."

"좋아. 내가 도와주지."

성준의 의욕에 검호가 웃었다. 아주 든든한 말이었다.

실제로 성준은 많은 도움이 되었다.

한 시즌도 되지 않았음에도 바르셀로나 스타일에 완전히 적응을 했다. 검호와 보여 주는 완벽한 호흡은 팬들이 크게 열광을 할 정도. 그런 활약 덕인지 전반기는 바르셀로나의 독주로 끝났다.

****

"지혜 씨는 불편한 거 없대?"

성준과 결혼을 약속한 이지혜도 바르셀로나로 따라왔다.

시즌 전에 이미 양가 부모님의 허락을 받아 놓은 상태라 문제될 건 없었다.

"있대."

"그래? 뭔데?"

"너랑 집이 너무 가까운 거. 그래서 수시로 훈련하러 나간다고 하는 거."

"아. 이제는 괜찮아. 혼자 해도 된다."

싱크로율을 빨리 올리려고 저녁마다 성준을 불러서 함께 훈련을 했었다.

전반기가 지난 지금 싱크로율이 거의 차서 이제는 함께 하지 않아도 된다.

"그래, 저녁마다 너 보는 것도 지겨웠는데."

"나도 같은 맘이었어."

"그래도 저녁은 먹으러 한 번씩 오래. 음식 많이 준비한다고."

"탕 같은 건 곰솥에 크게 끓여 놔."

"미친놈아. 그건 네가 해 먹어."

"뭐야, 그럼 오늘은 뭐 준비했는데?"

"그냥 닭갈비 했대. 얼른 가자."

둘이 성준의 집으로 향했다.

오늘, 드디어 2026 월드컵 조 추첨이 있다.

"지혜 씨, 안녕하세요."

"어서 와요. 오빠."

몇 번 봤다고 지혜와도 꽤 친해진 검호다.

그녀가 준비한 닭갈비를 먹고 TV 앞에 앉았다.

마침 화면에 에릭 텐 하그가 잡혔다.

"감독님 좀 여유 있어 보이시는데?"

"어느 나라가 걸리든 상관없다는 생각이시겠지."

"그래도 조별 예선은 좀 여유 있게 걸리면 좋겠다."

2026 북중미 월드컵은 48개 팀이 참가한다.

3개 팀이 한 조로 총 16개 조가 만들어진다.

각 조에서 2위까지 32강에 올라가며 치열한 토너먼트 경기에 돌입한다.

추첨이 시작되었다.

이전 월드컵 4강에 오른 대한민국이지만 특별한 시드 없이 아시아 포트에 배정되어 상대팀을 기다려야 한다.

먼저 두 개 나라가 추첨이 되고 마지막에 아시아, 북중미 포트의 추첨이 시작되었다.

호주, 이란, 일본 등 예선을 통과한 아시아 8개 나라가 긴장하며 추첨을 기다렸다.

"대부분 우리가 안 오길 빌겠지?"

"당연하지. 너와 내가 있잖아."

다른 아시아 나라와 다르게 유독 경계심이 심한 건 당연히 대한민국이다. 이미 아시아 레벨을 탈피한 만큼 어려운 상대가 될 것이 뻔하니까.

-E

-THE REPUBLIC OF KOREA

"좋아!"

"저 정도면 할 만하지."

검호와 성준이 추첨에 기쁨을 표했다.

옆에서 같이 보던 지혜가 의문을 품었다.

"스위스, 카메룬이 할 만해? 오빠?"

예전이었다면 분명히 어려운 상대다. 1승조차 기대하기 쉽지 않은 팀들이다.

하지만 성준은 자신감을 피력했다.

"응. 할 만해. 전혀 어려운 상대가 아니야."

"방심하는 거 아냐? 월드컵은 쉽지 않다면서."

"당연히 쉽지 않지. 하지만 기대치라는 게 있어. 이 녀석과 내가 있는 우리나라가 훨씬 더 좋은 팀이야."

검호가 한마디 보탰다.

"걱정 마세요. 무조건 이길 테니까."

****

능력 리빌딩 이후 시간이 지난 만큼 고유 스킬도 생겼다.

[드록바의 완성형 공격]

■ 피지컬, 스피드, 제공권, 그리고 연계까지. 모든 것이 완벽한 스트라이커의 표본이다. 드록신이라는 칭호가 붙을 정도로 공격 능력이 뛰어나다. 가지고 있는 재능을 적재적소에 완벽하게 사용할 줄 안다. 그만큼 지능이 뛰어나다는 방증.

[캉테의 강철 같은 체력]
■ 필드 전체를 누비고 다니면서 많은 영향력을 끼친다. 멈추지 않는 기관차처럼 뛰어다니는 모습에 팬들은 큰 박수를 보낸다. 의욕적으로 뛰어다니는 모습이 귀엽기도 하다.

[램파드의 꾸준한 지구력]
■ 164경기라는 EPL 최다 선발 출전 기록을 가지고 있을 정도로 몸 관리에 뛰어나다. 시즌을 온전히 치를 수 있는 거대한 힘. 시즌 막바지에도 꾸준함을 보여 줄 수 있다.

드록바. 캉테. 램파드. 셋의 고유 스킬은 진즉에 생겼다.
그만큼 시즌을 치르면서 큰 도움이 되고 있다.
드록바는 공격 전개 능력을 더 원활하게 해 주고, 캉테의 체력은 더 많은 플레이를 가져갈 수 있는 힘을 만들어 준다.
그리고 전반기 내내 선발이었음에도 컨디션이 떨어지지 않는 부분에서 램파드의 능력을 확인할 수 있었다.
마지막으로.
메시.

[메시]
■ 플레이가 좋지 않았을 때도 웬만한 선수들이 잘한 것만큼의 모습을 보여 준다. 또 잘할 때는 그 누구보다도 완벽한 모습을 보여 주기도 한다. 잘한다의 기준을 바꿔 버린 만큼 그에게 거는 기대감도 더없이 상승한다. 그런 기대감을 또 깨 버리는 게 메시의 특징. 그 어떤 기대감도 그는 넘어서는 힘을 만들어 낸다.

특별한 이름도 없는, 메시 그 자체가 스킬인 상황이 흥미롭다.

딱히 뭔가를 지정하기엔 잘하는 게 너무 많아서일까.

어쨌든 이 스킬이 생기면서 동료, 팬들이 보내는 기대감에 전혀 부담이 되지 않는다.

오히려 그 기대감을 넘어서고 싶은 마음이 들 정도.

못할 때의 기준도 충분히 제 역할을 했을 때라 기복 없는 플레이를 보여 주는 것과 같다.

그만큼 검호의 꾸준한 경기력이 나오고 있다는 뜻이 된다.

그 영향력 덕인지 검호의 공격 포인트는 시간이 지나면 지날수록 더 쌓여 갔다.

-나검호, 27라운드 지난 현재 리그 32호골! 초반 주춤했던 득점력을 끌어 올리나?

-시즌 45호골 나검호! 역시나 강해져서 돌아왔다! 레오날두와 경쟁 체제 가속화!

-골! 골! 골! 나검호, 계속되는 골 퍼레이드! 올 시즌 본인 최다골 기록 갱신하나!

나무랄 데가 없는 경기를 계속해서 펼치는 검호다.

그 영향으로 챔피언스리그도 승승장구다.

16강 파리, 8강, 도르트문트를 격파하며 4강까지 순조롭게 올라왔다.

리그에서도 레알과 승점 10점 차이로 벌리며 완벽한 독주 체제를 구축했다.

올해의 바르셀로나는 예전 최강 시절로 완벽히 돌아온 모습을 보여 주고 있었다.

이제 그 완벽함을 확실하게 증명할 수 있는 상대가 다가왔다.

챔피언스리그 4강.

전 시즌과 똑같은 레오날두의 유벤투스가 상대로 결정되었다.

검호가 주먹을 쥐었다.

"이제 내가 차이를 보여 줄게. 레오날두."

그의 얼굴에 자신감이 넘쳐흐르기 시작했다.

****

챔피언스리그 4강.

상대는 작년과 똑같은 유벤투스다.

여전히 위력을 과시하고 있는 레오날두가 있는 유벤투스.

전 시즌과 똑같이 1차전을 누캄프에서 치른다.

작년, 홈에서 치욕적인 패배를 당했던 바르셀로나 팬들은 그때의 분노를 해소시키길 원하고 있다.

지금의 경기력과 상승세라면 충분히 가능하다고 보는 만큼 많은 팬들이 누캄프를 찾아왔다.

한편, 유벤투스 역시 2연속 트레블을 노릴 정도로 위용을 뽐내고 있다.

리그에서만 50골을 넘겼고, 시즌으로 치면 벌써 70골을 기록한 레오날두다.

전성기 메시가 시즌 73골을 기록한 적이 딱 한 번 있는데, 레오날두는 2년 연속 그걸 넘어설 것이 유력시되는 상황이다.

이렇게 되자 메시의 전성기 시절도 넘어선 거 아니냐는 말이 나올 정도.

메시에 대한 찬양과 존중이 있는 바르셀로나 팬들이 그걸 그냥 두고 볼 리가 없었다.

껌- 껌- 껌-

껌- 껌- 껌-

4강 1차전.

몸을 풀러 나온 검호를 향해 미리 입장한 팬들이 함성을 외친다.

후반기 들어 더 좋은 모습을 보이는 검호에 대한 기대감이자, 반드시 이겨 달라는 팬들의 의지가 담긴 목소리다.

"오늘 무조건 이겨야겠는데?"

팬들의 연호를 본 성준의 말.

"그래. 저들의 자존심을 지켜 줘야지."

검호도 자신이 레오날두와 수없이 비교된다는 걸 알고 있다.

팬들이 요구하는 건 분명하다.

바르셀로나 주장답게, 메시의 후계자답게 보여 달라는 것!

메시를 넘어섰다는 레오날두 팬들의 말에 실력으로 반박해 달라는 것!

그러기 위해선 오늘 승리가 반드시 필요하다.

"트레블 가능하다고 한 말 안 잊었지?"

"걱정하지 말라니까. 오늘 무조건 이길 테니까."

"작년 같은 일은 만들지 말자."

"당연하지. 그런 기분 또 느끼고 싶지 않아."

****

메날두 시대 이후 지금은 검호와 레오날두 시대다.

신적인 존재에 대한 팬들의 응원은 당연히 전 세계적으로 있을 수밖에 없다.

전 세계 축구 팬들이 레오날두와 검호의 팬으로 나뉜 것이다.

겉으로 보기엔 비슷해 보이지만 수치상으론 레오날두의 팬이 더 많다는 게 집계가 되었다.

같은 아시아이면서도 시기와 질투로 검호를 응원하지 않는 아시아 나라들과, 여전히 아시아 선수에 대한 차별적인 인식이 있는 유럽 몇몇 팬들 때문이다.

특히 발롱도르 이후로 레오날두의 팬이 더 많이 늘어났다.

골도 화끈하게 터트리니 그 골에 매료되어 팬이 된 자들도 많다.

현재 검호는 약 50골 정도.

레오날두에 비하면 수치가 적은 편이다.

초반 싱크로율 문제가 있었다고는 하지만 검호의 팬 입장에선 다소 위축될 수 있다.

레오날두 팬들이 골 수를 들먹이며 계속해서 놀리고 있는 탓이다.

하지만 레오날두 팬들이 간과하고 있는 게 있다.

알고 있으면서도 놀리기 위해 일부러 언급하지 않는 것.

-하베르츠, 나검호. 바로 나갑니다. 나검호에요!
-오른쪽 이성준이 들어갑니다! 주나요? 그냥 가네요!

이성준의 플레이를 미끼로 중앙으로 더 치고 들어간 검호가 수비를 모두 자신에게 집중시켰다.

메시의 드리블은 그걸 가능하게 만들었다.

두세 명이 붙어도 빠져나가면서 전진하는 모습이 너무나 메시와 비슷했다.

그 결과, 좌측에서 안으로 파고들던 네이마르가 혼자가 되는 상황이 만들어졌다.

검호의 시야와 패스가 그걸 놓칠 리가 없었다.

툭-

완벽한 스루 패스에 유벤투스 라인이 무너졌고, 노련해진 네이마르가 칩킥으로 마무리를 지으며 선취골을 터트렸다.

이야아아아아아아아아-

전반 21분.

거대한 폭풍이 몰려오는 것 같은 함성이 터졌다.

지금의 골을 전 시즌 당했던 수모를 되갚아 줄 전조 현상으로 본 것인지 그 어느 때보다 팬들의 함성이 컸다.

-이게 나검호죠! 나검호입니다!

-그렇죠! 나검호, 골 수는 비록 레오날두에 비해 부족할 수 있지만 도움 기록이 엄청나거든요?!

-네! 방금 도움으로 벌써 시즌 25도움입니다! 30-30 대기록에 분명한 도전장을 내밀 수 있는 수치에요!

메시조차 단 한 번도 해내지 못했던 30-30 대기록.

검호가 그 기록에 도전할 정도로 완벽한 팀플레이를 보여 주고 있다.

공격 포인트로만 따지면 대략 80개.

올 시즌 들어 골에 대한 집착을 보이는 레오날두와 달리 팀플레이를 하는 검호에 대한 평가가 올라가고 있는 이유다.

레오날두 팬들이 간과한 게 바로 그것이었다.

-바르셀로나는 이제 나검호만 막는다고 되는 팀이 아닙니다!

****

레오날두도 괴물은 괴물이다.

오늘 사비는 레오날두를 완벽히 틀어막기 위해 수비형 미드필더를 둘이나 기용했다.

홈에서 실점이 많으면 전 시즌처럼 원정 가서 어려운 경기를 해야 하는 탓에 레오날두의 활약을 저지하기 위함이었다.

독일 국가대표 세드릭.

포르투갈 국가대표 플로렌티노 루이스.

두 선수가 돌아가면서 레오날두를 마크했다.

그럼에도 레오날두는 뛰어난 기량으로 위협적인 모습을 만들어냈다.

하지만 오늘의 그는 작은 약점을 드러냈다.

-레오날두, 슛! 칼 마인츠, 몸으로 막아 냅니다!

-키에사가 왜 주지 않냐고 하는군요. 오른쪽이 비어 있었는데요.

-네. 오늘 레오날두가 유독 골 욕심이 강하군요.

월드컵이 있는 해다.

그만큼 평가전도 많다.

리그와 챔스, 각종 컵 대회에서 기록한 골이 어느덧 70골이다.

조금만 더 하면 목표인 100골을 넣을 수 있다는 희망이 있다.

월드컵에서 상대적 약팀인 우즈베키스탄과 한 조가 된 만큼 많은 골을 노려 볼 수도 있다.

그래서다.

레오날두가 유독 골에 대한 집착을 보이는 이유가.

그에게도 4년 만에 한 번 오는 가장 좋은 기회!

"급해 보이네."

검호도 그걸 알고 있다.

그 마음도 안다.

목표를 달성할 수 있을 것 같은 그 심정.

2022년 월드컵 4강까지 올라갔을 때가 그랬다.

뭔가 흥분되고 기대되는 복잡 미묘한 심정.

그런 생각이 기량 상승의 원인이 되기도 한다.

하지만 초조함을 불러오기도 한다.

팀 대결인 축구에서 그런 초조함은 간혹 치명적인 결과를 만들어 낸다.

특히 오늘처럼 완벽한 플레이를 보이는 검호 앞에서라면 더더욱.

-나검호 또 뜁니다!! 나검호! 나검호!

메시가 최전방에서 걸어 다녀도 누가 뭐라 하지 않았던 이유.

바로 공격 억제력이 있기 때문이었다.

검호에게도 그런 억제력이 있다.

뒤를 파고드는 능력과 스피드.

이것만으로도 유벤투스 수비는 항상 긴장을 하고 있어야 한다.

그만큼 라인을 올리기가 어렵다.

그건 즉, 유벤투스의 공격 전개도 쉽지 않다는 걸 뜻한다.

최후방부터 빌드업이 시작되는 현시대의 축구에서 수비와 미드필더의 간격이 벌어진다는 건 아주 치명적이다.

그 공간은 수준 높은 상대 미드필더에게 오히려 자유롭게 킥을 할 수 있는 시간적 여유를 주게 된다.

데부르위너만큼 성장한 하베르츠.

그의 패스가 한 번에 라인을 파괴했다.

그 뒤를 뛰어 들어간 검호가 공을 잡았고, 간신히 접근한 말랑사르도 손쉽게 제치며 골을 넣었다.

스코어 2-0.

오늘 검호는 완벽 그 자체였다.

껌- 껌- 껌-

껌- 껌- 껌-

누캄프에 또 한 번 검호의 이름이 울려 퍼졌다.

****

-와, 쌈 소름! 검호 이름 이렇게 크게 울린 적이 있었나 싶네.

-껌! 껌! 껌! 와, 진짜 소리 선명하게 들리네. 장난 아니다.

-ㅋㅋㅋㅋ검호 완전 이갈고 나왔네. 계속해서 침투하더니 결국 하나 따먹네.

-메시 ㅋㅋㅋ웃는다. 크. 뿌듯하겠다.

오늘 누캄프는 메시도 와 있다.

은퇴를 한 그는 자유롭게 축구를 관전하고 다닌다.

자신의 모든 기억이 담겨 있는 누캄프에서 자신 대신 연호되는 검호를 보니 절로 뿌듯한 미소가 지어졌다.

검호에 대한 연호는 그걸로 끝이 아니었다.

"오늘은 차이를 보여 줄 거야. 계속해서 공 줘."

전반이 끝나고 라커룸.

검호는 동료에게 더 많은 공을 요구했다.

확실하게 승리하겠다는 의지의 표명이었다.

그런 의지에 동료들도 방심하지 않고 경기에 임했다.

그 결과, 검호의 한 골이 추가되며 1차전을 3-0으로 승리했다.

경기가 끝나자 더 큰 함성이 쏟아졌다.

검호에 대한 연호도 더 커졌다.

-나검호, 2골 1도움! 확실하게 보여 준 클래식! 탐욕 어린 레오날두보다 인상 깊었다!

-아무것도 하지 못한 레오날두, 2차전 반전 이뤄 낼까?

-완벽했던 나검호, 멈추지 않는 그의 상승세! 그만큼 기대되는

2차전!

　1차전에 대한 평가는 아쉬움이었다.

　24-25 시즌처럼 화끈한 경기력을 기대했던 중립 팬들은 3-0이라는 스코어에 진한 아쉬움을 드러냈다.

　그래서 2차전에 대한 기대감이 커졌다.

　레오날두. 발롱도르 수상자.

　그가 결코 이대로는 지지 않을 거라는 생각 때문이었다.

　이제 팬들의 시선이 2차전으로 향했다.

　"조금 어렵지만 포기하지 않을 거야."

　경기 전, 검호와 레오날두가 잠깐 만났다.

　"포기하지 않는 건 좋지. 그런데 레오. 앞에 단어가 틀렸어."

　"뭐가 틀렸지?"

　"조금 어려운 게 아니야. 많이 어렵지."

　그 말에 레오날두가 표정을 굳혔다.

　친하지만, 오늘은 적.

　레오날두의 표정이 마음에 들었는지 검호가 여유 있는 미소를 지우지 않았다.

　"말했잖아. 너 트레블 못 한다고."

　삐익-

　그렇게 시작이 된 2차전.

　레오날두는 오늘 탐욕을 줄였다.

　목표를 달성할 수 있는 아주 좋은 기회지만 검호의 말을 듣고 그냥 있을 수 없었다.

또한 골을 더 많이 넣으려면 한 경기라도 더 해야 한다.

챔스 결승에 가야 되는 이유!

그 의욕은 역시 레오날두라는 말을 가져오게 만들었다.

-토날리, 찔러줍니다. 레오날두! 레오날두! 레오날두우우우!!!!
고오올! 레오날두! 전반 12분 만에 선취골을 터트립니다! 2차전을
뜨겁게 만듭니다!!!

토날리의 패스를 멋지게 받아서 시도한 왼발 터닝슛.

깔끔하고 간결한 슈팅에 역시라는 찬사가 쏟아졌다.

-왼쪽으로 빠진 레오날두. 이성준이 붙습니다. 디아즈, 키에사
에게. 키에사아아아!!!! 고오올! 유벤투스!!! 순식간에 스코어를
한 골 차이로 줄입니다!!

전반 30분 만에 두 골.

레오날두가 탐욕을 부리지 않으면서 유벤투스 최고의 모습이
재현되었다.

그 모습을 물끄러미 본 검호.

상대가 강하면 강할수록 의욕이 샘솟는 검호다.

"흥분되게 만드네."

메시의 고유 스킬.

그에게 거는 기대감을 항상 넘어서는 플레이를 보여 주는 것.

그게 바로 축구의 신이라고 불렸던 선수의 플레이다.

툭-

박스 앞 밀집 지역.

많은 선수가 몰렸다.

굉장히 좁은 그 공간에서 검호가 공을 잡았다.

'지금!'

싱크로율이 꽉 차면서 메시의 슈팅 감각을 깨달을 수 있었다.

언제, 어떻게 때리면 골이 되는지 확실히 알 수 있었다.

아주 작은 틈이 있기만 하면 골을 넣었던 슈퍼 플레이!

펑-

잔발을 한번 친 다음 가볍게 찬 슛이 휘어져서 날아갔다.

예상하지 못했던 타이밍이라 그런지 돈나룸마는 반응하지 못했
다.

출렁-

그 골이 시작이었다.

한 골을 빼앗긴 유벤투스는 다시 라인을 올려 공격했고.

그 넓어진 뒤 공간은 스피드가 좋은 검호에게 아주 좋은 먹잇감
이었다.

펑-

이번엔 이성준의 패스.

친구가 언제, 어디로, 어떻게 뛰어 들어가는지는 보지 않아도
안다.

레오날두가 압박하러 오지만, 보지도 않고 찬 패스가 완벽하게 검호의 앞에 떨어졌다.

오른쪽 측면에서 안으로 뛰던 검호 앞으로!

툭툭-

'어딜!'

데미랄이 와서 어깨로 밀지만, 드록바의 몸싸움을 얻은 검호는 전혀 밀리지 않았다.

그렇게 치고 나가다 보니 어느새 또 혼자.

출렁-

후반전. 기어이 동점골을 만드는 검호였다.

경기는 그걸로 끝이었다.

2차전 스코어 2-2.

통합 스코어 5-2로 바르셀로나가 결승전에 올라갔다.

검호가 다시 왕을 되찾는 순간이었다.

****

K리그가 뜨겁다.

정확히는 K리그2가 뜨겁다.

2부 리그라고 불리는 그 리그에 새롭게 합류한 용인FC 때문이다.

작년, 드림FC를 통해 선발된 인원 중 고강도 훈련을 통해 몇몇이 용인FC에 그대로 입단했다.

거기에 다른 팀에서 기회를 얻지 못한 재능 있는 선수들을 성일환이 직접 데려왔다.

그리고 남미와 유럽에서 데려온 용병들이 미쳐 날뛰고 있다.

마지막으로. 대한민국 최고의 타깃형 스트라이커 재능이 있는 이성기가 폭발했다.

2026년 4월 말.

K리그가 개막한지 고작 두 달 정도 됐을 뿐이다.

그런데 이성기가 벌써 8골을 터트렸다.

14점 대를 가진 용병들의 도움이 있었다고는 해도 이성기의 감각이 뛰어나지 않다면 있을 수 없는 일.

맨유 유스 시절에 배운 것과 반드시 성공하겠다는 의지, 재능 있는 팀 동료의 도움과 능력 있는 감독의 신뢰가 겹쳐지다 보니 자연스럽게 폭발한 것이다.

"생각했던 것보다 더 보물입니다."

용인FC 감독은 최익현이다.

연령별 감독을 포기하고 결국 프로 감독을 맡았다.

창단 초기 감독이라 굉장한 부담이 있겠지만 성일환을 믿고 하기로 했다.

"네. 드림FC 시절보다 훨씬 성장했어요."

성일환이 그때를 떠올리며 옅은 미소를 지었다.

그 당시에는 11점 대였다.

지금은.

[이성기] 22세
■현재 능력: 13.0
■잠재 능력: 15.8
야망[16] 충성[12] 기복[7] 부상[9] 빅경기[13]

　선수들의 재능이 터지는 시기는 각기 다르다.

　어렸을 땐 평범했지만 나이가 들면서 성장하는 대기만성형과 천재 소리를 들으며 어렸을 때부터 폭발한 천재형이 있다.

　어떻게 보면 이성기는 천재형 소리를 들었어야 하는 선수다.

　만약 맨유 유스로 계속해서 활동을 했다면 분명 EPL에서 뛰고 있었을지도 모를 재능이었다.

　불과 1년도 되지 않았는데 벌써 13점 대다.

　국가대표가 가능한 수치.

　"이러다가 월드컵도 가는 거 아닌지 모르겠네요."

　"에릭 텐 하그 감독이 몇 번 찾아 왔죠. 가능할지도 모르겠습니다."

　성일환이 생각한 이성기는 2030년 월드컵을 대비하기 위함이었다.

　그런데 1년도 되지 않아 이런 성장을 거두었다면 이번 월드컵에서도 기대를 해 봐도 될 듯싶었다.

　"용병들, 다른 선수들도 모두 의욕적이라 감독 입장에서 매우 흐뭇합니다. 진짜 올해 승격할 수도 있을 것 같습니다."

　"그러시라고 꽉꽉 지원해 드리는 겁니다."

"하하하. 부담되게 또 그러시네."

"능력 있으신 분이니까 믿는 거죠."

최익현의 지도 능력도 뛰어났다.

프로는 오로지 결과로 증명해야 한다.

하지만 아약스에서 배워 온 프로그램과 신뢰를 바탕으로 재밌는 축구를 하게끔 만드는 자신의 철학을 삽입하니 선수들의 의욕이 겹치며 훨씬 좋은 팀이 만들어지고 있었다.

"그런데 진호, 아니 단장님은 어디 있습니까?"

용인FC의 단장은 성일환이 아니다.

검호의 형인 나진호다.

법적인 지식도 있고, 에이전트 활동을 하면서 다양한 경험을 쌓은 그를 구단 운영의 최적임자로 판단했다.

비 선수 출신이라 초기에 화제가 되었지만 검호의 형이라는 부분에서 오히려 신뢰를 얻으면서 시작할 수 있었다.

물론 인맥 문제가 살짝 불거지긴 했지만 그의 행정 능력이 드러나면서 비난은 완전히 사라져 있었다.

거기에 스카우트 총괄팀장으로 허민수를 붙여 주었다.

선수 보는 눈이 뛰어난 그가 잠들어 있던 재능들을 몇 데려왔다.

그 선수들이 지금 리그에서 잘해 주면서 그 역시 팬들의 신뢰를 받고 있다.

"우진만과 나갔습니다. 유스 애들 보러 간다고."

"바쁘군요."

검호의 친구이자 기자였던 우진만을 데려와 구단 외적인 일을 담당하게끔 만들었다.

기자생활 때 쌓은 인맥과 축구 보는 눈이 분명 진호에게 도움이 될 것으로 판단되었기 때문이었다.

효과는 컸다.

나진호, 허민수, 우진만의 호흡은 구단 운영에 엄청난 시너지가 되었다.

그리고 성일환이 계속해서 도움을 주니 구단 내, 외적으로 문제가 될 부분은 나오지 않았다.

그 외에도 능력 있는 직원들이 입사를 하면서 구단 운영에 문제될 부분은 없었다.

"그런데 진호는 왜 찾으시는 거죠?"

"얼굴 보고 축하해 주려고요. 어제 동생인 검호가 이겼잖아요."

성일환이 웃었다.

유벤투스와 2차전.

원정임에도 불구하고 실력을 증명한 검호가 승리를 따내며 결승에 안착했다.

대한민국 팬들은 검호가 다시 최고가 되었다며 크게 기뻐했다.

"진호에게 검호 일은 이제 축하의 일이 아닐 겁니다. 그냥 신뢰의 존재지. 아마 지금 신경도 안 쓰고 자기 일 하고 있을 겁니다."

"하하. 그런가요."

"외적인 일로 고민도 많을 테고요."

"외적인 일이요?"

"결혼 준비하는 거 같더군요. 집에서 하도 뭐라고 하니까."

"스스로 지옥으로 가는 건가요? 그거 참 말리고 싶군요."

"하하하. 감독님. 농담도 참."

"전 진심입니다."

****

-통합 스코어 5-2! 바르셀로나, 유벤투스 격침시키고 결승으로!

-4강 두 경기 4골 1도움 나검호! 왜 그를 검신이라고 부르는지 알 것 같다!

-검날대전 승리자는 나검호! 이제 다시 나검호의 시대가 왔다!

바르셀로나 승리 이후 많은 기사가 떴다.

대한민국 팬들은 당연히 기뻐했다.

그들은 검호의 애칭을 부르며 하루 종일 기쁨을 만끽했다.

-검신 ㅋㅋㅋㅋ 어감이 꽤 괜찮네.

-그러고 보면 검호 별명 꽤 많아. 블랙타이거, 검은 호랑이, 검좆, 검신 ㅋㅋ

　└호날두보단 적죠. 걔는 별명만 스무 개가 넘는데 ㅋㅋㅋㅋ

　└작년에 유벤투스에게 졌을 때는 검은고양이 소리 들었던 검혼데 ㅎㅎ 올해 복수해서 내가 다 뿌듯하네.

　└바르셀로나 현지 팬들 축제 분위기임. ㅎㅎ

"팬들이 기뻐하니까 좋네."

승리 이후 검호는 성준을 초대해 작은 자축을 나눴다.

"이제 한 경기 남았다. 너 한을 풀 순간까지."

"그래, 한 경기다."

반대쪽 4강 대결은 예상대로 리버풀과 뮌헨의 경기였다.

성준이 빠진 뮌헨이지만 그 공백을 잘 메워 올해도 4강까지 올라온 뮌헨.

하지만 1차전 안필드에서 리버풀에게 졌다.

그로 인해 오늘 펼쳐지는 2차전에 부담이 많이 가는 상황.

"뮌헨이 올라오면 좋겠냐?"

"누구든 상관없어. 이길 생각밖에 없으니까."

"난 리버풀이 올라오면 좋겠다."

"이긴 다음 대훈이 놀리게?"

검호가 웃었다.

"그것도 흥미를 돋게 만들긴 하네."

"리온 테드와 케넌 때문이지?"

올 시즌 동료가 된 둘의 시너지는 엄청났다.

EPL에서 단 1패.

그야말로 극강 모드를 달리며 EPL 1위를 달리고 있는 팀이 리버풀이다.

1년 차인 리온 테드도 도움만 17개를 기록하고 있을 정도로 적응을 마친 상황.

"응. 그 둘을 상대로 내가 어디까지 할 수 있을지 알고 싶어."

"모처럼 신중하네. 그냥 박살 내겠다고 할지 알았는데."

"응? 박살 내는 건 기본이지."

"그럼 그게 무슨 뜻이냐?"

"그냥 내 마음대로, 하고 싶은 대로, 어디까지 할 수 있을지 알고 싶다는 거야. 모든 것이 내 뜻대로 된다면, 월드컵에서 더 잘할 수 있을 거 같으니까."

대한민국은 바르셀로나가 아니다.

한 명 한 명이 월드클래스인 바르셀로나와 달리 대한민국은 아직 부족한 부분이 있다.

그걸 오로지 조직력으로 극복해 왔다.

검호의 능력으로 이겨 내 왔다.

하지만 절대로 져선 안 되는 대회.

어떠한 변수도 반드시 이겨 내야 하는 월드컵이다.

그래서 생각한 것이다.

그 어떤 상황이 벌어지든 90분 안에 해결책을 만들기 위해 자신이 가지고 있는 모든 가능성을 확인해 볼 생각이었다.

30-30을 도전하고 있을 정도로 능력 활용에 최적화되어 있는 검호지만 마지막까지 철저하게 준비하겠다는 것.

누구보다도 뛰어난 능력을 가진 리온 테드와 케넌, 그리고 클롭이 이끄는 조직력이 좋은 리버풀을 상대로 모든 걸 마음대로 할 수 있다면 월드컵에서 생기는 변수에 대한 대응도 잘 해낼 수 있을 거라는 확신이 생길 거 같았다.

검호다운 말에 성준이 미소를 지었다.

"그러다가 포지션 변화도 생각해 보겠네."

"생각하고 있는데? 상황에 따라 어디든 뛸 거야."

"그래, 네 맘대로 하세요."

피식 웃은 성준이 물을 가져왔다.

"아참. 경기 끝나고 레오와 무슨 이야기했냐? 뭐라 했기에 그녀석이 얼굴 굳어서 가는데?"

"그놈이 먼저 도발했어."

"어떤?"

"월드컵에선 다를 거라고. 오늘 이긴 걸 너무 좋아하지 말라고. 우승 못 할 거라고."

검호 입장에선 빡칠 수 있는 말이다.

목표를 달성하지 못하면 또 4년을 기다려야 하니까.

"그래서 뭐라고 했는데?"

"너도 목표 달성 못 할 거라고 해 줬어."

"목표? 레오의 목표는 뭔데?"

"있어. 그런 게."

세상이 둘을 싸우게 만든다.

아약스 시절부터 둘도 없는 동료였고, 친구였지만 라이벌이 된 이후 항상 비교가 되고 있다.

팬들이 다양한 말을 하고, 언론도 둘을 계속 자극한다.

아무렇지도 않게 지내기엔 방해꾼들이 너무 많다.

무엇보다 목표를 달성할 시점이 다가온 만큼 서로가 예민한 상태. 서로가 방해가 될 수 있는 만큼 약간의 감정의 골이 생기는 건 어쩔 수 없었다.

"월드컵에서의 브라질은 평가전 때의 브라질이 아닐 거야. 알고 있지?"

"물론이지."

"그래도 이기자. 꼭 이겨서 트로피 들자. 반드시."

"입 아픈 소리 하게 하지 마. 당연한 이야기를."

****

-리버풀, 뮌헨 꺾고 결승 진출! 바르셀로나와 결승행!

-클롭, 오랜만에 결승행이다. 철저하게 준비해서 반드시 트로피를 들겠다.

-포텐 터트린 황대훈! 시즌 20호골 달성! 나검호, 이성준과 맞대결!

-황대훈, 형들과의 결승전이 벌써부터 기대됩니다. 제 인생 최고의 결승전을 만들겠습니다.

25-26 챔피언스 리그 결승전 대진이 완성되었다.

바르셀로나 vs 리버풀.

전 시즌 8강에서 만났던 두 팀은 명승부를 만들어냈다.

그 기억 때문에 이번 결승전에 대한 기대치가 굉장히 높아졌다.

리온 테드가 합류하면서 완벽한 모습을 보인 리버풀이라 전성기 시절로 되돌아왔다는 평이 있는 만큼 현재의 바르셀로나의 유일한 대항마가 될 거라는 예측이 많이 나왔다.

-드디어 해낸 나검호! 30-30 대기록 달성!

라리가 마지막 라운드에서 검호가 2도움을 기록하며 기어이 대기록을 달성했다.

시즌 골 수도 61골을 기록하며 종전 본인 최고 수치를 넘겼다.

그야말로 최고의 상태!

그런 검호에 대한 두려움은 리버풀 팬이라면 당연히 가질 수밖에 없었다.

그렇게 두 팀의 결승전 날이 다가왔다.

장소는 영국의 웸블리.

이피엘 팀인 리버풀에게 유리할 수 있는 구장이지만, 이곳에서 우승 경험이 있는 바르셀로나도 결코 불리하지 않다.

결승 하루 전에 있는 미디어데이.

사비는 검호와, 클롭은 케넌과 함께 기자들 앞에 섰다.

많은 이야기들이 나왔다.

두 감독 모두 자신감을 피력했고, 승리하겠다고 다짐했다.

케넌도 이번 승리로 작년 패배를 깨끗이 되갚아주겠다고 기자들 앞에서 선언했다.

검호도 팬들에게 승리를 약속했다.

그렇게 다음 날 해가 밝았다.

몸을 풀 때 검호가 케넌과 리온 테드를 만났다.

"너희 지면 포인트 2점씩 날아가는 거 알지?"

"그럴 일은 없다."

"레오날두 이겼다고 자신감 넘치는 거 같은데, 이번엔 다를 거야."

검호가 웃었다.

"그런데 이기면 나도 2점을 먹나? 그땐 그런 이야기 없었는데."

"모른다. 그런 일 없을 테니 생각하지 마라."

"올해는 목표에 실패했다. 그래서 오늘 경기 꼭 이겨야겠어. 각오해라."

1패. 23실점. 17도움.

케넌과 리온 테드 둘 다 올해 목표를 실패했다.

그래서 결승에 대한 의욕이 굉장히 강하다.

심리적으로 회복하기 위해 반드시 우승하겠다는 생각이다.

그런 둘을 보며 검호가 잇몸을 드러냈다.

"그래, 어디 제대로 붙어 보자."

둘이 떠나자 이번엔 황대훈이 다가왔다.

"형! 저 여장 세리머니 준비했습니다!"

"미친 거냐?"

"흐흐흐. 각오하세요!"

****

-아, 교체 사인이 들어가는군요. 더 이상 뛸 수 없다는 소리인데

요. 아우쿠스부르크. 교체를······.

-어? 주태식이 준비하고 있습니다. 주태식, 드디어 1군 데뷔전을 치르나요?

-주태식이 투입됩니다. 대한민국의 미래가 또다시 유럽 무대에 데뷔합니다! 제2의 김민재 소리를 들을 정도로 강한 피지컬과 스피드가 좋은 선수인데요. 데뷔전, 잘 해내면 좋겠군요.

생방송 영상이 아니다.

그냥 폰에 저장해 놓은 영상을 틀었을 뿐이다.

그 영상을 보는 이는 대훈그룹의 회장 주성철이었다.

25-26 시즌 초에 주태식이 1군 데뷔전을 가졌다.

18세에 이적 이후 4부에서 뛰다가 1군으로 콜업된 주태식이 유럽 무대 데뷔전을 갖는 순간이었다.

서자라고는 해도 엄연히 자기 아들.

후계자 소리를 들으며 돈만 밝히는 첫째와 둘째보다 자신의 꿈을 향해 도전하는 막내가 더 기특하게 느껴졌다.

드림FC, 용인FC로 대훈그룹의 이미지도 좋아졌는데, 주태식까지 유럽 무대 데뷔를 한 덕에 공짜로 광고 효과까지 얻을 수 있었다.

당연히 작게나마 주가가 올랐고, 지금은 아우쿠스부르크와 스폰서 계약을 맺기 위해 협상을 할 정도다.

-후반 92분. 아우쿠스부르크 코너킥. 마지막 기회 같은데요.

올라옵니다. 으아아아아아!!!! 주태시이이이이익!!!! 주태식!!!! 머리로 역전골을 만들어 냅니다!!!! 주태식!!

　-데뷔전! 데뷔골이에요!! 주태식!!! 환상적인 데뷔전을 가지는 주태식!!! 아우쿠스부르크의 팬들의 마음을 뒤흔들어 놓는군요!!!

　-대한민국 팬들의 마음도 흔들릴 거 같습니다!! 주태식!!! 괴물 수비수가 또다시 탄생했습니다!

　헤딩골을 넣고 미친 듯이 달려가서 동료들과 기쁨을 나누는 주태식.

　그 모습에 주성철이 흐뭇하게 웃었다.

　끼이익-

　"회장님. 차량 준비되었습니다."

　비서의 말에도 주성철은 영상을 끝까지 지켜봤다.

　그 모습에 비서가 옅은 미소를 지었다.

　"또 그 영상을 보고 계시는 겁니까?"

　"딱히 할 게 없어서 말이지."

　"제 기억에만 백 번도 넘게 보신 듯합니다만."

　"그런가. 그렇게 많이 본 건가."

　"아마 그 영상이 회장님께 힐링이 되는 것 같습니다. 그래서 끌리시는 거 같군요."

　주성철이 웃었다.

　"그래도 아들이라고 잘하니까 좋군."

　"축구시키길 잘하신 듯합니다."

주성철이 일어났다.

비서와 함께 지하로 내려가 차량에 타자 또 다른 영상을 틀었다.

-홀란드, 안으로 들어옵니다. 주태식이 막아섭니다. 홀란드, 주태식, 안 밀려요! 주태식! 클리어!! 주태식이 홀란드를 막아냅니다! 깔끔한 스탠딩 태클!!! 역시 주태식이에요!

분데스리가 최고 공격수 홀란드와 일대일 대결에서 막아 내는 장면은 또 다른 뿌듯함을 안겨 주었다.

그 외에도 그의 폰에는 주태식의 영상이 꽤 많이 있다.

이동 중에 항상 볼 정도.

"회장님."

"말해."

"잘하면, 월드컵에 갈 수도 있을지 모릅니다."

"누구? 태식이가?"

"네. 올 시즌에 워낙 잘해서 팬들의 기대감이 커졌거든요."

"그래 봤자 애송이야. 아직 어려."

"축구는 나이로 하는 게 아닙니다. 아시잖습니까."

"더 좋은 선수들이 많잖아."

애써 부정하지만 비서는 알고 있다.

은근히 기대 중이라는 걸.

월드컵에서 뛰는 아들을 볼 수 있기를.

가능성은 반반이다.

올해 20세.

너무 어리다.

중앙 수비수는 경험이 있어야 한다. 어떤 상황에서도 흥분하지 않아야 한다. 감정을 컨트롤할 수 있어야 하고, 뒤에서 모두를 지시할 수 있어야 한다.

냉철해야 하고, 스스로는 고독해야 하는 자리.

그래서 경험 많은 선수들이 중용된다.

실력 면에서는 유럽에서 뛰는 주태식이 나무랄 데가 없지만 경험적인 측면에서 아직 부족하다.

한 살 많은 권석훈이 있는 만큼 주태식까지 데려가는 건 수비수 뎁스가 얇아지는 게 아니냐는 평가가 있을 정도다.

실제로 최근 3월 국가대표 명단에 발탁되지 못했고.

그럼에도 올 시즌 주태식이 보여준 능력은 너무나 훌륭했다. 제2의 김민재 소리를 들을 정도로 너무나 잘한 것이다.

그래서 나오는 소리다.

미래를 위해서라도 데려가야 한다고.

어차피 주전은 김민재와 권석훈의 차지고, 백업으론 진수호도 있는 만큼 4번째 수비로 데려가서 경험을 쌓게 해 줘야 한다고.

"그래도 가면 좋지 않겠습니까?"

"그렇게만 된다면, 그룹 차원에서 도움을 줄 방법을 찾아보는 것도 좋겠지."

"혹시 모르니 준비는 해 놓겠습니다."

하지 말라는 말이 들려오지 않는다.

비서가 싱긋 웃고는 운전에 집중했다.

그 뒤에서 주성철이 조용히 검색해 보았다.

-주태식 월드컵

¤

2025-26 챔피언스리그 결승전.

이번 시즌은 6월 말부터 진행되는 월드컵 때문에 결승전 일정이 다소 빨리 잡혀 있다.

5월 말에 잡힌 탓에 바르셀로나, 리버풀 두 팀 모두 다소 짧은 준비시간밖에 갖지 못했다.

감독, 스태프 입장에선 다소 아쉬울 수 있는 부분.

그럼에도 이번 결승에 대한 기대감이 더없이 컸다.

'이번엔 이긴다.'

리온 테드가 독이 잔뜩 오른 눈빛으로 검호를 바라봤다.

레알에 있을 때 검호 때문에 너무 많은 패배를 경험했다.

세기의 라이벌이라는 말이 무색하게 바르셀로나가 더 많은 승리를 거두었다.

리그 우승은 물론이고 트레블도 더 많이 달성했고.

그래서 레알 팬들의 비난을 매일같이 들어야 했다.

음바페와 함께 팀의 중심이었던 만큼 비난의 화살이 많이 쏟아졌던 것.

리버풀은 달랐다.

이곳에 오니 모두가 환영해 주었다.

자신의 목표, 도전의식도 인정해 주는 분위기였고.

동료 수준은 레알과 크게 다르지 않다.

하지만 감독이 클롭이라는 부분에서 차이를 느낄 수 있었다.

그게 만들어 낸 전술은 자신의 능력을 최대한으로 끄집어 낼 수 있게 만들어 주었다.

첫 시즌 17도움.

앙리가 세운 20도움에는 미치지 못했지만 굉장히 만족스러운 수치다.

팀 전체가 자신 위주로 돌아가니 좋은 패스를 넣을 기회가 많다.

"황, 오늘은 날려 버리지 마."

"걱정하지 마. 믿고 팍팍 줘."

"너만 잘 넣었으면 난 20개 넘겼다고."

"그건 내가 미안하다고 여러 번 했잖아. 오늘은 맡겨둬."

"나 오늘 도움 두 개 해야 돼. 확실히 부탁한다."

황대훈.

검호와 같은 대한민국 선수.

좋은 선수지만 검호와 비교하면 부족한 부분이 많다.

당연한 말이다.

상대가 검호면 그 어떤 선수도 부족할 수밖에 없다.

검호가 기준이 아니라면, 황대훈은 꽤 좋은 공격수다.

리그 14골, 시즌 20골. 스트라이커치고는 적은 수치지만 연계, 시야, 패스, 활동량, 스피드 등 스트라이커가 가져야 할 덕목을 모두 갖추고 있다.

키도 제법 커서 헤딩도 잘 따내고.

그리고 그의 양 옆에는 브라질의 호드리구, 올해 맨시티에서 이적해 온 페란 토레스가 있다.

그들이라면 오늘 2도움을 기록하게 해 줄 수 있다.

'2도움을 할 수 있다면.'

밀너가 세운 챔피언스리그 최다 도움인 9도움을 넘어서게 된다.

10도움이 되는 것!

"케넌, 밀리지 마."

뒤에는 든든한 도널드 케넌이 있다.

수비 능력이라면 전 세계 최고 능력을 갖췄다.

빌드업도 훌륭한 만큼 자신에게 많은 공이 온다.

그가 있어서 좀 더 위험한 패스를 시도할 수 있었다.

그것 때문에 안전하게 하라며 케넌과 다툰 적도 있지만.

-오늘은 마음껏 해. 뒤는 맡겨.

목표와 상관이 없는 챔스 대회라면서 케넌이 힘을 실어줬다.

'해보자.'

검호에게 당했던 그 많은 패배.

오늘, 전부 되갚아 줄 생각이다.

덤으로 챔스 기록도 깨고.

삐익-

그렇게 결승전이 시작되었다.

****

웸블리.

영국 축구의 성지.

런던에 있는 만큼 선우가 경기장을 찾아왔다.

대한민국 선수가 셋이나 뛰는 만큼 선우에게 특별 해설위원에 대한 제의가 있었지만 거절했다.

집중해서 경기를 보고 싶어서다.

"하, 부러운 새끼들."

올해 첼시는 또 8강에서 떨어졌다.

팀의 중심이었던 하베르츠가 바르셀로나로 떠나면서 중원에 문제가 생겨 리그도 겨우 4위를 기록했다.

여러모로 힘든 시기를 겪고 있는 선우였다.

선우의 시선이 검호, 성준을 거쳐 대훈이에게 향했다.

검호, 성준은 그렇다 쳐도 대훈이까지 자신은 밟아 보지 못한 챔스 결승 무대를 밟고 있다는 게 많은 생각을 가지게 만든다.

성준이처럼 이적을 해야 하나 생각이 들 정도.

관련해서 이번 결승전을 앞두고 성준과 잠깐 통화를 한 적이 있다.

-너무 신경 쓰지 마라. 조금만 기다리면 되잖아.

-조금? 첼시에선 미래가 안 보이는데.

-첼시 말고, 월드컵 말이야. 거기서 우승하면 되잖아? 그 우승이 진짜잖아.

우승 욕심에 대해 이야기를 나누다가 월드컵 이야기가 나왔다.

순간 소름이 돋았었다.

해낼 수만 있다면 지금의 아쉬움, 서운함은 모조리 날려버릴 수 있을 거 같다는 생각에.

그래서 오늘 경기에서 바라는 건 딱 하나다.

월드컵 우승을 위해 지금 뛰는 셋 중 누구도 다치지 않길 바라는 마음.

"살살 뛰어라. 이놈들아."

결승전인데 그게 될 리가 없다.

ㅁㅁㅁ

-페란 토레스, 뚫고 나갑니다. 미란다 태클, 빠져나갑니다! 페란, 페란, 꺾어 줍니다! 황대후우우운!!! 넘어갑니다! 아쉬워하는 황대훈!

발렌시아, 맨시티를 거쳐 리버풀에 온 페란 토레스.

이강인과 유스 시절을 함께 보낸 터라 국내 팬들에겐 낯이 익은 선수다.

부상 이후 기회를 못 받다가 클럽의 부름을 받고 온 그는 올 시즌 완벽하게 부활했다.

올 시즌 EPL 우승을 차지하는 데 절대적인 공이 있는 선수.

예상대로 그가 있는 오른쪽은 바르셀로나 입장에서 굉장히 위협적이었다.

펠레그리니 대신 선발로 출전한 미란다가 전반 초반 내내 어려운 모습을 보이고 있었다.

그쪽이 뚫리면서 리버풀에게 슈팅 기회가 생길 정도.

"우리 편이네."

아쉬워하는 황대훈에게 이성준이 지나가며 한마디 한다.

"아우."

그 말에 반박할 수 없다.

생애 첫 챔스 결승.

이런 큰 무대 경험은 처음이다.

아무리 관종이어도 약간의 긴장감이 있을 수밖에 없다.

무엇보다 상대팀에 좋아하고 존경하는 두 형이 있다는 것이 더 긴장하게 만들었다.

슈팅에 힘이 실리는 이유다.

"황! 집중해!"

리온 테드의 말에 대훈이 입술을 깨물고 자리로 돌아갔다.

'잘 봐라. 대훈아.'

큰 경기 경험.

그런 게 없어도 잘하는 선수가 있다.

유독 어린 시절부터 큰 경기에 강했던 사나이.

그런데 경험까지 쌓이니 그야말로 축신 소리를 듣는 선수.

"출발해!"

성준이 검호의 앞으로 공을 넘겨주었다.

그의 스피드를 살릴 수 있는 패스라 검호가 치고 달리기를 시작했다.

툭- 툭-

치고 달리면서도 누군가 앞을 막으면 순간적으로 속도를 죽인다.

그리고 방향을 바꿔 다시 나간다.

메시의 드리블!

한두 명 정도야 우습게 제치고 들어가는 그 모습이 나온다.

그렇게 박스 앞까지 공을 끌고 간 검호 앞을 케넌이 막아섰다.

툭-

'끝까지!'

검호는 망설이지 않았다.

그대로 박스 안으로 더 치고 들어갔다.

'어딜!'

케넌이 대응했다.

먼저 어깨로 밀어서 몸의 중심을 무너트리고, 이후 공을 걷어 낼 생각을 가졌다.

"……!!!"

그 어떤 선수도 계산을 벗어난 적이 없다.

위험한 상황은 있었지만 의도치 않은 상황이 벌어지는 경우는 없었다.

일대일 대결에서 거의 완벽하게 막아 낼 수 있었던 것도 그 때문이다.

지금은 그 계산이 빗나갔다.

몸싸움을 시도하려고 몸으로 밀려고 했던 의도가, 검호의 훨씬 빠른 드리블로 인해 아무것도 할 수 없게 되었다.

공을 살짝 옆으로 치며 애초에 몸싸움을 피하는 쪽으로 드리블을 친 것.

그렇다면 당연히 각도가 좁아진다.

알리송이 막을 수 있는 각도!

툭-

"아."

메시의 결정력이 있는 검호다.

그에게 좁은 각도는 의미가 없다.

완벽한 자세로 슈팅을 때릴 수 있다면 적은 각도라도 골을 만들어 낼 수 있는 능력이 있다.

알리송의 가랑이 사이로 공이 굴러간다.

출렁-

그렇게 검호의 첫 번째 골이 터졌다.

"아자아!!!"

검호가 포효하며 달리기 시작했다.

시작이었다. 검호의 폭주가.

****

"와, 저게 클래스."

성준의 패스를 받고 방향을 요리조리 꺾으면서 드리블을 치고 들어가 케넌까지 뚫어서 골을 넣은 검호의 플레이.

뒤에서 그걸 본 황대훈이 감탄했다.

오늘은 분명한 적인데도 절로 입이 벌어지고 감탄이 나왔다.

세리머니를 하고 천천히 뛰어오는 검호와 가까워졌다.

순간 눈이 마주치자 자기도 모르게 엄지를 세울 뻔했다.

'미친놈. 정신 차리자.'

남들이 자신을 아무리 관종이라고 불러도 상관없다.

축구는 재밌으려고 하는 거니까.

끼를 마음껏 분출시킬 수 있어서 너무나 즐겁다.

골을 넣었을 땐 하고 싶은 세리머니를 마음껏 할 수도 있고.

"집중하자. 집중하자. 집중하자."

자기 머리를 툭툭 치며 집중력을 끌어올렸다.

오늘 경기를 잘해야 하는 이유가 있다.

챔스 우승.

언제 해낼지 알 수 없는 그 우승에 대한 간절함도 분명 있다.

하지만, 좋아하는 두 형 앞에서 자신이 이렇게 성장했다는 걸 보여 주고 싶은 마음이 더 크다.

특히 검호에게 반드시 보여 줘야 한다.

이제 곧 월드컵이다.

이번 월드컵에서는 대한민국의 최전방을 자신에게 맡겨도 된다는 것을 보여 주고 싶었다.

확실한 믿음을 보내 줘도 된다는 것을 알려 주고 싶었다.

오늘 잘해서 당당하게 말하고 싶은 것도 있다.

-검호 형! 이번 월드컵은 반드시 결승까지 가요! 제가 그렇게 만들 테니까!

4년 전에 했던 약속.

승부차기 실축으로 결승행이 좌절되었던 19세의 자신의 모습이 생각났다.

죄책감에 울기도 했었던 못난 모습.

그런 자신에게 검호는 4년 후를 기약했다.

그 4년 후가 이제 곧 시작되는 월드컵이다.

황의조는 사실상 이번 월드컵은 어렵다.

그 자리를 자신이 이어 받았다.

대한민국에서 가장 날카롭고 치명적이어야 할 위치를 부여받은 것.

이제 자신이 가장 앞에서 대한민국을 이끌어야 한다.

결승전까지, 일직선으로 쭉!

검호에게 그게 가능한 선수라는 걸 오늘 맞대결에서 분명히 보여 주고 싶은 생각이다.

짝짝-

황대훈이 동료를 보며 박수를 쳤다.

"이제 시작이라고 생각하자! 다시 가자!"

항상 파이팅이 넘치는 황대훈.

훈련이나 시합이나 그의 파이팅 덕에 팀 전체 분위기가 좋아진 적이 여러 번이다.

지고 있던 경기를, 비기고 있던 경기를 뒤집은 적도 있다.

그의 적극성이 팀 전체를 변모시키는 것이다.

실점을 해서 잔뜩 기분이 상한 리온 테드가 그 모습에 다시 희망을 발견했다.

"골 못 넣으면 죽을지 알아. 황."

"맡겨 둬!!!"

*****

검호의 선취골 이후 경기는 더욱 달아올랐다.

결승전은 단판이다.

지면 그대로 끝.

그래서 차분하게 경기 운영을 하는 경우가 많지만 골이 터져서 인지 경기가 확 달라졌다.

"더 나가!!!!"

클롭이 벤치에서 고래고래 소리쳤다.

전 시즌 8강 2차전.

1차전을 대승하고 2차전에서 대패를 당했다.

그 원인이 자신의 우유부단함 때문이었다.

게겐프레싱을 할 거면 확실히, 라인을 내릴 거면 더 많이 내렸어야 했는데 둘을 혼용하며 사용했다.

그 틈을 프리롤 검호가 완전히 헤집고 다니면서 경기를 바꿔 놓았다.

오늘은 그때의 경험을 살려 팀이 가장 잘할 수 있는 걸 하기로 했다.

중원에서 강철 같은 체력을 가진 리온 테드와 팔라시오스, 그리고 라이스까지.

이 셋의 조합은 올 시즌 EPL에서 가장 뛰어난 조합으로 평가받았다.

하베르츠, 데용, 세드릭에게 결코 밀리지 않는 선수들.

그들의 힘을 이용해 강한 압박을 바탕으로 한 게겐프레싱을 시도했다.

의도치 않게 실점을 했지만 그렇다고 라인을 내릴 순 없다.

기세를 탄 바르셀로나가 더 올라올 테니까.

그렇다면 할 수 있는 건 공격이다.

"좋아!"

강한 압박이 통했다.

데용이 돌아서서 치고 나오다가 리온 테드에게 빼앗겼다.

그 즉시 리온 테드가 오른쪽으로 연결했다.

또다시 페란 토레스가 공을 잡았다.

"미란다!!"

칼 마인츠가 버럭 소리쳤다.

이번엔 뚫리지 말라는 소리.

스윽

바르셀로나 유스 출신인 미란다. 2년 정도 윙백으로 뛰면서 경험은 충분히 쌓았다.

더 이상 유망주가 아니다.

올 시즌도 못하면 내년엔 정말 밀린다.

사비도 그에게 모든 걸 보여 달라고 했다.

그 각오를 태클에 실었다.

치고 들어가는 척하다가 접어서 중앙으로 들어오는 페란의 드리블을 태클로 막아 냈다.

그렇게 뒤로 튕겨져 나간 공을 세드릭이 잡았다.

펑-

단 한 번의 패스.

독일 국가대표이자 부스게츠의 공백을 완전히 메운 세드릭의 가장 큰 장점은 롱킥이다.

반대쪽, 또다시 뛰고 있는 검호에게 한 번에 공이 날아갔다.

"돌아와!"

"쫓아가!!!!!"

그 패스 한 방에 리버풀 선수들이 자기 진형으로 힘을 쏟아 돌아갔다.

공의 주인이 검호였기 때문이었다.

다다다다-

리버풀이 라인을 올린 덕분에 빈 공간이 넓다.

그 공간에 떨어진 공을 그대로 치고 달리는 검호.

당연하게도 케넌이 따라붙었다.

툭- 툭-

잔발을 치며 제칠 기미를 보이자 케넌이 잔뜩 긴장했다.

'이번엔.'

반드시 막는다. 막는다. 막는다.

최고조로 집중력을 끌어올리며 공을 바라봤다.

그때였다.

케넌을 돕기 위해 라이스가 다가왔다.

양발을 다 잘 쓰는 검호를 막기 위해 방향 전체를 막을 생각을 한 것.

좋은 시도다.

하지만.

툭- 툭-

간혹 협력 수비가 문제를 야기할 때가 있다.

도와주러 온 선수가 자리를 잘못 잡으면서 공간을 죽여 버렸을 때.

'지금!'

라이스가 달려온 방향으로 검호가 잔발을 치며 다시 드리블을 시도했다.

그러자 케넌이 대응할 수 없게 되었다. 라이스 때문에.

박스 앞, 밀집 지역에서 최고의 재능을 보여 주었던 메시의 능력을 그대로 가져온 검호.

잔발을 치며 드리블을 하다 슈팅 모션을 잡자 라이스가 그대로 발을 뻗는다.

휙-

"……!!!"

이후 또다시 잔발 드리블 이후 슈팅 모션.

다가온 파비뉴가 그거에 또 속았다.

그렇게 둘을 무력화시킨 검호가 세 번째에는 슈팅을 시도했다.

펑-

낮게 깔린 공이 그대로 구석으로 깔려 들어갔다.

출렁-

우와와와와와와!!!!

웸블리에 엄청난 함성이 터져 나왔다.

그 함성에 클롭이 웃어 버렸다.

그건 분명 허탈한 미소였다.

****

-ㅋㅋㅋㅋㅋㅋㅋㅋㅋㅋㅋㅋ와이씨. 진짜 미친다. 검호 오늘 메시

빙의냐 ㅋㅋㅋㅋㅋㅋ

　-아니 ㅋㅋㅋㅋㅋㅋ 뭘 놀라고들 있어 ㅋㅋㅋ리그에서도 곧잘 보여 주던 거잖아.

　-ㅋㅋㅋㅋㅋㅋㅋ왜 예전에 많이 본 것 같냐? 저거. 모션 하나에 수비들 줄줄이 떨어지는 거 메시 시절에 많이 봤던 건데.

　-ㅋㅋㅋㅋㅋㅋㅋㅋㅋㅋㅋㅋㅋㅋㅋㅋㅋㅋㅋ케넌 개 빡치겠네. 라이스 때문에 아무것도 못했어.

　-클롭 웃는다 ㅋㅋㅋㅋㅋㅋ 표정이 하, 저 새끼 어떻게 막지? 하는 거 같은데? ㅎㅎ

　-우리 성준이 환히 웃는 거 봐라 ㅋㅋㅋㅋㅋ바로 달려가서 안긴다. 얼마나 우승하고 싶었을까 ㅎㅎ.

　└ㅋㅋㅋㅋㅋㅋㅋ오늘 한 풀겠네. 성준이.

　└대훈이는 ㅠㅠㅠ

　전반 37분.

　검호의 두 번째 골에 대한민국 커뮤니티가 폭발했다.

　잔발을 치며 수비를 농락하고 만든 골이라 그런지 평소보다 반응이 더 컸다.

　"하. 진짜 기운 빠지게 만드네."

　이번엔 감탄보다 짜증이 치밀어 오르는 황대훈이었다.

　선제 실점 이후 팀 전체가 겨우 의욕적으로 마음을 먹었다.

　분위기도 점점 올라오는 듯했다.

　강한 압박으로 밀어붙이는 경향도 있었고.

그런데 역습 한 방에 모든 게 무너졌다.

전술, 의욕, 다짐, 각오 아무것도 소용이 없어져 버렸다.

모든 걸 파괴해 버리는 힘을 가진 선수.

그게 나검호라는 걸 다시 한번 깨달았다.

"적 되니까 너무 무섭네. 진짜."

대표팀에서 같이 뛸 땐 그렇게 든든할 수 없었는데.

"황!!"

리온 테드가 또다시 자신을 부른다.

"아, 또 왜."

"하나씩 가자. 아직 안 졌어."

"또 뭐라고 하는지 알았네. 알았어. 하나씩 가자. 시간 많으니까."

경기가 재개되었다.

두 번째 실점에 웃던 클롭의 표정이 굳어졌다.

두 골 차이.

정말 오랜만에 전반에만 2실점을 했다.

리그 총 실점이 고작 23실점이다. 그중 전반에만 2실점을 한 경우는 딱 두 경기뿐이었다.

그것도 PK와 자책골이 포함된 기록.

이렇게 실력으로 얻어맞은 경우는 없었다.

그래서 검호에 대한 두려움이 생겼다.

예전 메시를 상대했을 때도 이 정도는 아니었는데.

검호에게 공만 가면 불안한 감정이 마구 샘솟기 시작했다.

"조직력으로 막는 것도 쉽지 않아."

냉정하게 말해서 전성기 시절 메시보다 뛰어나다.

체력과 스피드가 뛰어나고 침투 능력도 예술적이다. 결정력이나 슈팅은 말이 필요 없는 수준.

어떻게 막아야 할지 도저히 갈피를 못 잡겠다.

그래도 방법을 강구해야 한다.

삐익, 삐익, 삐이이익-

전반이 그렇게 끝나고 이어진 후반전.

-클롭, 새로운 전술을 시도하는군요. 팔라시오스를 빼고 조고메즈를 투입했는데요. 이러면 쓰리 백인가요?

-정상적이라면 쓰리 백으로 생각할 수 있는데요. 지금 케넌이 서 있는 위치가 이상합니다. 조 고메즈, 파비뉴보다 살짝 위로 올라와 있거든요. 정확한 건 경기를 지켜봐야 알 것 같네요.

후반전이 시작되었다.

변화된 리버풀의 전술에 중계진은 놀랄 수밖에 없었다.

-쓰리 백이 아닙니다. 전반과 같은 433이에요. 그런데……케넌을 미드필더로 올렸어요. 케넌이 수비형 미드필더 자리로 올라왔습니다.

-나검호 선수에게 딱 붙어 있는데요. 혹시 전담 마크를 붙인 걸까요?

-그런 거 같습니다. 나검호를 막기 위해 케넌을 전담 마크시킨 거 같습니다. 나검호만 막으면 아직 반전시킬 수 있다고 생각한 거 같아요. 클롭은.

 가끔 괴짜 기질을 보이기도 하는 클롭이다.
 이상한 전술을 사용해 승리를 가져오기도 한다.
 올 시즌 단 한 번도 사용하지 않았던 전술.
 하지만 생각은 해 두고 있었던 변화.
 바로 케넌의 미드필더 역할이었다.
 패스, 시야 등 빌드업 능력이야 증명이 됐고, 중앙 제공권 싸움에도 도움이 된다. 무엇보다 수비 능력이 뛰어나 전담 마크맨으로 아주 훌륭하다.
 중원에서는 리온 테드와 라이스가 있으니 케넌을 희생에 검호를 지우겠다는 생각인 것이다.
 "클롭이 많이 초조했나 보네. 널 나에게 붙이고."
 "경기 안 끝났다. 게임이나 집중해."
 "설마 널 붙이면 날 완벽히 막을 수 있다고 생각해서 붙인 건 아니겠지?"
 "입 다물라고."
 잔뜩 성이 난 것 같은 케넌의 대꾸에 검호가 딱 한마디만 더 했다.
 "좋아. 진짜 집중한다. 기대해."
 레전드의 능력을 잔뜩 보유한 케넌이다.

대 인마크는 물론이고 태클과 수비 위치 선정 등 수비적인 능력이 뛰어나다.

멘탈도 등급이 높기 때문에 검호의 도발에 쉽게 넘어가지 않는다.

-이성준, 나검호에게. 넘어지는 나검호. 케넌이 전혀 공간을 허용하지 않는군요.

-하베르츠, 돌아섭니다. 나검호, 아, 못 주는군요. 케넌이 너무 딱 붙어 있어요.

-공간으로 나가는 공. 나검호가 뜁니다. 케넌 태클! 먼저 걷어 냅니다! 케넌, 이를 악물고 뛰는군요!

케넌의 전담 마크는 꽤 효과가 있었다.

검호에게 공이 가는 횟수 자체가 줄었고, 간다고 해도 공간으로 가니 먼저 뛰는 케넌이 조금 더 유리한 상황이 나왔다.

스피드로 간격을 좁히는 검호였지만 케넌의 태클도 워낙 뛰어나 기회를 쉽게 잡지 못했다.

하지만 올해의 바르셀로나는 검호의 팀이 아니다.

30-30을 기록할 정도로 동료를 이용하는 법도 아주 훌륭한 검호.

하고 싶은 대로, 마음대로 하겠다는 생각을 여실히 보여 주었다.

후반 72분.

하베르츠가 검호에게 공을 보냈다.

마중 나가며 받으려던 검호에게 케넌이 딱 붙었다.

"……!!!"

검호가 받지 않고 흘리며 앞으로 달려 나갔다.

그렇게 뒤로 흐른 공이 케넌의 옆을 지나쳐 빈 공간으로 향했고, 그곳엔 가장 완벽한 호흡을 맞추는 이성준이 있었다.

툭-

이성준이 검호가 뛰는 앞으로 공을 보냈다.

그렇게, 검호가 케넌을 완벽히 벗겨 냈다.

세 번째 골을 넣을 기회가 찾아왔다.

은퇴 좀 해라

2장. 가장 높은 곳으로

은퇴좀해라

조금 늦었다 싶으면 파울로 끊는다.

공간으로 공이 가면 먼저 뛰는 케넌을 잡기가 쉽지 않다. 그의 주력 역시 굉장히 높은 등급이다.

발밑으로 오는 패스를 돌려주며 케넌을 끌어당기고 돌아 뛰어 보지만 협력 수비로 막힌다.

확실히 케넌의 전담 마크 실력은 뛰어났다.

쉽지 않다는 느낌.

그래도 항상 해결책을 만들 줄 아는 검호다.

그래서 축신이라는 소리를 듣는다.

휙-

공을 흘리고 성준의 패스를 다시 받아 치고 들어가는 검호.

조 고메즈가 앞을 가로 막지만, 왼발에서 오른발로 공을 옮기며 한 번 더 앞으로 나아간다.

그렇게 박스 안으로 진입한 검호가 오른발을 휘둘렀다.

펑-

"어?"

조 고메즈는 제쳤고, 케넌은 뒤에 있었다. 파비뉴는 다른 선수에게 시선이 쏠려 있었고.

박스를 진입하자마자 빠른 타이밍에 때린 슈팅이라 막힐 요소가 없었다.

그런데 누군가의 태클에 공이 아웃이 되었다.

"후아."

"와. 너."

검호도 감탄했다.

태클을 한 선수는 리온 테드였다.

시야가 좋은 검호의 눈에도 걸리지 않았다는 건, 애초에 처음부터 이런 상황이 벌어질 거라는 걸 알고 전력으로 쫓아왔다는 뜻이었다.

"계속 내버려 둘 거 같았냐."

리온 테드가 일어나 호흡을 골랐다.

그 모습에 검호가 마지못해 웃었다.

"그래. 아직 이긴 게 아니지."

리온 테드가 돌아온 케넌과도 주먹을 맞댔다.

"케넌, 우린 둘이야. 이대로 질 순 없어."

"알아. 기회를 살려 보자."

바르셀로나 코너킥.

키커는 이성준이다.

크로스 능력이 뛰어난 그는 동료들의 움직임을 보며 날카롭고 빠른 크로스를 올렸다.

슉

검호가 뒤로 돌아가다 앞으로 튀어 나갔다.

케넌이 쫓아가려고 했지만 네이마르의 방해에 반응이 느렸다.

팅-

그럼에도 앞으로 몸을 날리며 끝까지 방해를 했고, 검호의 머리에 맞은 공이 윗 골대를 맞고 튕겨져 나왔다.

"아우!"

머리를 감싸 쥐고 아쉬워하는 검호.

넘어진 케넌이 주먹을 불끈 쥐었다.

"나가!"

골대 맞고 튕겨져 나간 공이 리온 테드를 거쳐 순식간에 왼쪽으로 향했기 때문이었다.

코너킥 때문에 올라가 있던 이성준의 복귀가 느리다.

칼마인츠, 토디보도 박스 안에서 경합 중이었다.

최후방을 지키고 있던 건 세드릭과 미란다.

-리버풀, 역습이에요! 호드리구! 올라갑니다!

빠른 스피드와 드리블이 뛰어난 호드리구가 쭉쭉 치고 올라갔다.

세드릭이 마크하러 가지만 그는 더 깊숙이 치고 가며 그를 유인했다.

그렇게 반대쪽에서 올라가던 황대훈과 페란 토레스.

그보다 조금 뒤에서 올라오지만 혼자인 리온 테드.

펑-

호드리구의 선택은 리온 테드였다.

공을 한번 접었다가 그에게 전달했다.

팀의 중심인 그라면 더 좋은 기회를 만들 거라는 생각 때문이었다.

툭-

예상대로였다.

그는 원 터치로 황대훈의 앞으로 밀어주었다.

그 패스가 황대훈의 발에 정확히 안착했다.

'이거는!!'

공이 오는 순간 직감했다.

자신에게 오는 최고의 찬스라는 걸!

드디어 보여 줄 때가 왔음을 느꼈고, 그 생각에 자신감을 가득 실어 오른발을 휘둘렀다.

펑-

다소 힘이 들어갔던 전반과 달리.

이번엔 발등에 제대로 얹혔다.

감각이 너무 좋았다. 이럴 때는 보통 결과가 같았다.

출렁-

우와와와와와!!!!

-황대후우우우웅!!! 리버풀, 후반 77분에 만회골을 만들어 냅니다!! 결승전, 아직 끝나지 않았어요!!!

세리머니 하러 뛰어가는 황대훈.

그 모습을 멀리서 보던 검호가 입맛을 다셨다.

"설마 진짜 여장을 하는 건 아니겠지?"

****

다행히 황대훈의 여장 세리머니는 없었다.

경기 전에 한 말은 그냥 한 말이었는지, 아니면 골에 대한 기쁨 때문에 잠시 잊은 건지 벤치에 있는 클롭, 동료들과 기쁨을 나눌 뿐이었다.

상당히 기뻐하는 리온 테드와 케넌의 모습도 보인다.

드디어 한 방 갚아 줬다는 생각에 상당히 기분이 좋은 모양이다.

세리머니를 마치고 천천히 뛰어오는 황대훈.

그걸 본 검호의 입꼬리가 슬쩍 올라갔다.

헤헤헤.

눈이 마주친 그가 마치 칭찬을 바라는 눈빛으로 바라봤기 때문이었다.

"제법이네."

들릴까 말까한 음량으로 한 말.

지금은 적이니 대놓고 칭찬하긴 그래서 슬쩍 한 말이다.

황대훈이 들었는지 눈이 동그랗게 변했다.

그런데 그 말은 뒤에 있던 이성준도 들은 모양이다.

한마디 하려고 다가오던 성준이 그 말을 듣고는 인상을 찌푸렸다.

"야, 지금 쫓기고 있는데 그 말이 나오냐."

"괜찮아. 아직 이기고 있잖아."

"방심하지 마. 난 꼭 이기고 싶다."

그 말에 검호가 웃었다.

그 미소를 보고 나서야 성준이 안심했다.

'미친놈.'

아무리 친한 동생이지만 적을 칭찬하고 미소를 보인다.

저건 여유가 있다는 증거다.

보통 선수라면 절대로 보일 수 없는 여유.

챔피언스리그 결승전. 2-1. 쫓기고 있는 입장에서 오히려 초조할 수 있는 상황.

'도대체 어떤 멘탈인 거냐.'

침착성이 뛰어난 건지, 아니면 그냥 자신감이 넘치는 건지, 둘 다인지 정확하지 않다.

다만 올 시즌 함께 시즌을 치르면서 저런 적을 본 것이 한두 번이 아니다.

그걸로 확신할 수 있는 건 한 가지.

'기대치를 뛰어넘는다는 것.'

챔스든 리그든 쫓기는 상황은 많았다.

그럴 때 동료나 팬들이 가장 바라는 건 추가골이다.

당연히 그 추가골에 대한 기대치는 팀의 에이스인 검호에게 쏠린다.

검호는 그 기대치를 항상 충족시켜 주었다.

언제 한번 관련된 대화를 나눈 적이 있다.

-간혹 부담이 될 때도 있지 않냐? 팬들이 죄다 너만 보는데?

검호라면 예상한 답이 있었다.

왜? 그냥 즐기는데? 신경 안 써. 같은 답들.

비슷하면서도 더 강렬한 답이 나왔었다.

-나니까 기대하는 거겠지. 나니까. 안 그러냐?

'그래, 너니까.'

성준이 피식 웃었다.

제일 친한 친구이자 동료.

이제는 그 누구보다도 믿음이 가는 검호다.

그를 믿지 않으면 누굴 믿어야 하나 생각이 들 정도.

'마음대로 해 봐라.'

*****

"저긴 신났네."

선우가 저 멀리 대한민국 중계석을 바라봤다.

현장 중계를 하러 온 그들은 오늘 경기에 무척이나 신이 난 표정이다.

검호가 두 골, 대훈이가 한 골.

대한민국 선수가 골을 주고받고 있으니 이토록 신이 나는 일이 없을 것이다.

아마 중계 영상 텐션이 잔뜩 높이 올라가고 있을 것이다.

커뮤니티도 폭발중일테고.

"재밌긴 한데."

경기는 진짜 재밌다.

굉장히 치열하고 박진감이 넘친다.

그럼에도 선우의 생각엔 한 가지 걱정밖에 없었다.

"왜 불안하냐. 이상하게."

심장이 두근거리는 소리가 불안하게 들려왔다.

*****

-그래 ㅋㅋㅋ 이거지. 결승은 이래야지.

-검호가 박살 내는 것도 재밌긴 한데, 그래도 결승이잖아 ㅋㅋ
ㅋ 결승전 느낌이 좀 나야지.

-바르셀로나가 너무 강해서 좀 그랬는데 ㅎㅎ 이제야 재밌어지
네. 대훈아!! 가자!!!

-대훈이 세리머니 좀 아쉽네. ㅎㅎ

후반 80분이 넘어간다.

이제 양 팀 감독의 지략 대결이 펼쳐질 시기.

먼저 변화를 가져간 건 클롭이었다.

미드필더 라이스를 빼고 조타를 투입하며 공격 카드를 더 꺼내
들었다. 호드리구도 엘리엇으로 바꿔 주며 공격진의 체력도 보충
시켰다. 교체 카드를 다 쓴 클롭과 달리 사비는 신중하게 고민하고
있었다.

한 골 차이로 쫓기고 있지만 분위기가 나쁜 건 아니다.

체력적으로 힘든 모습이 보이긴 하지만 진형이 흐트러지진
않고 있다.

이럴 땐 그냥 두는 것도 좋은 방법이다.

-세드릭, 데용, 나검호에게. 케넌이 또 붙습니다. 나검호, 리온
테드도 함께합니다. 여의치 않은지 뒤로 돌리는 나검호, 이성준이
반대쪽으로 풀어 줍니다.

리온 테드와 케넌은 모든 체력을 쏟아내고 있었다.

공격적으로 풀어줘야 하는 리온 테드도 검호의 마크에 혼신의 힘을 다하고 있었다.

더 이상 실점하지 않아야 동점, 나아가 역전할 수 있다는 건 누구나 아는 사실.

아무리 힘들어도 한 발 더 뛰어서 반드시 이기겠다는 각오를 플레이로 보여 주고 있었다.

그런 투지가 맞물리면서 변화가 오기 시작했다.

후반 85분.

-페란, 올립니다! 엘리엇!!! 아깝네요! 골대 옆을 살짝 스쳐 지나갑니다!!

-빠져나오는 리온 테드, 전진합니다. 페란에게! 꺾어 줍니다! 조타아아아!!!! 토디보가 몸으로 막아 냅니다!! 재빨리 걷어내는 칼 마인츠!

분위기가 리버풀로 쏠리기 시작했다.

이제는 더 이상 그냥 둘 수 없다는 생각에 사비가 벤치를 바라봤다.

안수파티, 리키푸츠, 파비우, 루이스 등이 기다리고 있다.

챔스 결승인 만큼 그들도 출전하고 싶은 마음이 강할 터.

그렇다고 막 투입할 순 없다. 사비가 두 명에게 지시를 내렸다.

-바르셀로나, 두 명의 교체 카드가 준비되는군요. 안수파티와
플로렌티노 루이스가 준비됩니다.
-네이마르와 데용이 빠지는군요.

수비형 미드필더를 투입하며 리온 테드의 영향력을 줄이고,
안수파티를 넣으며 리버풀의 뒤를 노리겠다는 계산이었다.
투입 이후 리버풀의 수비 라인이 깊게 올라오지 못하며 중원에
서 거의 혼자 뛰어다니던 리온 테드가 벅차 하는 모습을 보였다.
"케넌!"
클롭이 외쳤다.
더 이상 검호를 잡고 있으면 희망이 없다는 걸.
다소 위험을 감수하더라도 공격적으로 나가서 한 골을 넣어야
한다는 것을.
다소 위험한 선택이지만 케넌도 동의할 수밖에 없었다.

-황대훈, 등을 집니다. 잘 버텨 줍니다. 리온 테드, 옆으로.
케넌. 케넌. 때리나요?

중거리 슈팅 능력이야 예전에 증명이 된 케넌이다.
그래서 칼마인츠가 얼른 뛰어 나왔다.
"……!!!"
오판이었다.
케넌은 공을 접어 왼쪽으로 연결했다.

측면으로 빠져 있던 황대훈이 그걸 잡았다.

툭툭—

'간결하고, 빠르게!'

검호가 자주 보여 주던 슈팅이다.

그걸 따라 하기 위해 수없이 연습했다.

일종의 니은 자 슈팅!

왼쪽에서 가장 두려운 상대는 이성준이다.

자신을 너무나 잘 아는 그래서 부담이 되는 건 사실이다.

다행히 엘리엇이 그 옆으로 들어가며 이성준의 시선을 빼앗아
냈다.

그렇게 안으로 들어가려던 황대훈.

"……!!!"

어느새 다가온 검호가 어깨를 밀친다.

"익!"

한 번의 어깨 싸움으로 슈팅 기회는 날아갔다.

그렇다고 빼앗길 수 없다. 지켜 내서 동료에게 연결해야 한다.

"내놔."

검호도 이를 악물고 몸으로 비볐다.

그사이, 뒤에 있던 이성준이 다가왔다.

"아씨!"

정신없다. 혼란스럽다. 그럼에도 집중해서 공을 지켜 내며 동료
에게 보냈다.

"후."

빼앗겼으면 역습이 될 뻔했기에 안도의 한숨을 쉴 때였다.

리온 테드에게 향한 공.

혼자라서 누가 봐도 중거리 슈팅을 때려도 되는 상황이다.

그런데 그는 또 한 번의 스루패스를 시도했다.

그것도 하필이면 이성준의 뒤로 도는 엘리엇을 향해.

"젠장!"

세계 최고의 윙백이 이성준이다.

크로스만 뛰어난 게 아니라 경험이 쌓이면서 수비 위치 선정, 태클, 패스 차단 능력이 매우 성장했다.

그 능력 중에 하나인 태클로 공을 차단했다.

그 공이 검호에게 향했고.

툭-

단 한 번의 롱패스에 왼쪽 안수파티의 공간이 열렸다.

'가자!'

다다다-

그리고 검호가 뛰었다. 호랑이 같은 질주가 나오기 시작했다.

그걸 본 안수파티가 살짝 시간을 끌었다.

그사이 검호가 하프라인을 넘으며 더 전진했다.

케넌과 리온 테드가 이를 악물고 검호를 쫓아가지만 먼저 달리기 시작한 검호를 잡는 건 그 둘도 역부족이었다.

펑-

그 앞으로 굴러 오는 공.

검호의 단독 찬스!

다리에 힘을 잔뜩 주고 뛰던 케넌과 리온 테드의 표정이 굳어졌다.

검호의 터치도 너무 좋았다.

속도가 전혀 죽지 않으면서 한 번의 터치로 박스 안까지 진입한다.

이러면 더 이상 할 수 있는 게 없다.

"아."

"하."

끝까지 달려가며 기적을 바라고 있지만.

검호의 발끝은 너무나도 무자비했다.

펑-

알리송의 옆으로 밀어 찬 공이 데굴데굴 굴러간다.

가볍지만 완벽한 슈팅.

그렇게.

출렁-

검호가 해트트릭을 완성시켰다.

팬들의 기대감을 더없이 만족시키는 순간이었다.

"아자아아아!!!!"

"검호야아아아아!!"

포효하는 검호를 향해 성준이 전력을 다해 뛰어갔다.

****

검호가 쭉쭉 달려간다.

경기 종료 직전인 90분이 됐는데, 어디서 저런 스피드가 나온단 말인가.

뒤에서 지켜보고 있던 성준이 서서히 뛰기 시작한다.

'이건 골이다!'

확신이 들었다.

안수파티가 검호에게 공을 전달했을 때.

검호가 멋지게 트래핑을 해서 박스 안으로 진입을 했을 때.

그래서 슈팅을 하기도 전에 달리기 시작했다.

가장 먼저 검호에게 달려가 안기기 위해!

출렁-

그 예상은 적중했고 성준은 발에 힘을 잔뜩 주고 뛰어갔다.

"검호야아아아!!!"

드디어! 드디어! 드디어!

레오날두에게, 검호에게 결승에서 졌던 경험이 한이 되었었다.

얼마나 사무쳤는지 모른다.

꿈에서도 나와 괴롭힐 정도였다.

조금만 더 잘했으면, 한 발자국만 더 뛰었으면 하는 아쉬움에 멘탈이 터질 뻔하기도 했다.

자존심이 강한 만큼 패배 후유증은 상당히 심각했다.

그래서 왔다.

검호가 있는 바르셀로나로.

그 한을 풀 수 있는 세 번째 골이 터졌다.

풀썩-

골을 넣고 달리기 시작하는 검호의 뒤를 성준이 낚아챘다.

그리고 그대로 넘어트리고 그 위로 올라탔다.

"야야야."

당황한 검호의 모습이 보였지만 상관없다.

성준이 검호를 진하게 안아 주었다.

"잘했어. 잘했어."

눈을 꼭 감고 기뻐하는 성준의 모습을 본 검호가 입꼬리를 올렸다.

"말했잖아. 이길 거라고."

"그래. 믿었어. 믿었는데."

믿었다. 당연히 믿었다. 그리고 자신도 최선을 다했다.

하지만 사람이란 게 원래 그렇다.

결승에서 항상 져 왔기 때문에 약간의 불안감마저 없앨 수는 없었다.

그 불안감이 완전히 해소가 되자 평소 같지 않은 감정이 폭발하고 말았다.

"읔!"

"컥!"

기쁨을 나누는 둘을 동료들이 그냥 둘 리가 없었다.

"으하하하!! 껌!!!!"

"껌!! 아주 멋졌다고!"

"최고였어! 껌!"

"역시 껌이야!"

성준의 위로 동료들이 하나둘 올라탔다.

그 무게에 검호의 얼굴이 창백해졌고, 성준도 인상을 찌푸렸다.

참다못한 둘이 동시에 한마디씩 했다.

"뒤지기 싫으면 떨어져라."

"안 비키냐? 죽는다."

****

"아아아악!!!!"

리온 테드가 땅을 보고 고함을 질렀다.

바르셀로나 선수들이 세리머니를 하는 그 순간이었다.

"젠장. 왜 하필 거기서……."

검호와 성준이 협력 수비를 했음에도 황대훈은 무사히 공을
지켜 내 자신에게 패스를 했다.

그 순간 골대가 보였다.

때렸어야 했다.

그런데, 하필이면 그 순간 유혹이 떠올랐다.

현재 챔피언스리그 도움이 9개.

밀너와 동률이다.

하나만 더하면 갱신이 가능하다.

챔스 쪽 목표를 달성할 수 있는 것이다.

그 마음 때문에 마지막 패스를 시도했다.

엘리엇에게 향하기만 했다면 일대일 찬스가 나올 수 있는 상황이었다.

근처에 있는 수비가 이성준이라는 걸 알면서도 도전했다.

언제 또 이런 기회가 올지 알 수 없었으니까.

그런데 실패했고 결과는 역습에 의한 실점이었다.

좌절하는 리온 테드의 모습에 리버풀 선수들은 뭐라고 할 수 없었다.

저 멀리 케넌도 별다른 말을 하지 않았다.

알고 있는 것이다.

90분.

두 골 차이.

이미 경기를 뒤집을 수 없다는 것을.

이럴 땐 그냥 내버려 두는 게 나을지도 모른다.

황대훈도 이번엔 반응을 보이지 않았다.

그저 세리머니를 하고 있는 검호와 성준을 바라볼 뿐이었다.

'대단한 형들.'

말이 필요 없다.

왜 마음 깊숙한 곳에서 존경심이 나오는지 알 수 있는 사람들이다.

그들이 보여 주는 플레이를 보면서 어찌 감탄하지 않겠는가.

한 골 넣어서 두 형에게 보여 주긴 했지만 아직 아쉽다.

조금 더 보여 주고 싶다.

'끝까지 해보자.'

어떠한 경우에도 포기하지 않아야 한다.

프로라면 그래야 한다.

대기심이 알려 오는 추가 시간은 5분.

두 골 차이지만 희망이 완전히 사라진 게 아니라는 걸 알려 주고 있다.

그사이, 바르셀로나는 마지막 카드를 준비하고 있다.

세드릭이 나가고 파비우 실바가 들어온다.

이기고 있는데 수비 쪽 자원을 빼고 공격수를 넣었다.

의아한 선택이지만 공격력으로 수비를 대신하는 전술도 있기에 그러려니 했다.

그런데.

"응? 형이 왜?"

웅성. 웅성.

웸블리도 시끄러워졌다.

그들 모두가 보고 있는 건 검호였다.

중계진들도 당황스러운지 말을 더듬었다.

-나, 나검호. 왜 저기에 있나요? 미드필더로 내려간 건가요?

-세드릭 자리로 갔습니다. 나검호, 저게 무슨 일인가요? 파비우 실바가 오른쪽으로 갔고요.

"왜? 이상하나?"

"이상하기보다는 어색하죠."

"그래? 하는 거 보고도 어색하면 말해 줘."

검호가 씨익 웃고는 경기에 집중했다.

지금 검호의 자리는 수비형 미드필더 자리다.

세드릭이 나가면서 일부러 그 자리로 내려온 것.

플로렌티노 루이스가 있음에도 내려온 건 실점을 하지 않기 위함이었다.

그리고 하나 더 있다.

'기어이 실행하네.'

이성준이 묘한 눈빛으로 검호를 바라봤다.

마음대로 하겠다면서 다른 포지션에서도 뛰어 보겠다고 한 말.

그걸 챔스 결승에서 진짜로 하고 있다.

여러 선수가 주 포지션 외에 다른 곳에서 뛰기도 하지만 세계 최고 레벨의 선수가 그런 경우는 없었다.

특히 골 감각이 뛰어난 공격수들은 더더욱.

웸블리를 찾은 팬들의 반응에 사비도 웃었다.

"어디 해 봐. 껌."

-여유가 좀 있으면 수비형 미드필더 자리에서 뛰어 보고 싶습니다.

-갑자기?

-네. 그곳에서 제가 뭘 할 수 있는지 느껴 보고 싶어요.

경기 전에 검호가 찾아와서 한 말이다.

마치 여유 있게 이기고 있을 상황을 반드시 만들겠다는 의지로 들렸다.

그런 상황이 만들어진다면 감독 입장에서 나쁘지 않다는 생각에 승낙했다.

그리고 골 세리머니를 하는 동안 교체를 통해 그걸 실현시켜 주었고.

"사비, 너무 무리 아니야?"

"아니야. 절대."

"흠."

사비가 웃었다.

"최고의 선수가 요구하는 거라면 들어주지 않을 이유가 없어. 안 그래?"

＊＊＊＊

"어디 해 볼까."

낯선 포지션이지만 흥미로움이 생긴다.

검호가 심장 가득 뜨거운 기운을 불어넣고 뛰기 시작했다.

이곳에서 뛰는 이유는 하나다.

월드컵을 위해서다.

지고 있다면 어떻게든 공격을 해야 하지만, 이기고 있을 때 지키는 것도 꼭 필요하다.

최남일이나 김민재, 권석훈을 믿고는 있지만 만약 그들이 부상을 당했을 때는 어떤 일이 벌어질지 알 수 없다.

주전과 백업의 격차가 아직 있는 대한민국.

그럴 때를 대비해 자신의 활용 가능성을 최대한으로 실험해 보고 싶은 것이다.

'온다.'

툭—

리온 테드에게 향하는 공을 검호가 중간에서 잘랐다.

패스 차단 능력이 있는 만큼 예측된 패스를 쉽게 잘라 냈다.

그리고 이어진 멋진 패스.

빠른 역습이 이어지며 안수파티의 슈팅까지 나왔다.

골이 되지 않았지만 검호의 미드필더 역량도 증명이 되는 순간이었다.

-나검호, 저 자리도 훌륭하군요.

-네. 리온 테드 옆에 붙어서 영향력을 줄이고 있어요. 수비 능력도 원래 뛰어나다는 건 알았지만, 이 정도로 멀티 재능이 있는지는 몰랐네요.

-괜히 검신이 아니군요. 역시 나검호.

-하지만 개인적으로 굳이 저럴 필요가 있나 싶습니다. 실점을 하지 않기 위해 내려간 느낌인데, 나검호는 앞에 있는 것만으로도 상대에게 공격 억제력을 만들어 낼 수 있거든요. 여차하면 추가골도 넣을 수 있고요.

-네. 그렇죠. 그래서 의문입니다. 차후 어떤 인터뷰를 할지 궁금하군요.

그렇다. 검호는 앞에만 있어도 수비 영향력을 끼칠 수 있다.

그럼에도 내려온 이유가 한 가지 더 있다.

일단 그게 가능한지를 파악하기 위해 리온 테드의 마크에 최선을 다했다.

휙-

툭-

검호의 압박에 방향을 틀어 전진하는 리온 테드의 드리블을 검호가 태클로 끊어 냈다.

'된다.'

어려웠지만 막아 냈다.

이후로도 리온 테드를 끊임없이 괴롭혔다.

고작 5분의 시간뿐이지만 리버풀은 리온 테드를 거쳐 공격하는 시도가 많았던 만큼 둘의 대결이 꽤 자주 벌어졌다.

"그냥 날 막는 게 목적이냐?"

"일단은."

"젠장. 무시당한 기분이군."

"너무 그렇게 생각하지 마. 난 최선을 다해서 막고 있는 거니까. 이기고 싶어서."

리온 테드가 눈을 가늘게 떴다.

"리빌딩을 했다고 수비 능력도 좋아졌나 보지?"

"그래 보이지 않냐? 나름 괜찮지?"

"쳇."

리온 테드의 반응에 검호가 만족감을 표했다.

짧은 시간이지만 그가 귀찮아 한다는 점에서 앞으로도 해 볼 만한 시도라고 느껴졌다.

'조금만 더 다듬으면.'

레오날두도 막을 수 있을지도 모른다.

그렇다. 검호가 굳이 이 자리에서 스스로를 실험하는 건 월드컵에서 브라질을 대비하기 위함이었다.

괴물은 괴물이 상대해야 한다.

최남일, 권석훈, 김민재가 좋은 선수지만 레오날두를 무조건 막을 수 있다고 장담할 수 없다.

그럴 때 직접 상대할 수 있을지 리온 테드를 마크하면서 스스로를 판단하고 싶었다.

'가능할 것 같아.'

수비적인 능력도 S+ 등급 이상이다.

레전드의 능력들이다.

레오날두의 패턴도 충분히 아는 만큼 집중한다면 레오날두의 영향력을 확실히 줄일 수 있다는 생각이 들었다.

'평가전에서도 이겼고, 4강에서도 이겼지만.'

월드컵은 또 모른다.

우승을 목표로 하는 브라질은 정말 장담할 수 없다.

자신에게 두 번이나 연속으로 진만큼 잔뜩 벼르고 있을 레오날두의 의지도 무시할 수 없다.

그래서 할 수 있는 걸 해 보려는 것이다.

-케넌, 황대훈, 측면에서. 이성준이 쫓아갑니다. 황대훈 크로스! 이성준, 아웃. 리버풀 코너킥. 마지막 기회입니다.

-리온 테드가 올립니다. 중앙으로.

케넌에게 향하는 공.

점프를 하며 거대한 키를 이용하려던 케넌이 앞에서 먼저 뛰는 검호의 반응에 한숨을 내쉬었다.

투억-

검호의 머리에 맞은 공이 멀리 나간다.

아놀드가 다시 올리지만 그것마저 앞으로 나가 잘라 낸다.

-ㅋㅋㅋㅋㅋㅋㅋ검호 뭐냐. 수비도 잘하는데?

-무슨 만류귀종이냐? 맞나? 이 단어? ㅋㅋㅋㅋㅋ

-이야. 나중에 수미로 포변해도 되겠다 ㅎㅎ

-아니, 이상하게 어색한데 잘해. ㅋㅋㅋ 진짜 웃기네.

국내 팬들은 검호의 플레이에 만족감을 표했다. 최고의 선수가 저런 경우는 흔치 않아서인지 흥미로운 반응이 많았다.

몇몇 리버풀 팬들은 불쾌함을 표하기도 했지만.

"미친놈인가. 진짜."

선우도 웃어 버렸다.

생각했던 것보다 너무 잘해서다.

키퍼 입장에선 수비적 재능이 있는지 없는지 금방 파악할 수 있다.

위치 선정이 보이기 때문이다.

선우의 눈에 검호의 위치 선정은 아주 좋다.

거기에 대인 마크도 좋고, 패스를 한 번씩 차단도 한다.

"남일이보다도 잘하네."

어느덧 96분이 지났다.

추가 시간에 추가 시간이 붙은 것.

이제 마지막이다.

황대훈이 슈팅을 하려고 할 때 이번에도 검호가 쫓아가 앞을 가로 막았다.

제쳐 보려고 하지만, 검호가 쉽게 공간을 줄 리가 없다.

어쩔 수 없이 옆으로 내줬더니 리온 테드가 달려와 망설임 없이 때렸다.

"크흐흐흐."

그 슈팅에 검호가 맞고 쓰러졌다.

선우가 마구 웃을 때, 심판이 경기 종료 휘슬을 불었다.

삐익, 삐익, 삐이이이-

25-26 챔피언스리그 우승팀은 바르셀로나였다.

악마가 결승전을 주시하고 있다.

항상 짓고 있던 비열한 미소는 오늘 보이지 않는다.

생각할 거리가 많아서일까?

대한민국의 나검호.

올 시즌 그가 보여 주는 능력이 상상 이상이다.

리빌딩 이후 모든 것이 완벽하다.

그래서 불안하다. 이대로 내버려두면 손아귀에서 벗어날 거 같아서.

"흠."

결승전인 오늘도 완벽한 경기를 펼쳤다. 계약자 둘을 상대로.

이 정도면 반드시 방해물을 만들어야 한다.

이미 대비책은 세워 놨다.

대비책의 강도를 더 올리냐 마느냐의 선택이 남았을 뿐이었다.

너무 강하게 방해해서 빠른 실패를 겪으면 또 안 되고, 그렇다고 달성하게 둘 순 없으니 적절한 강도가 필요하다.

그런데 오늘 경기를 보니, 강도를 좀 높여도 되겠다는 생각이 들었다.

"월드컵이 기대되는군."

*****

리온 테드가 때린 마지막 슈팅.

얼굴과 목 사이로 오는 슈팅이라 피할 수 없었다.

피하면 그대로 골문으로 가니까.

어쩔 수 없이 검호가 고개를 팍 숙이며 급하게 이마로 공을 내려찍었다.

헤딩 능력이 이럴 때 참 좋다.

제대로 맞은 공이 바닥에 박혔고, 검호는 그대로 뒤로 쓰러졌다.

그 뒤로 들린 휘슬 소리.

이야아아아아아아!!!!!

"뭐야? 끝났어?"

이마를 짚고 일어난 검호는 환호하는 동료들과 벤치에서 뛰어나오는 스태프의 모습을 볼 수 있었다.

순간 충격으로 휘슬 소리를 듣지 못했는데 승리의 함성은 너무나도 크게 들려왔다.

"꺼어어엄!!!"

"껨!! 이겼어!!!"

"우리가 이겼어! 트레블이야!!"

가장 가까이 있던 칼마인츠와 성준이만큼 우승을 원했던 하베르츠가 바로 검호에게 달려왔다.

그 외에도 대부분의 동료들이 뛰어왔다. 벤치에 있던 스태프들까지.

그제야 검호가 환히 웃었다.

"야야야. 이제 좀 떨어져."

충분히 기쁨을 나누고 난 후엔 성준을 찾았다.

세 번째 골에서 과하게 기쁨을 표해서 그런지 경기 종료 휘슬 이후엔 오히려 차분한 표정의 성준이다.

아마 세 번째 골이 터졌을 때 이겼다고 확신을 한 모양이다.

"어디 가냐."

"대훈이 놀리러."

"아, 같이 가자."

종료 휘슬 이후 바르셀로나 골문 앞에서 살짝 주저앉았던 황대훈은 이내 일어나 자기 동료들을 위로하러 다녔다.

본인도 많이 기분이 나쁠 건데 그런 모습을 보이는 게 기특해 보이기도 했다.

"야, 내년에 이기면 돼. 내년에. 내년에 꼭 우승하자. 야, 울지 말라고."

황대훈과 점점 가까워지면서 대훈이가 하는 말이 들려왔다.

눈물을 보이는 폐란의 모습에 황대훈이 당황하는 모습도 보였다.

뒤늦게 검호와 성준이 다가오고 있다는 걸 느낀 폐란이 소매로 눈가를 닦은 후 일어났다.

그리고 검호, 성준과 차례대로 포옹하고는 라커룸으로 향했다.

"어? 형들."

"넌 의외로 멀쩡하네."

"질 걸 예상했나 보지?"

둘이 왜 왔는지 느낀 황대훈.

좋아하고 존경하는 형들이지만 이럴 땐 참 얄밉다.

당해 주고 싶지 않은 마음에 가슴과 어깨를 피고 당당하게
말했다.

"저 놀려도 상처 받지 않습니다. 어디 마음껏 해 보세요."

"진짜 질 걸 예상했나 보네?"

"그러니까 저렇게 당당하지. 남들은 슬퍼하는데."

"……."

"아마 다음엔 이겨야지. 같은 생각하는 건 아니지?"

"그런 생각하지 마. 내가 그렇게 몇 년을 소비했다."

"이 형들이……."

검호와 성준의 놀림 티키타카에 참으려던 황대훈의 이마에
힘줄이 솟아났다.

그때 성준이 손을 내밀었다.

"그래도, 오늘 잘했다. 골도 멋있었고."

"아……."

화를 내려던 타이밍에 쓱 들어오는 감동.

그렇게 성준의 손을 잡으며 화를 삭일 때.

스윽

그 뒤로 검호가 황대훈의 머리를 쓰다듬었다.

"오늘처럼만 하면 월드컵 때 안심해도 되겠더라. 잘했다."

이번엔 좀 컸다.

가슴이 뛰기 시작했으니까.

"검호 형……."

멋진 모습을 보이고 난 후 먼저 말하려고 했다.

월드컵 때 믿고 맡겨 달라고.

대한민국의 가장 앞에서 최고의 모습을 보여 주겠다고.

가장 인정받고 싶은 그의 말에 가슴이 벅차게 뛰었다.

힘줄은 사라졌고 부드러운 표정과 함께 자신감 넘치는 눈빛이 생겨났다.

"이번 월드컵은 꼭 결승전 갑시다!"

굳은 의지의 표명일까.

주먹을 꽉 쥐고 하는 말에 강한 자신감이 보였다.

"야, 틀렸어."

"네?"

"결승전에 갈 게 아니라 우승하자고 해야지."

"아! 우승!"

검호가 노려봤다.

"결승에 가서 지자고? 트로피는 싫고?"

"아니, 그게…… 4년 전에 결승에 가자고 해서."

"야. 그게 트로피 들자는 말이지. 진짜 결승에만 가자는 소리냐."

"책 안 읽고 살지?"

"……이 형들이. 진짜."

실실 웃으면서 말하는 둘의 모습에 그제야 놀리는 걸 깨달은 황대훈이 입술을 깨물었다.

"역시 놀리는 재미가 있어."

"그러게."

"전 하나도 재미없거든요!"

*****

-완벽한 왕의 부활! 나검호! 해트트릭으로 바르셀로나 트레블 이끌어!

-이성준, 호드리구 완벽히 지워 존재감 드러내! 우승 일등공신!

-한 골 황대훈, 아쉬운 결승전. 그래도 기대되는 그의 성장!

바르셀로나 트레블 소식은 엄청나게 쏟아지는 기사로 대한민국 대부분이 알게 되었다.

"또 트레블?"

"트레블을 또 했어?"

"작년엔 무관이었어요. 부장님."

"확실히 나검호가 축구를 잘하긴 하나 봐."

"부장님. 지금 실력으론 메시 전성기 시절 넘어섰다는 평가가 있을 정도에요."

"그 정도야?"

"월드컵 우승만 한다면 메시 넘어섰다고 평가해도 된다고 봐요. 아시아에서 우승하는 거니까요."

축구를 잘 모르는 사람들의 한마디에 축구 팬들은 자기 일처럼 열과 성을 다해 설명하고 다녔다.

그만큼 검호의 존재감이 축구 팬들의 어깨에 한껏 힘이 실리게 만들어 주었다.

당연히 축구 팬들이 모인 커뮤니티는 그야말로 시장통이었다.

-캬! 나검호 주장으로 트로피 들어 올리는 거 개 간지네! 진짜 이런 걸 보게 될 줄이야.

ㄴ진짜 ㅋㅋㅋ 개간지. 이제 손흥민이 월드컵 트로피 한번 드는 거 보면 오지겠다.

ㄴ그런 날 올지도 모르니 팬티 여러 개 사놔야겠다. ㅎㅎ

-진짜 요즘 나검호 때문에 축구 볼 맛 난다.

ㄴ그러니까. 축구 팬 하길 잘했어. ㅎㅎㅎ

ㄴ난 축구 입문시켜 준 친구에게 치킨 쏨!

ㄴ고작 치킨이라니!!! 피자를 사 줘야지!

ㄴ어디 치느님에게 피자 나부랭이가!

-ㅋㅋㅋㅋㅋ애들아. 나 어제 소개팅 나가서 나검호 이야기하다가 퇴짜 맞았다.

ㄴㅋㅋㅋㅋㅋㅋㅋㅋㅋㅋㅋ미친놈아. 축구 이야길 왜 해.

ㄴ아니, 나검호 잘생겼다고 해서 한마디 하다가 혼자 세 시간을 이야기해 버렸네. 하.

ㄴ아니 ㅋㅋ무슨 세 시간이나. 일대기라도 읊었나? ㅋㅋㅋ아니, 세 시간이면 검호 어린 시절부터 이야기하면 얼추 맞긴 하겠네.

ㄴㅋㅋㅋㅋㅋㅋㅋㅋㅋ억! 나 같은 사람이 또 있네.

ㄴㅋㅋㅋㅋㅋ미친. 나도 여자가 축구 좀 관심 보이기에 한마디
했다가 여자 사라짐. 화장실 간다고 하더니 가 버리던데. 난 한
두 시간 이야기한 듯. ㅎㅎ

　ㄴ아. 부럽네. 난 괜히 나검호 이야기 꺼냈다가 공감대 형성되서
지금은. ㅠㅠ 그때 말을 안 했어야 했어 ㅠㅠ 니들은 하지 마.
진짜.

　ㄴㅋㅋㅋㅋㅋㅋㅋㅋㅋㅋㅋ나도 축구 좋아하는 여자 만나고 싶네.

　ㄴ뭐야. 여기 커뮤는 죄다 모쏠 아다 아냐?

　대한민국이 그렇게 시끄러운지 모르고 검호는 성준, 선우, 대훈
과 함께 선우의 집에 모였다.

　웸블리가 런던이라 선우의 집이 가장 가까웠기 때문이었다.

　"미희는 벌써 귀국했네."

　"바쁘다고 들어가던데. 같이 결승전 보러 가자니까."

　"남자 만나나 보네요."

　대훈의 말에 선우가 노려봤다.

　"걔가? 에이. 설마."

　"어? 형. 방금 뭔가 질투 느낌이 났는데."

　"닥쳐. 헛소리하지 말고."

　틈을 발견한 검호와 성준도 놀렸다.

　"붙어살더니 역시 정이 들었나?"

　"빨리 결혼해라. 나랑 합동결혼식 할까?"

　선우가 이를 악물고 조곤조곤 말했다.

"뒷마당에 무덤 만들고 싶지 않으니까 닥쳐라."

간단히 밥을 먹고 휴식을 취했다.

이렇게 모인 이유는 하나.

대한민국으로 함께 가기 위함이었다.

우승을 한 검호와 성준은 바르셀로나로 돌아가 축하 행사를 참여해야 한다.

하지만 월드컵을 핑계로 영상으로 대신했다.

"그런데 성준이, 다음 주였지?"

선우의 질문에 성준이 서운한 표정을 지었다.

"다다음 주거든."

"아, 그런가."

"아까 복수냐? 아니면 진짜 몰랐던 거냐."

"당연히 알지. 장난친 거야."

성준의 결혼식이 잡혔다.

월드컵 전에 결혼식을 치르고 가야 훨씬 의욕적일 거 같아서 일정을 잡았다.

아마 대표팀 합류 이후 진행해야 하지만 이미 협의가 되어 있기 때문에 문제될 건 없었다.

문제라면.

"근데 형 결혼식에 대표팀 전원이 가면 되게 시끄럽겠네."

"28명 다 가면 웃기긴 하겠다. 거기에 스태프들에 협회 인원들, 아저씨네 회사 사람들까지 하면 복작복작 하겠네."

에릭 텐 하그.

대한민국 대표팀 감독인 그는 아직 명단 발표를 하지 않았다.

대신 몇 명을 선발할 건지 말했다.

총 28명을 뽑아 경쟁을 하고 23명을 월드컵에 데려가겠다는 것.

"복잡할 거 없어. 천 명이 와도 돼. 호텔 빌렸으니까."

"오! 역시 바르셀로나 선수! 주급이 3억이 넘으니까 호텔 정도야 뭐!"

"와. 진짜 부럽네요. 저 리버풀에서 1억 조금 넘는데."

"야. 나도 2억밖에 안 돼."

검호가 웃었다.

"어디 부자들이 하는 이야기 같네. 이렇게 들으니."

그 말에 넷이 다 웃었다.

신기했다.

어렸을 때 그 꼬맹이들이 이렇게 거액의 돈을 버는 축구 선수가 됐다는 게.

"그런데 검호 형. 형 진짜 왜 재계약 안 해요?"

"맞다. 너 27년까지잖아. 이제 1년 남았는데 왜 안하나? 설마 나 왔는데 떠날 거냐?"

"야. 바르셀로나 떠날 거면 첼시 좀 와라. 나도 우승 한번 하자. 좀."

"아니, 리버풀 와야죠. 어디 첼시를. 형에겐 리버풀 같은 강팀이 어울려요."

"대훈아. 뒷마당에 삽 있는데 묻혀 볼래?"

시끄러워진 넷의 방송에 검호가 한마디 했다.

"내 일은 내가 알아서 할 테니까 좀 닥칠래? 월드컵이나 신경 쓰자."

"뭐야. 진짜 떠날 거냐? 나 왔는데?"

"올해 트레블 했잖아. 뭐가 문제야."

"어? 진짜 떠난다고?"

"형? 진심이에요?"

안 떠난다는 말이 안 나오는 검호의 반응에 그제야 셋의 표정이 바뀌었다.

진지해진 것이다.

"아직 몰라. 월드컵 이후에 생각할 거야."

"좋은 조건으로 오라는 곳 있어요? 레알은 못 갈 테고, 맨유나 맨시티 정도 아니면 형 조건 못 맞춰 줄 텐데."

"야, 하나 있어. 대한민국에. 상무."

"아니, 형. 거긴 군인팀이잖아요. 검호 형 군 문제 해결했고."

"농담으로 한 소리다. 인마. 근데 너 진짜 어디 가냐?"

"아직 모른다니까. 결정 안 됐다고. 아 시끄럽네. 진짜."

성준이 검호의 어깨를 딱 짚었다.

"혹시나 떠나게 되면 확실히 말해라. 진짜 이번에도 조용히 추진하다 걸리면 뒤진다."

살기 가득한 눈빛에 검호가 웃었다.

"알았어. 알았어."

더 이상 대답하기 귀찮은지 검호가 TV를 켰다.

마침 어제 결승전 영상이 흘러나오며 패널들이 관련된 이야기를 주고받고 있었다.

-경기가 끝나고 리온 테드와 도널드 케넌이 바로 라커룸으로 향했는데요.

-굉장히 화가 난 표정이었죠. 스코어 1-3. 리그에서도 그렇게 진 경우가 없거든요. 세 골이나 먹힌 경기가.

-그만큼 바르셀로나가 강했다는 증거겠죠. 특히 껌의 해트트릭. 크. 개인적으로 현존하는 최고의 선수는 단연 껌이라고 봅니다.

-레오날두도 있잖아요. 그 둘이 라이벌 구도를 형성해 개인적으로 얼마나 기쁜지 모릅니다. 메호대전이 이어지는 느낌이잖아요.

-리온 테드와 도널드 케넌도 결코 부족하지 않은 선수입니다. 내년엔 어떨지 몰라요.

그들의 말을 듣던 검호가 포인트를 살폈다.

결승전을 이기면서 들은 알림음.

스킬 하나를 개방할 수 있는 보상과 챔스 우승 보상인 3포인트가 들어왔다.

거기에 계약자 간 맞대결 승리로 무려 2포인트가 들어왔다.

'둘을 상대로 이겨서 2포인트인가?'

합리적인 생각이다.

조금 아쉬운 건, 둘에게 2점씩 빼앗았다면 4점을 주면 좋았을 거란 것.

어찌됐든 현재까지 모은 포인트는 17포인트.

월드컵 때 반전을 한번 만들어 낼 수 있는 포인트다.

그때 성준이 한마디 했다.

"월드컵 때 리온 테드나 도널드 케넌, 레오날두. 모두 이를 악물고 나오겠지?"

모두 검호에게 졌던 상대들.

그만큼 오기가 생겼을 것이고, 어려운 상대가 될 것이다.

하지만 이겨 내야 한다.

"괜찮아요. 검호 형이 있잖아요."

"그래. 재수 없지만 저놈이 더 잘하긴 하지."

"동감이다."

셋의 말에 검호가 씨익 웃었다.

"전용기 태워 준다고 하니 아부들 봐라."

크크크-

넷이 웃었다.

"그래도 다행이다."

갑작스러운 선우의 말에 셋이 고개를 갸우뚱거렸다.

"뭐가요?"

"뭐가 다행이야?"

"무슨 소리냐?"

"니들 셋. 부상 안 당해서. 좀 불안 불안했거든."

그 말에 셋이 웃었다.

동감하는 부분이었으니까.

부상으로 월드컵에 못 나가면 그보다 억울한 일은 없을 테니까.

"나 진짜 우승하고 싶다. 해 보자. 진짜. 첼시에선 못할 거 같으니까 월드컵이라도 들어 보자."

선우의 말에 넷이 미소로 긍정을 표했다.

그날 오후.

넷은 검호의 전용기를 타고 대한민국으로 귀국했다.

월드컵을 준비하기 위해.

****

2026년 여름.

올해의 대한민국은 그 어느 때보다 뜨거웠다.

바로 월드컵이 있는 해이기 때문이다.

월드컵이 있는 해는 원래 뜨거웠지만 이번엔 과거의 그 어떤 분위기와 차원이 다른 뜨거움이 만들어지고 있었다.

어마어마한 국뽕 기사들이 쏟아지고 있었기 때문이었다.

-마라도나, 이번 월드컵에서 대한민국은 우승 후보 중 하나다.

-스콜스, 껌이 있는 대한민국은 확실히 우승 후보다. 4년 전의 4강이 결코 우연이 아닌 팀이다.

-무리뉴, 스위스, 카메룬에게 미안하지만 두 팀 중 한 팀은

떨어질 것이다. 대한민국이 올라갈 테니까.

-클롭, 껌과 쏜이 있는 대한민국은 이번 월드컵에서 확실한 다크호스다. 모든 팀이 경계해야 할 것이다.

-메시, 우승 후보요? 아르헨티나가 우승했으면 하지만, 그러기 위해선 브라질과 대한민국을 이겨야 할 겁니다.

16강이 목표였던 과거.

16강 가능성에 대해 여러 가지 말이 많았던 시절.

그때도 월드컵 분위기는 뜨거웠다.

한두 명의 스타급 플레이어의 존재에 기대를 많이 걸고, 상대팀 소식을 계속해서 기사로 써 내 가며 계속해서 월드컵 분위기를 만들어 냈었다.

공포의 올리사베데는 아직도 유명할 정도.

그랬던 대한민국이 이제는 우승을 꿈꾸고 있다.

얼토당토않은, 허황된, 거짓말 같은 그 목표를 이제는 가능할지도 모른다고 보는 축구팬들이 생겨나기 시작한 것이다.

Q. 2026 월드컵 대한민국 예상 최고 성적은?

1. 당연히 우승!
2. 4년 전처럼 4강만이라도!
3. 결승까지!
4. 아쉬운 8강!

대형 포털 사이트에서 진행이 된 투표.

선택지에 조별 리그나 32강, 16강은 아예 없다. 그 정도로 대한민국의 선전이 확실시된다고 예상하는 분위기.

투표 결과도 재밌게 나왔다.

1. 당연히 우승! - 27%

2. 4년 전처럼 4강만이라도! - 31%

3. 결승까지! - 36%

4. 아쉬운 8강 - 6%

우승에 무려 27%의 국민이 투표를 했다.

결승이나 4강에 비해 부족한 건 사실이지만 실로 어마어마한 기대치라고 볼 수 있었다.

-와 ㅋㅋㅋㅋㅋ투표 결과 실화냐? ㅋㅋㅋㅋ

-과거였으면 개구라 까지 말라고 했을 수친데 ㅋㅋㅋ

-봤잖아. 알잖아. 검호와 성준이, 선우. 세 얼간이가 보여 준 것들을. 그 덕에 결코 불가능하지 않다는 것을.

-솔직히 전 아직 우승에 대한 기대치는 없음. 그런데 4강은 할 거 같음. ㅎㅎㅎ

ㄴ4강 가면 모르는 거죠. ㅎㅎ 진짜 결승 가서 우승할지도 모름.

-대진 추첨만 잘 뽑히면 우승이 진짜 불가능한 건 아닌 거

같아. 검호가 있잖아. 진짜.

　-크아. 검호 때문에 이런 기대치가 생긴다. 와, 예전에 아르헨티나 국민들이 이런 기분이었을까. 메시 하나 믿고 이렇게 기대하는 게.

　ㄴ우린 검호 하나만 믿는 게 아냐. 좋은 선수들 많아.

　ㄴ그때 아르헨티나도 장난 아니었는데? 아게로에 디마리아, 테베즈 등등등. 그럼에도 우승 못 했음. 우승은 실력만으론 힘들어.

　ㄴ맞어. 우승은 진짜 엄청난 운이 따라 줘야 돼. 제발 그 운이 우리한테 좀 왔으면 좋겠다.

　ㄴ그냥 닥치고 응원이나 하자. 언제 이런 대한민국을 보겠냐. 진짜.

　각종 커뮤니티에서도 다양한 이야기가 오갈 정도로 월드컵에 대한 기대치가 상승했다.

　그리고 그 기대치를 실현시켜 줄 4인방이 귀국했다.

　-세 얼간이와 황대훈, 나검호 전용기 타고 귀국!

　-멋짐 뿜뿜하는 나검호! 전용기 타고 귀국!

　-이게 플렉스다! 전용기 타고 돌아온 대한민국의 희망 나검호!

　예전부터 쭉 타 오던 전용기였는데 이번엔 유독 이슈가 됐다.

　월드컵에서 가장 핵심으로 활약을 할 넷이 함께 타고 온 탓이다.

오는 길에 넷이 함께 찍은 사진이 황대훈의 SNS에 올라가면서 커뮤니티에 퍼졌다.

팬들은 감탄했고, 뿌듯해 했으며, 또한 부러워했다.

그리고 다음 날, 에릭 텐 하그가 28명의 예비 명단을 발표했다.

본격적인 월드컵 대비가 시작되었다.

****

-18세 강태수! 28인 예비 명단 발탁!

-2부 리그 이성기! 깜짝 대표팀 선발! 무엇이 에릭 텐 하그의 마음을 흔들었나?!

-아우쿠스부르크의 주태식! 28인 명단 포함! 대훈 그룹 활짝!

-박우진, 박우성 형제도 포함된 28인 명단! 대표팀이 젊어졌다!

-에릭 텐 하그, 지금 뽑힌 인원이 전부 월드컵에 가는 건 아니다. 일주일간 잘 지켜보고 평가하겠다.

나검호. 이성준. 박선우. 황대훈. 최남일. 권석훈.

성일환이 발견한 기본 6명에 강태수, 이성기, 주태식, 박우진, 박우성 5명이 추가되었다.

거기에 진수호, 권주성, 최병철도 뽑히면서 성일환 회사 소속 선수들이 대거 뽑히는 기염을 토해 냈다.

이런 일이 있을 거라고 어느 정도 팬들은 예상을 했다.

하지만 이렇게 많이 뽑힐 거라고는 생각하지 못했던 팬들도 많았다.

특히 2부 리그 이성기의 발탁은 K리그 팬들에게도 충격 그 자체였다. 6개월간 16골을 넣었다고는 해도 프로 데뷔한 지 아직 1년도 안 된 선수다.

그런 선수가 1부 리그의 쟁쟁한 공격수를 제치고 발탁됐다는 것 자체가 신선한 충격으로 다가왔다.

강태수, 박우진, 박우성에 대한 충격은 덜했다.

작년 20세 월드컵에서 4강까지 가면서 실력을 증명했고, 이미 3월에 발탁이 되면서 팬들에게 이름을 알렸기 때문이었다.

비록 데뷔전은 이루지 못했었지만.

그리고 주태식은 반반이었다.

해외파니까 잘 뽑았다는 이야기와 수비수 연령대가 너무 낮아지는 거 아니냐는 말이 나왔다.

그렇게 다양한 이야기들이 오가면서 수없이 많은 기사도 떠올랐다.

-대한민국 축구 팬들은 전부가 감독이다. 모두가 자기 생각만 맞다고 쉽게 말을 내뱉는다. 그렇게 생각하면 직접 공부해서 감독해라.

워낙 많은 말이 나오자 참다못한 유명 BJ가 한마디 했다.

이것이 이슈가 될 정도로 월드컵 분위기가 달아올라 있었다.

-저 축알못인데요. 월드컵 일정 어떻게 됩니까? 지금부터 쭉 나열해 주실 분?

ㄴ아니 네XX 가면 일정 다 나와 있잖아.

ㄴ좀 찾아보는 시늉이라도 해라. 그게 뭐 어렵다고.

ㄴ이래도 올려 주는 호갱 있겠지. 근데 저게 축알못이냐? 그냥 관심 없는 놈 아니냐?

ㄴ이제라도 관심 가져 주셔서 감사해요! 제가 호갱 노릇 한번 하겠습니다! 앞으로 일주일간 훈련합니다. 그리고 국내 평가전 2번 하고요. 출정식 전에 23인 발표하고, 출정식 해서 미국 날아 가서 평가전 1경기 하고 1차전 스위스전 준비합니다. 콜?

ㄴ평가전 상대는?

ㄴ국내 평가전 두 경기는 오스트리아랑 기니. 둘 다 월드컵 떨어져서 국내 들어옵니다. 그래도 스위스, 카메룬 맞춤 상대로 제격이죠.

ㄴㅋㅋㅋㅋㅋㅋㅋ고마워. 스피드웨건!

ㄴ언제 적 웨건이야. 진짜. 아재냐?

ㄴ별말씀을!

오스트리아, 기니. 두 팀과의 평가전에서 5명이 떨어진다.

그래서인지 팬들은 벌써부터 누가 떨어질지 이야기를 나눴다.

그런 경쟁을 직접 해야 할 28인의 태극 전사들이 천안 트레이닝 센터로 향했다.

※※*※*

귀국하자마자 광주로 내려간 검호.

성준, 선우, 대훈도 다 광주 출신이라 함께 차를 타고 내려갔다.

오랜만에 진호가 넷을 다 태우고 이동했다.

"와, 형님. 단장 되시더니 차가 좋아졌습니다."

다섯이 탔음에도 9인승 차량이라 편안했다.

"너희들을 위해 내가 이 고생을 한다. 고맙지 않냐?"

"고맙습니다. 형님."

"항상 고맙게 생각합니다."

"저도 그렇습니다!"

"그럼, 내 부탁 하나 들어주라."

"부탁이요?"

"어떤 부탁이요?"

셋이 의문을 품을 때.

"나중에 나이 좀 차서 국내로 들어올 때, 용인으로 와라. K리그에서도 한번 뛰어야지?"

"전 한참 먼 미래니까 천천히 생각해 보겠습니다."

대훈의 말 다음으로 성준도 보류를 택했다.

"전 최대한 유럽에서 오래 뛸 겁니다. K리그 온다면 그때 생각해 볼게요."

유일한 K리그 출신 선우도.

"아, 전 대구나 광주로 가야 돼서 안 됩니다."

"와, 서운하네. 내가 이 고생을 하는데."

성준이 의문을 품었다.

"그런데 왜 우리 셋입니까? 검호는요?"

"난 가겠다고 했어. 이미."

"응?"

"어? 정말요?"

"그래. 은퇴 전에 1년 정도는 여기서 한번 뛰어 보려고."

"야, 고향인 광주가 아니라 용인에서?"

"조건이 있어. 그때까지 형이 단장으로 남아서 구단 잘 만들었다는 조건."

진호가 웃었다.

"그래. 아시아 챔피언스리그 우승팀으로 만들어 놓을 테니까 와라. 꼭. 너희 셋도 긍정적으로 생각해 보고."

"우리 늙어서 다 같이 뛰면 재밌긴 하겠다."

성준, 선우가 웃었다.

"그것도 재밌긴 하겠네."

"하, 그거 생각하니까 좀 고민되네."

검호가 K리그에서 뛰어 보겠다고 한 건 갑자기 한 생각이 아니었다. 그냥 형이 단장으로 있어서도 아니다.

SNS를 개설하기 전에 수많은 팬들의 손 편지를 받았다.

위험 물질이 있는지 성일환이 검수를 해서 추린 것들을 주로 읽었는데 그중엔 가슴을 뛰게 하는 것들이 많았다.

-검호 형! 저 적금 들었어요! 돈 모아서 형 경기 꼭 보러 갈 겁니다!! 반드시!

-은퇴 전이라도 좋으니 K리그에 와서 뛰어 주시면 안 됩니까? 나검호 선수 경기 꼭 직관하고 싶어요!

-제 동생이 검호 형 팬입니다. 꼭 경기를 보게 해 주고 싶은데 쉽지 않네요. 그래도 계속 응원하겠습니다!

다양한 사연이 담긴 이야기들을 보면서 느낀 건 하나.

대한민국 선수인데, 대한민국 축구 팬들이 자신을 많이 보지 못한다는 것이다.

오로지 TV로밖에 보지 못하는 팬들이 너무나도 많은 것.

대표팀 경기를 예매해서 보러 올 수도 있지만 그것도 제한이 있다.

인기가 많아지면서 경쟁도 치열해져 예매 자체가 쉽지 않은 일.

매크로까지 생긴 탓에 평범한 사람은 더 어려워질 정도였다.

그래서 팬 미팅도 한 것.

그런 팬들을 위해서라도 나중에는 K리그에 와서 뛰어 봐도 괜찮지 않을까 생각을 했었다.

웃고 떠들다 보니 광주에 도착했다.

이틀 정도 집에서 각자 휴식을 취하기로 하고 헤어졌다.

"저 왔어요."

"아들!!! 세계 최고의 아들!! 어서 와라!"

검호가 오자 어머니가 바로 반겨 주었다.

"우리 아들, 어디 다친 덴 없지? 진호가 운전 잘했지?"

"엄마. 큰아들 서운하게 그걸 물어보세요."

"이제 월드컵 나가야 할 아인데 당연히 걱정해야지."

어머니의 주접(?)에 검호가 웃었다.

"걱정 마세요. 저 괜찮아요."

"오랜만에 우리 아들 얼굴 좀 보자."

뺨을 딱 잡고 얼굴을 뚫어지게 본 어머니가 방긋 웃었다.

"역시 내 아들. 참 잘생겼어. 이런 애를 왜 여자들이 가만두나 몰라."

"엄마. 검호 인기 엄청 많아요. 쟤가 안 만나는 거지."

"그러니? 검호야?"

"네. 지금은 축구만 하고 싶어서요."

"그래. 그럼 이해해 주마."

진호가 입술을 내밀었다.

"저와 너무 다른 반응이시네요. 저도 제 일에 집중하고 싶다고 했는데."

"넌 결혼식 날은 잡았니?"

"······이야기 중입니다."

검호가 말했다.

"아, 성준이 다다음 주 결혼해요. 서울 큰 호텔 빌렸다고 하니

꼭 오세요."

"들었다. 너 아빠랑 같이 갈 거야. 너도 오는 거지?"

"네. 대표팀 멤버들이랑 갈 거 같아요."

이런 저런 이야기를 나누면서 쉬다 보니 나강석이 퇴근하고 집에 왔다.

월드컵 전이라 술은 없이 식사를 하며 작은 이야기를 나눴다.

"올해 레알 약해져서 슬프시겠어요."

"크흠! 기분 좋게 밥 먹자."

"이제 슬슬 팬 바꾸실 때 안 됐나요?"

"한 번 팬은 영원한 팬이다. 너도 평생 바르셀로나에 있을 건 아니잖아. 너 떠나면 그땐 다시 레알의 시대가 오겠지."

"평생 있을지도 모르죠."

"흠! 흠!"

오랜만에 가족에게 에너지를 충전한 검호.

하루, 이틀을 푹 쉰 검호가 다시 짐을 쌌다.

이제 천안으로 향할 시간이다.

"엔트리에서 네가 떨어질 가능성은 딱 하나다. 부상. 훈련 때 절대 부상 조심해라."

"아들, 전 국민이 기대한다고 해서 부담 가지지 마. 우린 항상 네 편이다."

부모님의 말에 검호가 자신감 넘치는 미소를 보였다.

"제가 월드컵 떠나고 가면 두 분께 선물이 하나 갈 거예요. 그거 보시고 꼭 결정해 주시면 좋겠습니다."

"결정?"

"무슨 선물인데?"

"보시면 알 겁니다."

보낸 선물은 하나다.

월드컵 결승전 티켓!

그걸 보러 오라는 뜻이었다.

반드시 결승전에 갈 테니까.

٭٭٭٭٭

"할머니, 절 받으세요."

강태수. 이제 18살.

그 나이임에도 PSV에서 활약하며 실력을 보여 주는 선수.

부모도 없이 할머니 손에 자랐던 그가 이제는 다 커서 할머니에게 절을 올린다.

"……오냐."

그 절을 받는 할머니의 표정은 복잡미묘해 보였다.

태수가 네덜란드로 떠난 이후, 성일환의 도움을 받아 생활할 수 있었다.

그 덕에 태수만 키우고 사느라 잊고 있었던 이웃 간의 정도 나눌 수 있었다.

조금 편해진 삶이 자유를 느낄 수 있게 해 주었다.

그럼에도 항상 가지고 있었던 생각.

태수 걱정.

어렸을 때는 학교에서 혼나고 왔는지 항상 기죽어 있던 태수였다.

그런데 어느 날.

-할머니! 저 유럽 나가서 축구할 수 있게 됐어요!

기죽어 있던 모습과 달리 무척이나 신이 나서 소리쳤던 어린 태수의 모습.

그 모습에 얼마나 기뻤는지 모른다.

이 아이가 축구를 정말로 좋아하고 있었다는 걸 깨닫는 계기도 되었고.

하지만 그만큼 더 큰 걱정이 들었었다.

재능이 있는지에 대한 판단이 어려웠던 할머니는 그게 현명한 결정인지 알 수 없었던 것이다.

사기꾼이 붙은 건 아닌지, 설령 나가도 잘할 수 있을지 여러 가지 생각이 걱정을 만들어 냈다.

그 생각이 성일환을 만나면서 모두 풀렸다.

절을 마친 강태수가 할머니 앞에 앉았다.

"성일환인가? 그 사람이 처음 나 찾아왔을 때 난 사기꾼인지 알았다."

"네? 정말이세요?"

"그래. 너무나 좋은, 달콤한, 긍정적인 이야기만 해서 사기꾼이 아닌지 의심을 했었지. 널 대한민국 최고의 선수로 만들어 주겠다는데 이상한 생각이 들었거든."

"보통은 좋다고 하는데 말이죠."

"할미 말하는데 끊지 말고."

어렸을 땐 그냥 듣기만 했던 아이가 이제는 말도 잘한다.

유럽에서 생활하면서 기죽어 있던 것들이 사라지고 자신감이 붙었다는 증거다.

"그런데 이렇게 국가대표까지 되는 널 보니 그 사람의 말이 틀린 게 아니라는 걸 확실히 알겠구나. 너 또한 많이 변했고. 널 유럽 보내길 잘했다는 생각이 든다."

강태수가 웃었다.

"그렇죠? 아저씨 만난 이후로 제 삶이 변했어요. 정말 너무 좋은 인연이었어요."

환히 웃는 태수의 표정에서 진심이 읽어졌다.

할머니가 그 모습이 마음에 들었는지 괜히 건들고 싶어졌다.

"그래서 떠나니 좋든? 할미 혼자 남겨 두고."

"아, 그건……."

성일환이 유럽에 나가자고 할 때부터 할머니 걱정만 하던 태수였다.

그래서 집에 와서 일부러 활발하게 말했는지 모른다.

걱정이 들지만 그래도 나가고 싶어서.

그렇게 하지 않으면 마음의 결정을 할 수 없을 거 같아서.

"전화나 자주 했으면 몰라. 뭐가 그리 바쁘다고."

"일주일에 한 번씩 전화 드렸잖아요."

"늙으면 일주일이 일 년 같아. 이놈아."

"다른 할머니는 시간 빨리 간다고 하시던데."

"이노무 자식이 또 말대꾸하네."

히히히.

이제는 할머니가 뭐라고 해도 무섭지 않다.

원래 성격이 그러신 분이라는 걸 안 탓이다.

"할머니. 이제 가야 될 시간이에요."

"그래, 얼른 가라."

"오래 걸릴 거예요. 한 달 이상?"

"유럽에 나가면 일 년씩 있는 놈이 한두 달이 뭐가 길어."

"그렇죠? TV로 저 보세요. 꼭 월드컵 갈 테니까."

이번 28인 예비 명단에 뽑힌 강태수다.

너무나 훌륭한 재능을 지닌 탓에 에릭 텐 하그의 마음에 들었다.

3월에 뽑히긴 했지만 데뷔전을 치르진 못한 상태.

그래서 이번 발탁에 강한 의욕이 생겼다.

반드시 월드컵에 가겠다는 의욕이.

"그런데, 은혜는 갚았나?"

"은혜요?"

"널 유럽에 데려가 준 성일환이라는 사람에게 말이야. 널 이렇게 성장시켜 줬는데 그 보답은 해야 될 거 아니냐."

역시 할머니 세대는 주고받는 게 확실하다.

은혜를 입었으면 갚아 주는 게 사람 된 도리라고 생각하는 어른들.

강태수가 그 말에 웃었다.

"이제부터 갚으려고요. 아저씨 부탁 들어 드릴 거예요."

"부탁?"

"네. 월드컵에서 검호 형을 최대한 도와 달라고 했거든요. 대한
민국 대표팀 선수로."

"그게 은혜 갚는 일이 돼?"

끄덕-

"네. 무엇보다 그게 최고로 도움 된다고 하시더군요. 자기 인생
에서 정말로 중요하다고."

"흠. 본인이 그렇다면 그런 거겠지."

강태수가 이를 드러내며 순박하게 웃었다.

"그래서 정말로 열심히 해 볼 생각입니다. 검호 형을 열심히
도울 거예요. 죽을힘을 다해서."

*****

권석훈이 큰절을 올린다.

사람에게 하는 절이 아니다.

무덤.

부모님이 묻혀 있는 무덤을 향해서다.

자신의 욕심 때문에 해외로 나갔다가 사고로 돌아가신 부모님.

그래서 좌절했고 괴로워했던 권석훈.

"아버지. 어머니."

스스로 성장했다.

올림픽 금메달을 따면서 마음 속 깊은 곳에 머물고 있던 어둠을 밀어내기 시작했다.

아약스에서 뛰며 어둠이 물러간 자리를 빛으로 채워 넣기 시작했다.

그리고.

"저 월드컵에 갑니다. 이 아들이 드디어 월드컵에 가요."

대한민국 대표팀에서 뛰며 모든 것을 훌훌 털어 버렸다.

이제 어엿한 성인이자 축구 선수가 된 것.

그렇게 할 수 있게 해 준 한 존재가 떠올랐다.

"꼭 해내고 싶어요. 저에게 다시 희망을 가지게 해 준 그 형과 함께."

좌절하고 또 좌절하고.

실망하고 또 실망하고.

그런 삶을 살아오다가 검호를 보고 다시 축구를 시작했다.

그가 머물렀던 아약스에서 뛰며 그의 위대함을 느꼈고, 같은 대표팀에서 뛰며 그에게 존경심이 생겼다.

그럴수록 더 잘하고 싶어졌다.

더 그와 함께 뛰고 싶어졌다.

"저 정말로 자신 있어요. 그러니 지켜봐 주세요."

월드컵은 세계 최고의 축제다.

당연히 각 나라를 대표하는 최고의 선수들이 나온다.

아약스에서 상대하던 공격수들이 아니다.

그야말로 세계 최고 수준의 공격수들을 상대해야 한다.

그럼에도 자신이 있다.

검호를 만나 봤기 때문이다.

"이번 월드컵, 정말로 잘해 볼게요. 그렇게 제가 정말로 훌륭한 선수가 됐다는 걸 증명할게요."

호흡을 한번 한 권석훈이 마지막 한마디를 했다.

"꼭 웃으며 돌아올게요."

****

"형!! 나 준비 다 됐어!"

"늦어. 그래가지고 살아남겠냐. 더 빨리 생각하고 움직여. 일상생활에도 그런 버릇이 들어야 축구도 잘하는 거야. 그리고……."

"그놈의 잔소리. 어휴. 그만 좀 해."

"이게 머리 컸다고 형 말을 끊네."

"얼른 가기나 하자. 늦을지도 몰라."

"야, 형 말 안 끝났다."

"따로 살던가 해야지. 이거 원."

박우진, 박우성 형제.

이제는 20, 19살이 된 두 형제가 예비 명단에 발탁되었다.

강태수, 주태식과 함께 대표팀 평균 연령을 줄인 장본인이자 대한민국의 희망이라고 불리는 형제.

"형. 근데 우리 귀화 포기하고 대한민국 선택한 건 정말 잘한 거 같지?"

"아직이다."

"아직?"

"이 선택을 잘했다고 생각하려면, 이번 월드컵에 꼭 가야 돼. 가서도 잘해야 하고."

"맞다. 우리 아직 예비 명단이지."

3월에도 발탁이 됐던 둘이다.

20세 월드컵에서 두 형제가 보여 주었던 왼쪽에서의 완벽한 호흡.

검호와 성준만큼은 아니지만 경험이 쌓인다면 최고의 모습을 보여 줄지도 모른다는 생각에 국내 팬들의 기대치가 매우 높은 상황이다.

그 가능성을 본 에릭 텐 하그가 둘을 호출해서 점검을 했던 게 3월이었다.

강태수와 함께 데뷔전을 치르진 못했지만 이번에도 명단에 들었다.

그만큼 떨어질 가능성도 분명히 있다.

카디스 1군에서 뛰면서 유럽 무대 경험이 있긴 하지만 대표팀엔 아직 좋은 선수들이 많으니까.

버스를 타고 가며 박우진이 읊조렸다.

"반드시 살아남자. 살아남아서 꼭 월드컵에 가자. 그래야 그 자식에게 복수할 수 있어."

장필수. 어렸을 적 비리 감독이었던 그가 뉴스로 인해 좌천되었다.

그럼에도 잊힌 세월 탓인지 최근에 다시 축구 일을 하고 있다는 소식을 들었다.

예상대로다.

다시 기어오른 만큼 더 나락으로 떨어트릴 수 있다.

성공하기만 한다면. 최고의 선수가 된다면.

"응. 형. 꼭 월드컵 가자."

****

"이제 가 볼게요."

거대한 짐을 챙기고 최남일이 문을 나섰다.

"아들, 잘하고 와. 힘내!"

"네! 어머니."

"자기도 한마디 해요."

"흠흠."

무뚝뚝한 아버지.

헛기침을 한 그가 이내 아들을 바라봤다.

최남일이 그 모습을 빤히 바라봤다.

집에서 쉬었던 며칠.

아버지와 많은 시간을 보냈지만 대화를 많이 하진 못했다.

유럽 생활은 어떤지, 다친 곳은 없는지 같은 평범한 대화들.

월드컵 이야기가 나왔을 땐 꽤 좋아하셨던 아버지다.

어머니 말에는 친구들에게 자랑하고 다니신다고 한다.

부상만 없다면 월드컵에 갈 것이 확실하게 정해졌다고 봐도 되는 수준이니까.

"흠. 미안하다. 남일아."

"아버지?"

전혀 생각하지 못했던 말이다.

최남일의 눈이 흔들렸다.

"네 꿈을 내 맘대로 단정해서 포기시키려고 했던 것. 그것에 대한 미안함이다."

"……."

러시아, 세르비아에서 좌절하고 실패했던 경험.

이후 국내로 들어와서 다시 축구를 하려고 할 때 이제는 포기하라고 크게 혼냈던 아버지.

그때의 미안함을 이야기하고 계신 거 같았다.

울컥-

왜 그 말에 가슴이 움찔거리는지 모르겠다.

아버지가 혼냈어도 자신이 포기하지 않았으면 되는 거였다.

그저 핑계가 필요했고, 아버지의 호통을 이유로 그만두었을 뿐이다.

그래서 아버지의 말에 더 없는 죄송함이 느껴졌다.

"죄송해하실 필요 없어요. 아버지."

"……."

"아버지 때문에 포기했던 게 아니었으니까요. 그땐 진짜 제가 못나고 한심하게 느껴졌었거든요."

최남일이 아버지의 눈을 똑바로 보고 말했다.

"이번 월드컵 끝나고 나면요."

입가에 미소가 서서히 걸린다.

그 미소가 이내 자신감이 넘치는 미소로 바뀌었다.

그 미소와 가장 어울리는 말이 나왔다.

"아들이 최남일이라고, 월드컵에서 최고로 잘했다고 자랑하고 다니도록 해 드릴게요."

****

"맘, 얼마 안 남았어요."

이성기.

검은 피부를 가졌지만 대한민국 축구 선수.

이번 예비 명단에 든 선수 중에 가장 놀라움을 안겨 준 선수.

그가 거대한 덩치와 어울리지 않는 순박한 미소를 지었다.

"얼마 안 남았다니?"

"영국으로 돌아가는 거요."

"……."

그 말에 그의 어머니의 눈에 습기가 차기 시작했다.

아버지에 의해 가정 폭력, 학대를 당했던 이성기. 당연히 그의 어머니도 괴롭힘을 당했다.

그래서 숨어살기 위해 대한민국에 와서 조용히 살았다.

아들이 꿈을 포기할 정도로.

그에 대한 미안함이 항상 있던 그녀였다.

하지만 재능은 감출 수 없는지 대한민국에서 최고로 유명한 성일환에게 인정받아 프로까지 되었다.

그때 느낀 기쁨은 이루 말할 수 없었다.

그런데 그 기쁨을 더 크게 해 줄 월드컵 예비 명단에 뽑혔다.

잘하면 월드컵에도 갈 수 있다는 뜻이다.

"제가 항상 말했죠? 월드컵에 가면 제 능력을 보여 줄 수 있어요. 그럼 많은 팀들에게 제안이 올 거예요. 그러다 보면 언젠가 분명 맨유로 돌아갈 수 있을 거예요."

그녀의 어머니는 대한민국 사람이다.

영국보다 대한민국에서 살던 경험이 더 많다.

하지만 아들은 아니다.

친구들을 비롯해 그의 모든 것이 맨체스터에 있다.

그런 아들을 위해 입버릇처럼 맨체스터로 돌아가고 싶다고 했다.

자신보다 아들의 삶을 위해.

그래서 이성기는 자신도 맨체스터로 돌아가고 싶어 하는 걸로 알고 있다.

상관없다.

대한민국도 좋지만 맨체스터도 좋다.

학대하던 남편도 없으니 문제될 건 없다.

"그래, 성기야. 우리 맨체스터로 가서 어렸을 때처럼 행복하게 살자."

학대가 없던 어린 시절.

그땐 참으로 즐겁고 행복하게 살았었다.

이성기는 그때의 기억을 아직도 간직하고 있다.

그래서 그 말이 확실한 동기부여가 되었다.

"네! 응원해 주세요!"

****

진호의 차량이 다시 준비됐다.

그 차량에 넷이 올라탔다.

검호. 성준. 선우. 대훈.

"놔두고 온 거 없지?"

진호의 질문에 넷이 고개를 끄덕였다.

"그럼 가자."

부르릉─

대한민국의 월드컵을 책임질 4인방이 그렇게 천안으로 향했다.

그리고 대한민국 전역에서 각자만의 꿈과 목표를 가진 선수들이 천안으로 향했다.

2026 월드컵을 위해 대한민국이 움직이기 시작했다.

3장. 가장 높은 곳으로의
여행을 시작합니다

은퇴 좀 해라

웅성. 웅성.

천안 트레이닝 센터.

파주에 이어 두 번째 생긴 대한민국 축구의 산실.

엄청난 규모 덕에 잦은 대회 창설로 이곳을 찾는 관광객이 많아졌다.

이번엔 엄청난 수의 기자가 몰렸다.

거대한 기대감이 담긴 대한민국의 월드컵을 위해 뛸 28인의 예비 명단 선수들이 입소하기 때문이다.

"이성기다!"

"이성기 선수! 손 흔들어 주세요!"

기자들의 외침에 쭈뼛거리며 걸어오는 그가 손을 흔들었다.

순박한 미소에 기자들도 덩달아 아빠 미소를 짓기도 했다.

"인터뷰 좀 해 주세요!"

이성기의 입소 인터뷰는 간단하게 진행됐다.

예비 명단에서 살아남을 수 있겠느냐, 프로 6개월 만에 국가대
표가 됐는데 소감이 어떠냐, 월드컵에 간다면 어떨 거 같냐, 나검
호와 만난 적은 있냐 등등등.

순박한 미소와 달리 자신감 넘치는 대답이 쏟아져 나왔다.

"최남일이다!"

"권석훈도 오네!"

"오오! 김민재다!"

"이승우 선수! 여기 좀 봐 주세요!"

입소 시간이 가까워지면서 하나둘 들어오는 선수들.

"와, 주태식은 김민재 판박이네."

"덩치와 키가 비슷한데?"

"둘이 같이 서면 상대 공격수는 기죽겠다."

처음 발탁된 주태식까지 기자들에겐 관심의 대상이었다.

그들의 입소 사진, 인터뷰들이 전부 기사화 되어 실시간으로
업데이트 되었다.

그렇게 얼마간 시간이 지난 후.

"왔다!!"

"나진호 단장 차다!"

"나검호야!! 나검호가 왔어!"

기자들도 쉽게 보기 힘든 선수.

세계 최고의 선수이자 이번 대한민국 월드컵의 기대치를 한껏 올려 버린 검호가 등장했다.

앞자리에서 먼저 내린 검호의 뒤로 문이 하나 더 열렸다.

"와! 이성준!"

"황대훈도 있네. 박선우도!"

"세 얼간이 다 왔구나!"

성준, 선우, 대훈이 잇따라 내리자 기자들의 카메라가 더없이 바빠졌다.

"크크크. 나검호 선수 옷은 진짜."

"왜? 예쁘기만 하고만."

"저게 얼굴빨이지. 옷빨이냐."

"원래 옷은 얼굴빨이야. 네가 저거 입으면 거지처럼 보일걸?"

"……."

친분이 있는 기자들은 자기들끼리 웃으며 현장을 화기애애하게 만들었다.

뚜벅. 뚜벅.

평소보다 훨씬 많은 기자 수에 넷이 어색하게 걸어왔다.

"검호 형이 앞에서 걸어요."

"그래. 인마. 다 너 보러 온 건데."

"당당하게 어깨 피고 가라."

"나도 좀 부끄럽다야. 오늘은."

엄청난 기삿거리를 만들 수 있는 현장이다.

당연히 기자들 간에 취재 열기가 뜨거울 수밖에 없다.

검호가 다가올수록 대열을 무시하고 앞으로 나가려는 기자들이 생겨났다.

"나오지 마세요. 나오시면 바로 퇴출시킵니다."

관계자가 엄중한 경고를 함에도 한 발자국씩 나오는 기자들.

직접 인터뷰를 따겠다는 의욕이 보인다.

"나검호 선수. 이쪽으로."

애초에 인터뷰는 정해진 장소에서만 가능하다.

한쪽에 세워진 존으로 들어간 검호. 그 옆에 선 성준, 선우, 대훈.

"나검호 선수! 이번 월드컵에 대한 국민들의 기대치를 알고 계십니까?"

"월드컵 목표는 어떤가요? 역시나 우승인가요?"

"스위스와 카메룬. 어떨 거 같습니까?"

"이번 예비 명단에서 가장 기대되는 동료는 누굽니까? 역시 이성준인가요?"

"박선우 선수는 왜 싫어하십니까?"

"아직도 모쏠인가요? 이상형은 어떻게 됩니까?"

관계자가 인터뷰를 허락하지 않았음에도 사방에서 질문이 쏟아졌다.

"질문이 뭐 저래. 왜 날 싫어하냐니."

"검호형 모쏠 이야기는 어딜 가도 나오네요. 흐흐."

이상한 질문이 한두 개 섞여 있었지만 검호는 차분하게 답을 해 주었다.

마지막 대답은 당연히 각오였다.

"특별하게 할 이야기는 없습니다. 제 목표는 4년 전이나 지금이나 같습니다. 가장 높은 곳으로 올라갈 생각입니다. 대한민국과 함께."

실패한다면 엄청난 조롱이 될 수 있는 말이다.

하지만 이곳에 있는 그 누구도 그 말에 웃지 않았다.

오히려.

오오오오-

우와와와와-

역시 검호다. 나검호다. 존멋이다 등등 다양한 감탄사들이 나올 뿐이었다.

"검호 형이 말하니까 진짜 멋지네요."

"너도 발롱도르 타면 저 말처럼 무게감을 실을 수 있어."

"검호 형 은퇴 후에나 가능할 거 같은데. 발롱도르는."

"인마. 꿈을 포기하지 마."

"형도 결혼에 대한 꿈을 포기하지 마세요."

"……너 들어가서 보자."

이후로도 성준, 선우, 대훈이 차례대로 인터뷰를 하고 숙소로 향했다.

****

28인의 예비 명단 선수들이 모두 입소했다.

그런 그들이 강당에 한데 모였다.

서로 간에 친분이 있던 이들은 각자만의 방식으로 인사를 나눴다.

"형. 아픈 곳은 없죠?"

"나이 들었다고 인사법이 바뀌었네? 나 멀쩡해. 인마."

"하하. 당연히 그래야죠."

검호는 가장 먼저 손흥민에게 인사를 하고 다른 선수들을 만났다.

"결국 왔구나."

벌떡-

앉아 있던 이성기가 일어났다.

검호가 다가와서 먼저 손을 내밀 줄은 몰랐던 듯 눈동자가 흔들렸다.

"네, 네! 왔습니다."

"긴장하지 마. 안 잡아먹어."

"……."

"아무튼 잘해 보자. 훈련 때 열심히 해."

"네!"

간단히 악수를 하고 의례적인 말을 들었을 뿐인데 심장이 뜨거워졌다.

세계 최고 레벨의 선수라서 그럴까.

그런데 이성기 같은 반응을 보이는 선수가 한둘이 아니었다.

"우리 초면이지?"

"네! 초면입니다! 그런데 전 항상 형처럼 생각하고 있었습니다."

"얼굴은 네가 더 형인데."

"윽!"

주태식. 외모까지 김민재와 비슷하게 생긴 탓에 주변에서 웃는다.

"잘 지내보자. 많이 배워."

"네! 같이 꼭 월드컵 가요!"

검호는 이후로도 다른 선수를 만났다.

"더 성장했지? 키는 더 큰 거 같긴 한데."

"네. 기대해 주세요."

"형이 형에게 보여 주려고 정말 노력했어요."

"야. 조용해."

여전히 의욕적인 우진과 귀여운 우성이.

"열심히 하겠습니다."

"그래. 이번에 데뷔전은 해야지."

강한 눈빛을 보이는 강태수까지.

그 뒤로도 백승호, 권창훈, 이승우, 원두재, 엄원상, 김민재, 이강인 등과 인사를 나누고 자리로 돌아갔다.

앉아 있었더니 에릭 텐 하그가 등장했다.

그는 간단한 인사와 함께 각오를 밝혔다.

"두 번의 평가전 이후 다섯 명이 떨어진다. 누가 될지는 아직 결정하지 못했다. 모든 건 훈련과 평가전을 통해 결정할 거야."

말을 잠깐 멈춘 에릭 텐 하그가 다시 한 번 선수들을 훑어봤다.

"역대 최고의 성적을 만들 생각이다. 국민들이 기대하는 4강, 우승? 도전해 볼 생각이다. 23인에 들어갈 수 있다면, 너희들은 레전드가 되는 것이다. 그러니, 강하게 싸워라. 스스로를 이겨 내라. 레전드는 그렇게 되는 것이다."

조용하지만 많은 의미가 담긴 말.

선수들이 그 말의 뜻을 곱씹었다.

02년 월드컵 4강.

그때 뛰었던 선수들이 이후로도 많은 영향력을 끼쳤다.

레전드급 활동을 하며 이미지를 높였고, 노후 생활도 안정화될 정도다.

협회 임원이나 감독 자리는 물론이고 다양한 곳에서 선한 영향력을 끼치며 미래를 대비하고 있는 그들이다.

이번에 23인에 든다면 그렇게 할 수 있다.

미래에도 어깨를 피고 당당하게 다닐 수 있는 것이다.

모두의 눈빛에 강한 욕망이 머물기 시작했다.

****

첫날은 미팅 이후 필드를 뛰거나 스트레칭을 하는 가벼운 훈련만 진행됐다.

코칭스태프는 이날을 위해 준비한 훈련 프로그램을 차분하게 돌렸다.

팀 훈련이 끝나자 하나둘 개인 훈련을 위해 떠났다.

첫날이라고 해서 남들과 똑같이 훈련할 수 없다.

누가 봐도 위험한 위치에 있는 선수들은 곧장 웨이트 트레이닝실로 향해 운동을 시작했다.

검호는 필드에 남았다.

"야. 나 면도기 놔두고 왔네. 골대 맞추기 마트털기 할 사람?"

그 제안에 아직 필드에 남아 있던 몇몇이 눈치를 살폈다.

검호에게 이기는 건 사실상 불가능하니, 만만한 누군가가 지원을 하면 손을 들 생각이었던 것이다.

그 누군가가 손을 들었다.

"저 하겠습니다!"

주태식.

정교한 킥을 가지긴 했지만 그래도 수비수라 해볼 만하다는 평가가 있다.

이후로 지원이 쏟아졌다.

무려 9명이 지원해서 마트털기가 시작됐다.

당연하게도 검호는 첫 번째 시도에서 성공을 하며 빠져나왔고, 성준, 대훈, 태수, 강인 같은 킥이 좋은 선수들이 하나둘 나왔다.

"아씨. 또 꼴등인가."

키퍼치고는 좋은 킥을 가졌지만 그래도 필드 플레이어보다는 약한 선우가 인상을 찡그렸다.

"선우 형! 고맙습니다!"

"많이 골라도 되죠?"

"왜 마트에서 집은 안 파는 거지?"

"크크크. 차 파는 마트는 없나."

"니들이 병풍 뒤에서 향냄새 맡고 싶구나?"

두 번째 훈련부터는 강도가 높아졌다.

이제 본격적으로 몸을 만들기 위한 훈련들.

"자! 다음!"

점프를 해서 몸으로 부딪치고 달려가는 훈련.

검호와 성기가 부딪쳤다.

푸억-

상대적으로 덩치가 더 좋은 이성기가 이길 거라고 봤지만 검호
는 전혀 밀리지 않았다.

"와, 역시."

제대로 힘을 줬던 이성기도 감탄을 할 정도.

"유럽에서 뛰려면 이 정도는 기본이지."

훈련을 진행하면 할수록 검호의 존재감은 커졌다.

특히 골대를 가까이 두고 4:4로 하는 훈련에선 검호의 위용이
그대로 드러났다.

"쏘는 족족 들어가네."

"골대가 가까워서이기도 한데, 그래도 엄청 정확해."

"범근이 형이 손도 못 대고 있잖아."

같은 국가대표이면서도 놀랄 정도의 플레이가 계속 나왔다.

그런 위용에 감탄한 선수들이 하나둘 검호에게 접근해 노하우
를 묻고 다녔다.

검호는 자신이 아는 선에서 이야기를 해 주었다.

"이렇게, 저렇게 하면 돼. 참 쉽지?"

"……형만 할 수 있는 거 같은데요."

"쉽지 않아? 쉬운 건데."

"……그림 작가인 줄."

이래저래 좋은 분위기에서 훈련이 진행이 되었다.

하지만 다섯 명이 떨어져야 되는 상황이라 항상 웃음꽃만 피진 않았다.

"아씨. 야! 다칠 뻔했잖아!"

김민재의 호통에 박우진이 고개를 숙였다.

"죄송합니다."

"살살 좀 해라. 진짜."

부상을 당하면 모든 것이 물거품이 되는 만큼 예민할 수밖에 없다.

그럼에도 적극성을 보여야 하는 게 선수들.

월드컵에 갈 것이 확실시되는 선수와 달리 아직 경합 중인 걸 느낀 선수들은 누구보다도 의욕적으로 변할 수밖에 없었다.

"진짜 치열하네."

"부상자 나올지도 모르겠어요."

검호의 누나 려원도 훈련을 지켜보며 작은 걱정이 생겼다.

이제는 누구보다도 검호를 믿지만 부상을 당하면 끝이다.

세계 최고의 실력을 가졌어도 뛰지 못하면 아무것도 아닌 게 되는 거다.

"검호가 부상을 당하면 난리 나겠지?"

아마 부상을 입힌 선수에 대한 비난이 상상을 넘어설 것이다. 대한민국 축구 팬들 전체가 욕을 하고 나설지도 모르는 일.

다행히도 그런 일은 벌어지지 않았다.

거친 장면이 꽤 많이 나왔지만 누구도 부상을 입지 않으며 일주일이 지나갔다.

"응? 형도 감독님이 불렀어요?"

"그래. 역시 너도 불렀구나."

손흥민과 검호가 에릭 텐 하그의 방으로 갔다.

"용건이 있어서 불렀어. 둘의 이해가 필요한 일이라."

검호가 손흥민을 바라봤지만 그는 아니었다.

"주장 때문이죠?"

"알고 있었나?"

"예상은 하고 있었습니다."

검호가 깜짝 놀랐다.

"주장이요? 설마?"

"그래. 난 이번 월드컵에서 대한민국의 주장을 껨에게 맡기려고 해. 쏜의 이해가 필요한 일이라 함께 부른 거야."

"싫습니다. 저 안 합니다. 형이 있잖아요."

손흥민이 웃었다.

"세계 최고의 선수가 됐다고 감독님 말에 반대하네? 건방져졌어. 우리 검호."

"아니, 형. 이건 아니에요. 진짜."

"시끄러. 나도 이번엔 부담 없이 편하게 뛰고 싶어. 애들이랑 나이 차이도 좀 나니까 이제 네가 해라.”

“형⋯⋯.”

“그냥 해. 내가 나이가 있어서 애들 케어하면서까지 뛸 체력이
안 돼. 내 마지막 월드컵이다. 그냥 내 몸만 체크하며 뛰고 싶으니
까 이젠 네가 해.”

에릭 텐 하그도 한마디 했다.

“필드 안에서의 감독도 필요하다. 바르셀로나에서 주장으로
뛰면서 알고 있을 거 아냐. 껌. 너의 말이라면 누구보다도 영향력
이 있다. 주장을 해야 돼.”

“⋯⋯.”

“껌, 네가 대한민국의 주장이다.”

손흥민도 한마디 했다.

“월드컵 트로피. 가장 먼저 들어 올릴 수 있는 자리야. 그 자리.
기쁘게 받아들여. 인마.”

둘의 제안에 검호가 어쩔 수 없이 받아들였다.

“좋아요. 그럼 트로피 꼭 같이 들어요. 형.”

❋❋❋❋

키키키.

<u>크흐흐흐</u>

“이거 재밌네. 흐흐.”

훈련은 하루 종일 진행하지 않는다.

가장 높은 곳으로의 여행을 시작합니다　151

그들에게도 휴식이 필요한 법.

저녁 식사 이후엔 개인 관리 시간이라 몇몇이 로비에 모여 폰을 보며 웃고 떠들었다.

지나가던 선우가 그 모습에 호기심을 보여 다가갔다.

"뭘 그렇게 재밌게 보냐?"

최남일이 폰을 보여 주며 말했다.

"소설 내용 일부인데 한번 보세요. 커뮤니티에 올라왔는데 웃겨요. 크흐흐."

-성준아. 너와 축구하고 있는 지금이 내 인생 최고의 순간이다. 알지?

-어디서 이상한 소리를 듣고 와서 지껄이는 거냐?

-뭐야. 넌 아니냐? 난 너와 함께 뛸 때면 항상 두근거리는데.

이성준의 뺨이 살짝 붉어졌다.

-그걸 꼭 말로 해야 하나. 당연한 거지.

-하하하. 역시 내 친구. 그래. 우리 꼭 월드컵 우승하자.

-그래. 너와 함께라면.

내용을 본 선우가 인상을 찌푸렸다.

"뭐냐. 이 오그라드는 대사들은."

"비엘 팬픽인데요. 팬들이 쓴 소설이에요. 검호 형과 성준이 형 대상으로."

"아, 이게 그 소설이야? 이런 게 떠돈다는 걸 듣긴 했는데.

생각보다 좀⋯⋯."

"그래도 두 형 성격이 쪼오오금은 묻어나지 않나요?"

"뭐가 묻어나?"

마침 외출을 하려고 로비를 지나가던 성준이 다가왔다.

"아, 아니에요. 저 이만 갑니다!"

성준이 성격에 이걸 알면 그냥 있지 않을 것이다.

그걸 알기에 얼른 도망가는 최남일.

당연히 선우가 보고만 있을 리 없다.

"너랑 검호 이상한 소설이 떠돈다 하던데?"

"알고 있다."

"응?"

"지혜한테 들었어. 여성 팬들 사이에서 그런 소설이 있다고."

"⋯⋯읽어는 봤냐?"

"아니. 읽을 생각은 없지만 상관할 생각도 없다. 팬들의 취미니까."

"검호야! 쪽쪽! 우리 사랑하자! 뭐 이런 내용인데?"

"⋯⋯행동으로 보이지 마라. 턱 맞기 싫으면."

티격태격 거리는 둘의 모습에 후배들이 웃었다.

치열함만 있을 거 같은 대표팀인데 팀의 중심인 세 얼간이 형들이 친근함을 보여 주니 편안함을 가질 수 있었다.

"웃냐?"

"⋯⋯."

"내 결혼식 때 축의금 많이들 해라. 내가 다 볼 거다."

말을 마친 성준이 멀어지자 선우가 재빨리 해명했다.

"성준이식 유머야. 신경 쓰지 마. 괜찮아. 밥만 먹고 오자. 내일."

막내 강태수가 어색하게 웃었다.

"진심이 느껴졌는데……."

****

-이성준 팡파레! 독일에서 만난 연인과 결혼식 올려!

-미모의 유학파 여인과 결혼하는 이성준! 이제는 품절남!

-대표팀 27인 전원, 결혼식 참여. 에릭 텐 하그의 통 큰 휴가!

원래 결혼식은 남자 쪽 고향에서 하는 경우가 많다.

하지만 성준의 훈련과 지혜의 사정으로 인해 서울에서 진행이 되었다.

그래서인지 호텔에 어마어마한 인파가 몰렸다.

협회 임원이나 성일환 회사 사람들 등 많은 인원이 왔다.

이지혜 쪽 사람들도 대거 참여했다.

대표팀 선수들이 참여한다는 소문이 나서인지 너도나도 청첩장을 요구해서 곤란했다는 이지혜의 말도 있었을 정도.

똑똑-

검호는 가장 먼저 신랑이 있는 방을 들러 성준을 만났다.

"결혼 축하한다."

"진심으로 하는 거지?"

"슬프다. 나와 같이 한평생 모쏠로 있을지 알았는데."

"야, 너 그 얼굴로 그 말하면 뒤에 애들 보기 안 부끄럽냐?"

따라온 대표팀 후배들이 인상을 찌푸리고 있다.

"형은 마음만 먹으면 언제든지 할 수 있잖아요."

"하. 진짜."

성준에게 인사를 마친 검호는 이내 신부실로 향했다.

지혜와도 안면이 있는 만큼 인사를 하는 게 당연했다.

꺄아아아-

"오오! 나검호!"

"나검호 선수다."

사진 찍으려고 이지혜 친구들이 잔뜩 모여 있던 순간이라 감탄과 함성이 동시에 나왔다.

"지혜 씨, 결혼 축하해요."

"고마워요. 검호 오빠."

"성준이 잘 부탁해요. 좀 못난 놈이지만."

툭툭-

"야야. 지혜야. 사진 한번 찍자."

"그래. 얼른."

조용히 시작된 친구들의 압박에 지혜가 어색하게 웃으며 말했다.

"검호 오빠. 함께 사진 한번 찍으실래요?"

순간 지혜 친구들의 눈빛에서 거대한 기대감을 느낄 수 있었다.

가장 높은 곳으로의 여행을 시작합니다   155

뺨을 슬쩍 긁은 검호가 어쩔 수 없이 자리로 이동했다.

"와, 키 크시네요."

"나검호 선수. 제가 지혜랑 가장 친한 친구입니다. 이름은……."

"야 나도 말 좀 하자. 검호 오빠. 언제 같이 식사 한번 해요. 지혜랑."

검호가 들어오자 너도나도 말을 붙이려는 여성들.

가까스로 사진을 찍고 나온 검호가 진땀을 흘렸다.

"그냥 돌아갈까? 대훈아."

"왜요. 이제 시작인데."

사회는 선우가 봤다. 친구들 중 그래도 유머러스한 그가 나름대로 잘 진행을 했다.

"하하하! 제 친구 성준이가 드디어 결혼을 합니다. 무뚝뚝하고 진지해서 한평생 검호랑만 살지 알았는데 이렇게 좋은 인연을 만났네요. 하하하. 아, 왜 눈에서 땀이 나지. 저도 얼른 좋은 인연이 생겼으면 좋겠습니다."

까아아아아-

의외로 선우의 말에 여성들의 비명이 터졌다.

인기가 죽지 않았다고 자백하고 있을 때, 뒤에서 검호가 들어오는 게 보였다.

여성들의 비명이 그 때문이었다는 걸 본 선우가 입술을 삐죽거렸다.

"……."

검호는 조용히 준비된 자리로 이동해 앉았다.

많은 하객들이 폰을 들고 자신을 찍는 게 느껴졌다.

대형 스타의 숙명이긴 하지만 어색한 건 어쩔 수 없다.

등에 땀이 차고 긴장이 될 정도.

보다 못한 선우가 한마디 했다.

"검호 잔뜩 긴장했네요. 저러다가 심장마비 오겠어요. 여러분. 검호 컨디션 떨어지면 월드컵 우승 못 해요. 그러니까 촬영은 잠시 멈춰 주시고, 이제 결혼식에 집중해 주시기 바랍니다."

다행히 하객들이 예의가 없는 사람은 아니었다.

오늘의 주인공은 성준과 지혜.

멋지고 예쁜 둘의 등장에 큰 박수와 함께 결혼식이 거행되었다.

식은 빠르게 끝났다.

사진 촬영까지 끝나고 식사를 하며 담소를 나눌 수 있었다.

"오랜만이다. 검호야."

"안녕하세요. 아저씨."

성준의 아버지 이철우.

그 옆으로 검호의 부모님도 함께 앉았다.

함께 온 선우, 미희도 인사를 하며 함께 식사 자리를 만들었다.

그렇게 대화가 오가는 와중.

"결혼식을 월드컵 이후로 미루라고 했는데도 고집을 피우더구나."

"그랬어요?"

"그래. 한사코 월드컵 전에 해야겠다고 했지. 그래서 왜 꼭 그래야 하냐고 물어봤는데."

이철우가 당시를 떠올리며 웃었다.

-남자 친구가 아니라 남편이 최고가 되는 모습을 보여 주고 싶어요. 그래서 빨리 하려는 겁니다.

"오오. 성준이 존멋."

"와. 성준이 오그라드는 말은 여전하네요."

선우와 미희가 쿡쿡거리며 웃었다.

검호도 성준답다는 생각에 미소를 보였다.

"가능하겠니? 검호야?"

성준 어머니의 질문.

아들을 최고의 남편으로 만들어 줄 수 있겠냐는 의도가 분명하다.

검호가 싱긋 웃었다.

"물론입니다. 제가 도와줄 테니까요."

검호의 대답이 마음에 들었는지 그녀가 화사한 미소를 지었다.

나강석, 이철우도 웃었다.

"하하하! 내 아들도 말은 잘하네."

"강석이. 한잔해! 오늘 광주 가서도 마시는 거야!"

"물론이지! 계속 마시자고! 밤새 마시는 거야!"

선우, 미희가 그 모습을 부러워했다.

"하. 나도 같이 마시고 싶다."

"야, 우승하고 돌아와. 그러면 우리끼리 한잔하자."

"그래. 우승하고 나서."

검호, 선우, 미희가 서로를 보며 또 한 번 웃었다.

*****

"힘 다 쓰고 온 거 아니지?"

"닥쳐. 피곤하니까."

"크어!! 부럽다!! 이 자식!"

"지혜가 물어보던데. 너 왜 번호 준다는 여성분 제안을 거절했냐고. 지혜랑 친한 친구라고 하던데."

"크흠. 뭐, 그냥."

"그래 놓고 소개를 해 달라고 한 거냐?"

"아니, 그게 흠."

선우가 얼른 화제를 돌렸다.

"근데 신혼여행 못 가서 어쩌냐?"

결혼식이 끝나고 다음날에 복귀한 성준. 당연히 신혼여행은 나중으로 미룰 수밖에 없다.

"상관없다. 가장 높은 곳으로 향하는 여행이 지금부터 시작될 테니까."

지나가던 권석훈이 그 말을 듣고 감탄했다.

"우와! 형! 진짜 멋진 말이네요!"

"그러냐? 좀 변형해 봤는데."

"제가 요즘 애니를 끊어서 헷갈리긴 한데, 진짜 느낌이 살아 있는 말이었어요."

선우가 고개를 저었다.

"역시 결혼은 위험해. 하루 만에 이상해졌어. 쯧쯧."

일주일의 훈련은 끝났다.

이제 평가전을 치러야 할 시간.

먼저 오스트리아와 첫 번째 평가전이 있다.

-대한민국의 전력! 이제 베일을 벗는다! 에릭 텐 하그의 마음을 사로잡은 이는 누구?

-스위스를 겨냥한 오스트리아와 평가전! 선발 라인업은 누구?

-이제 시작되는 대한민국의 월드컵 여행! 오스트리아전 대승으로 기분 좋게 출발할 수 있을까!

첫 번째 경기는 상암 월드컵 경기장에서 열린다.

대한민국에서 가장 많은 수용 인원을 들일 수 있는 구장.

구장이 꽉 찰 정도로 정말 많은 팬들이 찾아왔다.

몸을 풀러 나온 선수들이 그 모습에 미소를 보였다.

"기대감이 어마어마하고만."

"전 이제 그리 놀랍지도 않아요. 언제부턴가 상암이 꽉 차기 시작했으니까."

"그게 아마 검호가 바르셀로나 간 이후부터였을 걸? 저 인원 대부분이 검호 보러 온다는 소리야."

듣고 있던 검호가 인상을 찌푸렸다.

"야. 낯간지러운 소리 그만하고 몸이나 풀어."

충분히 몸을 풀고 라커룸에 간 선수들이 모든 준비를 마치고 다시 나왔다.

선발 라인업은 공개가 되었다.

전력을 실험할 것인지, 아니면 적당히 감출 것인지, 5명을 추리기 위해 테스트를 할 건지, 오늘 평가전의 목적은 오로지 에릭 텐 하그만 안다.

다만 선발 라인업에서 대략적으로 의도를 알 수 있었다.

"이성기, 박우진, 박우성이 선발? 이야."

황대훈, 손흥민, 추성태가 빠지고 들어온 셋이 전부 데뷔전이다.

팬들이 예상한 탈락 5인방에 항상 수위권에 있던 선수들.

"마지막 기회인가 보네."

"직접 보려나 보다. 어떻게 뛰는지."

"좀 아쉽네. 난 베스트의 대표팀을 보고 싶었는데."

팬들의 의견도 엇갈렸다.

전력을 감추고 실험하는 걸 좋아하는 이도 있었지만, 월드컵을 앞두고 주전끼리 발을 맞출 수 있는 기회를 날리는 거에 대해 불만을 내비치는 이들도 있었다.

그래도 검호가 선발로 포함되어 있어 경기장을 찾은 이들의 불만은 상대적으로 적었다.

"긴장하지 말고, 하던 대로 하면 된다."

"네. 해 볼게요."

"우성이도 힘내라."

"걱정 마세요. 형과 함께라면 전 긴장하지 않으니까."

싱긋 웃는 우성이의 말에 검호가 머리를 쓰다듬어 주었다.

마지막으로 이성기.

"발 한번 맞춰 보자."

"네. 정말 열심히 할게요."

미소 대신 의지를 보여 주는 그의 모습에 검호도 만족했다.

정말로 집중하고 있다는 뜻이었으니까.

그렇게 하나하나 선수들을 독려하고 다니는 검호.

그 모습이 카메라에 잡혔다.

-이미 기사로 났었죠? 대한민국 주장이 나검호로 바뀌었다는 것을요. 독려하고 다니는 모습이 듬직하군요.

-네. 손흥민에 이어 최고의 주장이 생겼습니다. 정말 든든하기 이를 데가 없는 주장이죠. 나검호.

-대한민국 주장으로서 정말 최선을 다해 주면 좋겠습니다. 나검호. 부상 조심하고요.

삐익-

그렇게 경기가 시작되었다.

월드컵에서 떨어진 오스트리아는 유로 2028 예선을 대비하기 위해 다양한 선수들을 데려왔다.

그들에게도 목적이 있는 경기.

그래서인지 초반부터 라인을 올려 강하게 부딪쳐 왔다.

다만 이곳은 대한민국 홈이다.

집에서 치르는 경기인 만큼 훨씬 좋은 몸 상태를 가진 대표팀
선수들.

-백승호, 왼쪽으로. 박우진이 잡습니다. 그대로 나갑니다! 빠르
네요! 박우진!

첫 번째 터치부터 돌파를 시도한 박우진.

카디스에서 보여 주는 모습 그대로 돌파를 한 그가 멋지게
왼발 크로스를 올렸다.

펑-

휘어져 가며 올라온 크로스가 중앙으로 파고들던 이성기의
머리로 향했다.

다만 경합이 있었다.

상대 수비와 경합을 하던 이성기가 먼저 머리에 공을 맞추는
데 성공했다.

투억-

출렁-

우와와와와!!!!

전반 3분. 너무나도 빠른 선취골에 상암 경기장이 순식간에
뜨거워졌다.

그리고 검호.

"이 자식들."

심장이 뛰기 시작했다. 훈련 때도 계속 봐 왔다. 재능이 있다는 걸 확실히 느꼈다. 그런데 실전에서 더 훌륭한 모습을 보여 준다.

고작 3분이지만 느낄 수 있었다.

이 녀석들. 분명 도움이 된다는 것을.

검호가 주먹을 불끈 쥐고는 칭찬해 주러 뛰어갔다.

"응?"

"아아아아."

골을 넣고 세리머니하러 달려간 이성기가 뒤늦게 코와 입술을 잡고 있다.

"너 괜찮나?"

검호의 질문에 애써 태연한 척 이성기가 웃었다.

"네. 괜찮아요."

"이빨 빠졌는데 괜찮아?"

"어? 어? 내 이? 내 이???"

피만 나는지 알았던 이성기가 손가락 사이의 이질감에 절규하기 시작했다. 검호가 웃고 말았다.

"그러니까 영구 같다."

영구 이성기 등장이었다.

＊＊＊＊

전반 3분 만에 터진 대한민국의 선취골에 팬들이 큰 함성으로 기쁨을 드러냈다.

-이성기! 큰 키를 이용해 멋지게 꽂아 넣습니다! 아주 통쾌한 헤딩슛이었어요!

-흥분해서 뛰어가는 이성기. 어어? 이성기? 피가 나네요?

-으흡! 아, 죄송합니다. 웃으면 안 되는데. 이성기. 앞니가 하나 빠졌네요. 경합 중에 부딪쳤나 봅니다. 당황하는 이성기. 나검호 선수도 웃는군요. 흐흐.

골을 넣은 기쁨과 이빨이 빠져 당황한 이성기의 오묘한 표정이 팬들에겐 웃음으로 다가왔다.

그래도 치료는 필요한 법. 려원이 얼른 들어와 상태를 지켜봤다.

"병원 가야겠는데?"

절레. 절레.

당황함을 얼른 지운 이성기.

"계속 뛸게요."

"그럼 나중에 임플란트로 해야 돼."

"그럴래요. 지금은 이 경기가 주요에요."

"발음도 세는데?"

"갠차나요."

고작 하나가 문제일 뿐이다.

그것 때문에 월드컵에 갈 수 있는 이 기회를 놓칠 수 없었다.

"성기 형. 미안. 내가 더 강하게 올렸어야 했는데."

멋지게 왼발 크로스를 올린 박우진의 미안함에 이성기가 또한 번 웃었다.

"갠차나. 신공 쓰지마."

둘의 모습에 보고 있던 검호가 웃으며 한마디 했다.

"발음까지 그러니까 진짜 영구 같네."

짝-

"아, 왜."

"부상자한테 그게 할 말이냐. 성기야. 나가자. 피는 확실히 닦아야 돼."

검호의 등짝을 때리고 나가는 려원의 모습에 팬들은 또 한 번 웃음을 터트렸다.

-ㅋㅋㅋㅋㅋㅋ역시 누나다. 누가 감히 검호를 때려 보겠냐.

-세계 최고의 선수 등짝을 때릴 수 있는 권한 ㅋㅋㅋ 암. 가족밖에 없지.

-와. 저거 보니까 어렸을 때 누나한테 맞던 기억 생각나 ㅠㅠ

-아무리 누나라도 우리 검호 등짝 때리는 건 용납할 수 없다! 누님! 제가 대신 맞겠습니다!

└주접은 집에 가서 해라.

└ㅋㅋㅋㅋㅋㅋㅋ미친놈.

-그나저나 이성기 ㅋㅋ 별명 생기겠다. 이빨 빠진 공격수는 역대급 아니냐 ㅋㅋ

　　　　　　✳✳✳✳

대한민국의 선취골 이후 분위기가 올라왔다.

다소 긴장했던 박우진, 박우성 형제의 플레이가 좋아지면서 왼쪽에서 공이 도는 것도 부드러워졌다.

"좋은데? 저 형제들."

"진짜 괜찮다. 역시 피를 나눈 형제들이라 그런지 호흡이 좋아."

"한 명이 나가면 한 명이 백업. 연계도 좋고, 가운데서 이강인과 이성기가 잘 받아 주고."

"나검호다!!!"

왼쪽에서 돌던 공이 이성기, 이강인을 통해 검호에게 향했다.

뮌헨에서 뛰었던 다비드 알라바가 바로 검호에게 붙었다.

최정상급 윙백이었던 그는 본인이 원하는 대로 미드필더로 변경했다.

92년생답게 노련함도 장착해 오스트리아에선 충분히 존재감을 보여 주는 선수.

훅- 툭-

"……!!!"

기대 이상의 페인팅과 치고 나가는 검호의 순속에 알라바는 그대로 공간을 허용할 수밖에 없었다.

그렇게 측면으로 나간 검호가 강하고 빠른 땅볼 크로스를 올렸다.

'이건!'

가운데 서 있던 이성기가 패스의 의도를 읽었다.

이렇게 강하고 빠른 패스라면 자신에게 보내는 게 아니다.

휙-

가랑이를 벌리자 공이 그대로 뒤로 나갔고, 뒤에서 달려오던 박우진이 인사이드로 공을 밀어 찼다.

팅-

"아아아!!!"

골대를 맞고 아웃이 된 슈팅에 박우진이 아쉬움을 표했다.

"이야. 성기. 센스도 있네."

"내가 그런 거 좀 자합니다. 유스 시절에 칭찬 마니 바닸어오."

"우진이는 슈팅 연습 좀 하자."

"한번만 더 주세요. 다음엔 넣을게요."

"월드컵에서도 그런 소리 할 거냐?"

"……연습할게요."

주장 완장을 달아서인지 검호의 말을 듣는 느낌이 좀 다르다.

세계 최고의 선수가 하는 말도 귀담아 들어야 하는데, 주장으로서 말을 하니 절대적으로 따라야 하는 느낌이 있었다.

웅성. 웅성.

오스트리아를 상대로 압도하는 대한민국.

주전이 셋이나 빠졌음에도 보여 주는 전력이 꽤나 만족스러운지 구장을 찾은 팬들이 힘차게 응원하기 시작했다.

대~한, 민~국!!

짝짝! 짝! 짝짝!

대~한, 민~국!!

짝짝! 짝! 짝짝!

02년 시절부터 만들어진 대한민국 응원 구호.

이제는 이 소리를 듣지 않으면 대표팀에서 뛰는 느낌이 들지 않기도 한다.

역시 대한민국은 저 구호가 맞다.

"집중해! 방심하지 말고! 한발 더 뛰어!"

검호의 말에 모두가 의지를 보여주며 뛰어다녔다.

타고난 피지컬에 센스까지 곁들인 이성기는 최전방에서 꽤나 위협적인 모습을 보여 주었다.

후방에서 급하게 걷어 낸 공을 지켜 주는 모습도 있었고, 등을 지고 관리하다가 동료에게 연계해 주는 모습도 훌륭했다.

"대훈아, 너 위험하겠는데?"

"에이, 설마요."

"전술 성향에 따라 성기가 선발로 나갈지도 모르겠다."

"그래도 제가 더 낫죠. 저 리버풀 스트라이커에요."

손흥민의 말에 발끈한 대훈이지만 그래도 유심히 이성기의 플레이를 지켜봤다.

성일환이 직접 뽑은 선수니 재능은 의심할 이유가 없다.

다만 프로 6개월 차니 약간 무시하는 감정이 있었다. 어차피 1선발은 자신일 거라고.

생각이 달라졌다.

'만만하게 보면 안 되겠네.'

이성기와 스타일은 다르다. 자신은 자신만의 방법이 있다.

"후반전에 들어가면 보여 드릴게요. 제가 더 뛰어나다는 걸."

"그래, 나도 들어가면 같이 맞춰 보자."

옆에서 조용히 듣고 있던 추성태도 웃었다.

"나도 잘못하면 19살짜리한테 자리 뺏기겠다야."

왼쪽 윙백으로 뛰는 박우성이 생각보다 잘한다.

우진보다 순둥한 성격을 가진 우성이지만 플레이에서는 거친 파워가 느껴졌다.

176cm의 키와 빠른 스피드, 민첩성을 보여 주는 것이 초롱이, 꾀돌이라고 불렸던 이영표를 연상케 했다.

휙휙-

우와와와!!!!

엔드 라인까지 오버래핑 해서 보여준 헛다리에 관중들의 함성이 터졌다. 정말 오랜만에 보는 완벽한 헛다리가 진짜 이영표를 떠올리게 해서였다.

"크흐흐. 저 형제 진짜 좋네. 호흡이."

"우진이도 잘하는데 우성이도 안 밀려. 형 믿고 마음 놓고 오버래핑 해서 개인기 쓰네."

"성태야. 너 진짜 위험할지도 모르겠다."

＊＊＊＊

전반은 1-0으로 끝났다.

후반전엔 무려 다섯 명이 바뀌었다.

강태수. 손흥민. 이승우. 황대훈. 주태식까지.

검호는 여전히 후반에도 출전한다.

"검호 빼 주지. 부상당할까 봐 걱정되는데."

"나도 그게 좀 걱정되긴 하는데, 그래도 뛰는 거 계속 볼 수 있으니까 좋다."

백승호 대신 들어온 강태수가 최남일과 주먹을 부딪쳤다.

"잘해 봐요. 형."

"우리 처음 발 맞춰 보네. 열심히 하자."

"네!"

권석훈 대신 들어온 주태식도 김민재와 호흡을 맞춘다.

"제2의 나라며? 어디 실력 한번 보자."

"네. 보여 드릴게요."

"말만큼 못하면 저녁에 괴롭힐 거야."

삐익-

후반 시작부터 다섯 명을 바꿔서인지, 만회골을 노리는 오스트리아의 의지 때문인지 초반엔 다소 밀리는 경향이 보였다.

하지만 김민재, 주태식의 수비가 통하면서 서서히 안정세를 되찾았다.

-쫓아가는 주태식, 태클! 걷어 냅니다! 주태식, 데뷔전인데도 전혀 긴장하지 않는 모습이군요!

-역시 분데스리가 경험은 무시할 수 없군요. 축구는 이제 나이

로 하는 게 아닌 거 같습니다.

수비가 안정화되니 미드필더도 살아났다.

-최남일 올라옵니다. 오른쪽, 강태수에게. 빠져나오는 강태수!
올라갑니다! 강태수!

상대의 압박을 멋지게 턴으로 돌아서며 전진하는 강태수.
공을 끌고 가는 그의 눈에 좌우에서 중앙으로 침투하는 손흥민
과 나검호가 보였다.
툭-
선택은 검호였다.
가볍기 찍어 찬 공이 검호에게 향했고, 그걸 완벽하게 트래핑한
검호가 더 깊숙이 침투해 들어오는 황대훈의 앞으로 굴려 주었다.
펑-
출렁-
이야아아아아아아!!!!!!

-황대훈!!! 대한민국이 두 번째 골을 터트립니다! 황대훈! 춤을
추는군요!

강태수의 시야와 정확한 패스가 없었다면 만들어지지 않았을
장면.

대부분은 황대훈의 골을 기뻐했지만 축잘알들은 강태수의 플레이를 칭찬하고 나섰다.

그렇게 두 번째 골 이후 완벽히 대한민국 페이스였다.

'애들이 보여 줬는데.'

검호가 구장을 쓱 훑어봤다.

6만이라는 엄청난 관중이 찾아왔다.

누캄프만큼은 아니어도 충분히 많은 숫자.

모두가 자신을 보러 온 건 아니지만 상당히 많은 비중을 차지하고 있을 것이다.

대한민국 축구 선수인데 대한민국 축구팬들이 많이 보지 못하는 선수.

그걸 알기에 검호도 골에 대한 욕심을 가졌다.

아주 멋지고 강렬한 느낌의 골을 넣을 욕심을.

툭툭-

-김민재, 이성준에게. 나검호에게 밀어줍니다. 중앙으로 나가는 나검호. 다시 이성준에게. 이성준이 뜁니다!

"성준아!!"

성준에게 공을 주면서 바로 박스 앞으로 뛰어가는 검호.

그 소리를 들은 성준이 검호를 살짝 살폈다.

어떤 의도의 움직임을 가져가는지 파악하기 위해서였다.

'그거구나.'

딱 보면 척이다.

어떤 위치로 뛰어 들어가는지, 상대 수비와의 간격이 어느 정도인지 알면 검호가 때리고 싶은 슈팅의 의도가 읽어진다.

투억-

박스 모서리까지 간 성준이 강하게 땅볼로 패스했다.

좀 강하게.

이번에도 알라바가 빠르게 붙었다.

"……!!!"

다가오는 공을 검호가 흘리면서 왼발로 잡았다.

센스 있는 플레이 한 번에 알라바가 벗겨졌다.

그리고 이어진 검호의 왼발 슈팅!

펑-

대포알 같은 슈팅이 쭉 뻗어 나갔다.

제라드만큼은 아니지만 램파드의 중거리 슈팅 능력도 무척이나 뛰어나다.

결정력, 정확도 면에서는 어쩌면 더 뛰어난 중거리 슈팅일지도 모른다.

슈우우우우-

출렁-

우와와와와와!!!!!!

골대 상단에 그대로 꽂힌 골에 상암 월드컵 경기장이 또다시 뜨거워졌다.

스코어 3-0.

스위스를 겨냥한 첫 번째 평가전을 대한민국이 깔끔하게 승리하는 순간이었다.

*****

오스트리아전 이후 이어진 기니와의 두 번째 평가전.

이번엔 팀의 주력이라고 할 수 있는 검호, 성준, 선우가 빠졌다.

그 자리를 다른 선수들이 뛰면서 테스트에 들어갔다.

아프리카 특유의 개인 기술과 유연함으로 인해 대표팀은 고전하는 듯했다.

아무래도 검호가 없으니까 마무리에서 부족함도 드러났다.

그럼에도 손흥민이 한 골을 넣으며 전반을 1-0으로 마쳤다.

백미는 후반이었다.

나검호-

나검호-

나검호-

어서 빨리 검호를 필드로 내보내라!

팬들의 요구가 담긴 함성이 흘러나오기 시작했다.

예전에도 겪어 봤던 일이지만 또다시 겪으니 이제는 다른 동료들에게 미안한 마음이 드는 검호였다.

필드에서 뛰는 동료들을 조연으로 만들어 버린 느낌이니까.

"어깨 펴라. 미안해할 필요 없어. 다 네 노력이 만들어 낸 결과니까."

성준의 말에 검호가 인상을 찌푸렸다.

"진짜네. 결혼했다고 이상해졌어. 말도 많아지고."

"시끄러워."

팬들의 연호를 계속해서 무시할 수 없었는지 결국 검호가 투입이 되었다.

출렁-

이번에도 한 골을 추가해 2-0으로 승리한 대한민국.

경기가 끝나고 팬들 앞에서 출정식이 이어졌다.

국내 평가전은 이걸로 끝났고, 이제 내일 오전에 월드컵에 갈 23인의 대표팀 명단이 발표된다.

그 전에 함께 싸운 28인의 선수 전원이 팬들 앞에서 마지막 각오를 밝힌다.

한 명씩 불려 나간 선수들이 마이크를 잡고 팬들에게 인사를 했다.

그리고 마지막.

주장 나검호가 마이크를 잡았다.

"제가 가장 좋아하는 친구, 성준이가 한 말입니다. 낯 뜨거워서 쉽게 하기 어려운 말인데, 지금 이 순간 그보다 어울리는 말은 없을 거 같군요."

대중을 훑어본 검호가 자신감 넘치는 미소와 함께 말했다.

"지금부터 가장 높은 곳으로의 여행을 시작합니다."

우와와와와와와!!!!!!!

이야아아아아아아!!!!!!!

월드컵 우승을 향한 여정.

지금부터가 진정한 시작이었다.

****

두 번의 평가전이 끝났다.

이제 28인의 명단에서 다섯 명을 뺀 23인의 명단을 정해야 한다.

팬들은 누가 떨어질지 궁금해하면서 떨어질 다섯 명에 대해 많은 이야기를 나눴다.

　-솔직히 이성기와 주태식이 떨어질지 알았는데. 둘 하는 거 보면 데려가도 되겠던데?

　└2222 인정. 이성기는 전술적으로 사용할 만한 카드고. 주태식도 나이는 어린데 노련해. 진짜 어렸을 때 김민재 보는 느낌이야. 깡도 있어 보이고.

　└이성기가 붙으면 다른 선수들이 떨어지겠는데. 진짜 모르겠다.

　└기니전에서 못한 애들이 있어서 걔들이 좀 불안할 듯.

　-좀 애매하게 봤던 박형제랑 강태수는 갈 듯. 걔네들 어린데 잘해. 진짜 예전에 쌍용 보는 느낌이야.

여러 가지 이야기들이 나왔지만 확실하게 다섯 명을 꼽을 수 있는 팬들은 없었다.

대략 두세 명 정도는 떨어질 게 예상이 됐지만 나머지 두세 자리에 대한 갑론을박이 강했다.

당연히 감독인 에릭 텐 하그의 고민도 깊을 수밖에 없었다.

"각자 생각한 것들을 이야기해 보지."

냉정하게 말해서 15자리 이상은 정해졌다.

나머지 자리에서 경합이 이어지고 있을 뿐.

장시간 토론을 하다가 결국 23인을 정했다.

다음 날.

협회에서 준비한 곳으로 이동한 에릭 텐 하그가 잔뜩 모인 기자들 앞에서 발표를 시작했다.

"골키퍼부터 발표하겠습니다. 골키퍼 자리에 박선우, 송범근, 강현무."

이후로 에릭 텐 하그의 입에서 쭉쭉 선수들의 이름이 나왔다.

주태식이 호명될 땐 기자들도 놀랐는지 순간 타이핑이 바빠졌고, 강태수가 호명될 땐 예상했다는 듯이 차분한 모습을 보이기도 했다. 가장 갑론을박이 심했던 이성기마저 발탁이 되자 더없이 많은 기사들이 쏟아지기 시작했다.

[에릭 텐 하그, 23인 명단 발표! 이성기, 강태수, 주태식 모두 발탁! 젊은 피의 도전인가!]

-2026 월드컵에 참여할 23인의 태극전사가 결정됐다. 팬들조차 다양한 토론이 있을 정도로 치열했던 경쟁에서 살아남은 이들

은 과연 누구일까.

가장 먼저 호명이 된 박선우를 시작으로 세 얼간이는 당연하게도 발탁이 되었다.

(중략)

고민이 많았을 자리에서 승리자는 대부분이 어린 선수였다. 경험보다는 그들의 패기를 믿는 것일까.

부디 대한민국의 월드컵에 멋진 도전이 되었으면 좋겠다.

〈대한민국 대표팀 23인 명단〉
GK: 박선우. 송범근. 강현무.
DF: 김민재. 권석훈. 진수호. 주태식. 추성태. 박우성. 이성준. 권주성.
MF: 최남일. 백승호. 강태수. 손흥민. 박우진. 이강인. 이승우. 나검호. 황희찬. 엄원상.
FW: 황대훈. 이성기.

기다렸던 기사가 뜨자 커뮤니티는 또다시 화염에 휩쓸린 듯 많은 이야기들이 나왔다.

-으허허허헝. 우리 빵훈이 떨어졌어 ㅠㅠ
-우리 두재 ㅠㅠ 두재야 ㅠㅠ.
-아니, 팀이 너무 어린 거 아냐? 저 정도면 월드컵 나오는 팀 중 평균연령 가장 어릴 거 같은데?

-와. 30대가 고작 넷이야. 이거 괜찮은 거 맞냐? 경험 문제 나올 거 같은데.

-경험 문제 있을 거 같다고? 팀의 중심인 세 얼간이가 28살이야. 전성기 나이지. 그 셋이 딱 버티고 있는데 무슨 경험 문제가 나오냐.

└2222 그리고 나검호가 한마디 하면 경험 없는 애들도 바짝 정신 차릴 듯. 별문제 없어 보임. 오히려 패기 넘치고 많이 뛸 거 같아서 기대됨.

└3333 우승까지 가려면 장기전이지. 체력 좋은 선수들 위주로 뽑은 느낌도 있네. 난 좋다. 이거.

-자! 제가 평균연령 계산해 봤습니다! 대략 25살 나와요! 2018 때와 2022때 모두 27세였는데 확실히 낮아진 거 맞아요. 근데 강태수 비롯해 나이 깎아 먹는 애들이 있어서 그렇지 그렇게 어리게만 볼 순 없어요. 예상하는 베스트 일레븐은 이십 대 중후반이에요. 전성기 나이죠.

-ㅋㅋㅋ아니. 나이는 엄청 어려 보이는데 월드컵 첫 출전자가 10명밖에 안 돼. 13명은 월드컵 경험이 있어. 이러면 경험 문제로 몰고 가기도 좀 그러네.

-수비형 미드필더가 최남일뿐인데 괜찮나?

└백승호가 그 자리 할 수 있음. 그래서 공격 쪽 카드를 하나 더 데려가는 듯. 여차하면 검호도 할 수 있고. 봤잖아. 챔스 결승에서 검호 그 자리 가능한 거.

너무 어린 선수들이 많이 발탁이 된 탓에 시작부터 이야기가 많았다.

국민들조차 감독인 대한민국에서 당연한 진통이었다.

기자들도 기다렸다는 듯이 조회수 팔이 기사를 쓰기 시작했다.

그런 진통 속에서도 대한민국 대표팀은 차분하게 월드컵을 준비했다.

살아남은 23인의 선수들은 각자만의 목표를 가지고 출국을 기다렸다.

＊＊＊＊

"회장님. 진짜로 뽑혔습니다. 진짜로요."

자기 일처럼 기뻐하는 비서의 말에 회장, 주성철이 웃었다.

"설마 했는데 말이지."

"평가전 때 너무 잘했지 않습니까. 팬들의 여론을 완전히 바꿔 버린 플레이였습니다. 당연한 결과에요."

주성철도 그 경기를 봤다.

조마조마한 심정으로. 잘하길 바라는 마음으로.

"이러면 지원을 안 하기도 애매한데."

"하셔야 합니다. 아시잖습니까."

대표팀을 위해 통 큰 찬조를 했다는 기사가 뜸으로서 회사 이미지는 더 좋아졌다.

다만, 그 찬조 때문에 주태식이 뽑힌 거 아니냐는 말이 나오기 시작했다.

뒤에서 힘을 실어 준 거 아니냐면서.

어차피 뭘 해도 의심을 받는다면 차라리 지원을 하는 게 낫다. 대표팀을 위해서라도.

퇴근을 한 주성철이 집에 도착했다.

"조심히 들어가십시오. 회장님."

"고생했네."

집에 들어간 주성철이 환하게 밝혀져 있는 거실 불에 의아함을 가졌다.

아들은 전부 따로 산다.

상주하는 아주머니가 있지만 거실에 불을 켜 놓고 있진 않는다.

'누가 있나?'

문을 열고 들어가니 놀라운 인물이 있었다.

"퇴근이 늦으시네요. 아버지."

"······네가 어쩐 일이냐."

주태식이었다.

"그냥 아버지 뵙고 싶어서 왔습니다. 함께 저녁도 먹을 겸요."

"내일 출국이지 않느냐?"

"네. 그래서 온 것도 있어요."

28인 예비 명단에 들었을 때 찾아올까 고민을 했었다.

하지만 누가 봐도 떨어질 가능성이 가장 높았기에 보류했었다.

이제는 당당하게 살아남아서 월드컵에 가기에 이렇게 찾아온 것.

"앉으시죠. 부족하지만 저녁은 제가 준비했어요."

진짜 소박한 상차림이다.

제육볶음. 계란말이. 된장찌개.

독일에서 혼자 살면서 익힌 요리 솜씨로 해 본 듯싶었다.

그런데 맛있었다. 아주머니가 해 주는 것보다. 직원 식당보다
도.

"대표팀 생활은 할 만하더냐?"

"할 만해서 하는 게 아닙니다. 해야 하니까 하는 거죠."

"그런가."

"네. 대표팀이니까요. 대한민국을 대표하는."

대화는 많지 않았다.

보여 주고 싶어서 찾아온 주태식이지만 막상 말을 하려니 어색
함만 머물 뿐이었다.

회장. 아무나 그 자리에 있을 수 없는 자리.

눈칫밥을 먹을 대로 먹고, 밑 사람들의 심리를 수없이 파헤쳐
본 주성철이 그걸 모를 리가 없었다.

"하고 싶은 말이 있으면 해라."

"……."

고민하던 주태식이 물었다.

"어머니 무덤 한번 찾아가 주실 수 있을까요?"

"그걸 부탁하려고 온 거냐?"

"네. 가족으로 인정받고 싶으니까요."

무시당한 어머니와 자신이 가족으로 인정받고자 더없이 노력했
다.

유럽에서 주전을 차지했고, 이번에 월드컵에 가는 기적도 만들어 냈다.

딱-

주성철이 수저를 놓고 일어났다.

그럼 그렇지. 역시 바뀐 게 없구나.

월드컵에 가는 작은 성공을 거두었음에도 아직 가족으로 인정받지 못하구나.

그런 생각이 들 때였다.

일어났던 주성철이 어디론가 갔다가 사진첩을 하나 가져왔다.

그곳엔 어린 시절 엄마와 갓난아기 시절의 자신이 찍힌 사진이 있었다.

"난 한순간도 가족이 아니라고 생각한 적이 없다. 네 형들은 아닐지도 모르지만."

"……그럼 왜 방치하셨나요."

"내가 널 지켜 주면 줄수록 넌 더 큰 괴롭힘을 당했을 것이다. 난 그저 네가 이겨 내길 바랐을 뿐이다."

"……."

주성철이 다시 식탁에 앉았다.

"계란말이가 맛있구나. 너 어미가 했던 맛과 같아."

말을 마친 주성철이 주태식을 바라봤다.

"네가 성공한 만큼, 나도 이제 당당해져도 되겠구나. 월드컵 끝나고 함께 가자. 네 엄마 보러."

울컥-

드디어 인정받았다는 생각이 들어서일까.

가슴이 벅참과 동시에 눈물이 날 거 같았다.

"우승 메달도 하나 가지고 와서 그 앞에 놔둬야겠네요. 꼭."

※※※※

협회에선 다큐를 비롯해 훈련 영상, 선수들의 개인 에피소드를 촬영하기 시작했다.

역대급 월드컵이 될지도 모른다는 기대감 속에서 모든 것을 영상으로 남기고 싶은 마음 때문이다.

출국 전까지 많은 인터뷰도 예정되어 있었다.

"나검호 선수. 별명이 블랙 타이거 아닙니까? 그래서 팬들이 월드컵에서 어흥 세리머니 해 달라고 하는데요. 가능하세요?"

"아. 흠. 한번 해 보겠습니다. 팬들의 요구라면."

크크크크.

"이성준 선수. 월드컵 결승까지 가면 대략 한 달을 넘게 떠나 있어야 하는데, 아내분이 슬퍼하시지 않습니까?"

"티켓 끊어 줬습니다. 대한민국 전 경기를요. 전 아내와 항상 함께할 겁니다."

"토너먼트 경기도요?"

"네. 조별 리그 1위로 통과해 계속 이기는 코스로 티켓 끊었습니다."

오오오오.

여자라면 성준의 이런 강함에 빠져들 수밖에 없다.

아나운서가 부러운 표정으로 바라보자 그게 못마땅한 선우가 옆에서 한소리 거들었다.

"결혼한 지 얼마나 됐다고 벌써부터 외박이라니."

"넌 좀 조용해라."

크크크크.

그 외에도 여러 선수들이 인터뷰를 하며 마지막 일정을 마쳤다.

이제 출국을 해야 할 시기.

"형들! 영상 떴어요!"

황대훈이 폰을 흔들며 소리쳤다.

23인 명단의 프로필과 함께 각오가 담긴 영상이 드디어 공개가 된 것이다. 시작 버튼을 누르자 웅장한 노래 소리와 함께 대표팀 플레이 장면이 나왔다. 이후, 가장 먼저 등장한 검호.

〈세계 최고의 선수! 발롱도르 위너! 대한민국 대표팀 주장! 검신! 나검호!〉

붉은색 대표팀 유니폼을 입고 팔짱을 낀 검호의 등장과 함께 흘러나온 멘트.

"왜 블랙타이거 아니냐?"

"아. 검은 호랑이가 좋았는데."

"왜 검신이야. 저건 좀 그러잖아."

친구들의 불만에 검호가 노려봤다.

"그럴지 알고 바꿔 달라고 했다. 나만 가능한 별명이잖아? 억울하면 너희도 신 소리 듣던가."

당당한 말에 반박할 말을 찾지 못한 그들.

"야, 다음엔 누군지나 보자."

한 명 한 명이 흘러 나왔다.

〈오른쪽은 나의 것! 검신의 남자! 이성준!〉

"아니, 미친? 뭐야. 이거."

이성준은 자신을 소개하는 멘트에 화를 냈고.

〈날뛰기 위해 골을 넣는다! 슈퍼 똘아이! 황대훈!〉

"뭐야! 이거 멘트 누가 정한 거야!"

황대훈도 화를 냈다.

그렇게 되자 선우도 불안했는지 입술을 만지작거렸다.

영상은 계속되었다.

〈공은 여기서 멈춘다! 여포! 김민재!〉
〈귀여움에 반한다! 제2의 캉테! 최남일!〉
〈여포 옆에 적토마! 투사! 권석훈!〉
〈이가 없으면 잇몸으로! 영구! 이성기!〉

크흐흐흐흐!!

이성기 소개 멘트에선 전원이 빵 터졌다.

"와. 진짜 이거 누가 만든 건지 알고 싶네."

"누구냐. 도대체."

"이런 병맛이 요즘 트렌드이긴 한데. 되게 웃기네."

〈중원의 지배자! 천재! 이강인!〉

〈대한민국 축구 황제! 손세이셔널! 손흥민!〉

〈대훈아! 관심은 이렇게 끄는 거다! 관종! 이승우!〉

"아니 시바! 어떤 놈이냐. 진짜."

이승우도 발끈해서 화를 냈다.

그렇게 한 명씩 하다 보니 골키퍼 차례가 왔다.

모두가 기대하는 심장으로 선우의 소개 멘트를 기다렸다.

〈골키퍼 있으면 골 안 들어간다! 본인의 연애운도 막아 버리는
최후방의 사나이! 박선우!〉

"이런 시바아아아아!!!!!"

푸하하하하-

"대훈아! 당장 잡아와! 이거 누가 만든 건지!!"

"네!!! 반드시 잡아올게요!!"

미쳐 날뛰는 둘의 모습에 검호가 웃었다.

"진짜 병맛이네."

＊◇＊◇＊

출국에 앞서 공개가 된 선수 소개와 프로필.
맛 같은 영상에 팬들은 대소를 터트렸다.

-ㅋㅋㅋㅋㅋㅋㅋㅋㅋ황대훈 ㅋㅋㅋㅋㅋㅋ슈퍼 똘아이 ㅋㅋ
ㅋ가만 보면 맞는 듯. 골 넣어서 날뛰는 게 아니라 날뛰려고 골
넣는 거 같아.
  ㄴㅋㅋㅋㅋㅋㅋ이승우도 ㅋㅋㅋㅋㅋㅋㅋ 그래. 황대훈 이전
에 이승우지 ㅋㅋ
  ㄴ그래도 관종짓은 황대훈이지 ㅋㅋㅋㅋ애는 세리머니 때문에
징계도 받은 놈인데.
-우리 선우 ㅋㅋㅋㅋㅋ웃프네. 오는 연애운까지 막아 버리다니
ㅋㅋㅋㅋ
-우리 선우 연애하게 해 주세요! ㅋㅋㅋㅋㅋ진짜 너무 슬프다.
-이성기 영구는 뭐냐? ㅋㅋ 그 이빨 빠진 거 때문에 그래?
  ㄴㅋㅋㅋㅋㅋㅋ최남일 인터뷰에 있는데. 이성기 이빨 빠졌을
때 검호가 영구라고 놀리기 시작했대.
  ㄴ워 ㅋㅋ검호 아재냐. 언제 적 영구야 ㅋㅋㅋㅋㅋㅋ
-아니 ㅋㅋㅋㅋ이 영상 누가 만든 거? 협회서 만든 거 맞음?
이런 병맛이 통과가 됐어? ㅋㅋㅋㅋ

가장 높은 곳으로의 여행을 시작합니다 189

ㄴㅋㅋㅋㅋㅋㅋㅋ그니까. 이거 선수들이 고소해도 할 말 없을 듯.

병맛이 트렌드라 웃는 팬들은 매우 많았다.

당연히 좋아하는 선수를 놀린 거에 대해 불편해하는 팬들도 있었지만.

어찌됐든, 이 영상 때문에 대표팀 내부에선 혼란이 일어나고 있었다.

"야, 검호! 너 누구한테 부탁한 거야. 검신이라고 해 달라고 했다메!"

"비밀. 비밀."

"황대훈! 찾아냈냐!"

"아직요! 전화 돌리고 있습니다!"

"내가 그 영상 만든 놈은 고소한다!"

발광하는 선우의 모습에 성준이 고개를 저었다.

"나는 양반이었네."

"내 남자라고 하는 게 마음에 들었나 보다?"

"닥쳐. 선우 때문에 참고 있는 거니까."

"……."

✳✳✳✳

미국 베이스캠프.

월드컵을 위해 대한민국 대표팀이 머물 곳.

이곳에서 2주간 강도 높은 훈련을 한 후 월드컵을 시작한다.

중간에 스웨덴과 평가전을 위해 잠시 떠나는 걸 제외하면 이곳에서 몸과 마음을 다듬어야 한다.

그만큼 협회에서 많은 신경을 써 주었다.

"대훈 그룹에서 찬조를 해 줘 넉넉하게 예산을 배정받을 수 있었다. 이곳 시설 마음껏 이용하고 필요한 거 있으면 언제든지 이야기해라."

협회 임원의 말에 대표팀이 주태식을 바라봤다.

그런 시선에 괜히 부끄러워진 주태식이 헛기침을 한번 했다.

"흠흠. 제가 부탁한 거 아닙니다."

검호가 어깨에 손을 올렸다.

"나중에 은퇴하면 축구협회 회장 한번 해라. 찬조도 팍팍하고."

"그건 너무 먼 미래의 일입니다. 회사 돈도 제 돈이 아니고요."

"혹시 아냐. 네가 나중에 가업 이어받을지."

"그런 일은 없을 거예요."

형들이 그냥 있진 않을 테니까.

자신은 그저 이렇게 축구를 하는 게 좋으니까.

입소를 한 선수들이 각자의 방으로 향했다.

"이야. 방 좋네."

"최고네."

"1인실이라는 게 더 마음에 드네요."

최고의 컨디션을 위해 1인 1실이 배정되었다.

그 안에 깨끗하고 좋은 침대와 각종 시설이 구비되어 있었다.

최상급 호텔 못지않은 시설들에 선수들의 의욕도 샘솟았다.

시차를 위해 첫날은 휴식을 취하고 두 번째 날부터 훈련이 이어졌다.

그리고 세 번째 날부터 본격적으로 파워 트레이닝이 진행되었다.

엄청난 부담감과 싸워야 하는 월드컵.

평소 경기보다 체력 소모가 훨씬 심할 것이 분명하다.

그 체력을 키울 파워 트레이닝을 하며 선수들의 힘을 완전히 빼 놓았다.

힘을 다 뺐다가 회복하는 과정에서 체력이 더 붙는다는 사실 때문이었다.

다만, 과거 대한민국은 이 과정에서 실수가 있어 1차전에서 온전한 체력을 유지하지 못한 전적이 있었다.

그때의 실수를 돌이키지 않기 위해 협회에서도 만반의 준비를 했고, 경험 많은 에릭 텐 하그도 철저하게 훈련을 지휘, 지도했다.

"와. 검호 형 체력은 진짜."

"어떻게 저렇게 뛸 수 있지?"

"쟤는 안 힘드나? 완전 미친 거 같은데."

파워 트레이닝에서도 단연 돋보이는 건 검호였다.

본인이 가지고 있는 체력 자체도 훌륭한데, 캉테의 G등급까지 보유하고 있으니 훈련 때마다 최고의 모습을 보여 줄 수 있었다.

후배들이 오기를 가지고 검호에게 도전해 보지만 결국 고개만

저을 뿐.

힘들게 훈련을 한 다음엔 식사와 휴식이 필요한 법.

우걱. 우걱.

"저 형은 못하는 게 뭐죠?"

"먹고 싸는 것도 엄청 잘하실 듯."

"저 형님은 은퇴 후에 먹방 해도 탑 찍으실 거 같네요."

체력 회복을 위해 나온 소고기가 순식간에 사라진다.

"나검호 선수! 잔뜩 준비했으니 많이 드세요!"

"감사합니다."

그렇게 시간이 빨리 흘러갔다.

그사이 월드컵 관련 이슈들이 하나둘 떠올랐다.

전 세계의 축제 월드컵.

당연히 많은 기사가 뜰 수밖에 없다.

이미 검호가 포함된 대한민국 명단이 공개가 되었다.

그 외에 우승 후보로 평가 받는 브라질도 알려졌다.

"작년과 별다를 게 없는데?"

"몇 명만 바뀌었네."

"한번 이겼다고 어째서 해볼 만하게 느껴지네."

브라질 외에도 잉글랜드, 독일, 스페인, 프랑스, 포르투갈 등 우승 후보의 명단도 발표되었다.

각국을 대표하는 선수들의 인터뷰도 흘러나오면서 서서히 월드컵의 분위기가 고조되기 시작했다.

-스위스 레전드 샤키리, 껌이 있는 대한민국은 분명한 경계 대상이다. 하지만 승리는 스위스의 것.

-스위스 감독, 껌을 막을 수만 있다면 우리의 승리 확률이 올라갈 것이다. 쏜? 그는 전성기가 지났지 않았나?

-카메룬 감독. 스위스와 대한민국의 경기를 잘 지켜볼 것이다. 두 팀이 비기면 우리에겐 최상.

-에투, 카메룬과 대한민국이 올라갈 것으로 본다. 물론 조 1위는 카메룬.

조별 리그 경기를 대비한 두 팀의 언론 플레이도 시작됐다.

에릭 텐 하그도 그냥 있지 않았다.

-조별 리그는 항상 조심해야 한다. 스위스? 카메룬? 두 팀 모두 경계 대상이다. 하지만 그 두 팀이 브라질만큼은 아니다. 모두가 그걸 알고 있지 않은가.

브라질도 이긴 대한민국이다.

이걸 에둘러 말하면서 강한 자신감을 보여 주는 인터뷰.

팬들은 강한 자신감에 긍정을 표하면서 어서 빨리 월드컵이 시작되길 기다렸다.

이제 마지막 평가전 스웨덴전이 남았다.

에릭 텐 하그는 1차전을 대비하기 위해 베스트 전력을 모두 내보냈다.

에릭 텐 하그의 특유의 433.

손흥민. 황대훈. 나검호의 쓰리톱.

백승호, 최남일, 이강인의 미드필더.

추성태. 권석훈. 김민재. 이성준의 포백.

최후방은 당연히 박선우였다.

그렇게 시작이 된 경기.

스웨덴도 월드컵에 나왔다.

같은 조에 이란이 포함되어 있어 대한민국을 상대로 최상의
전력을 꺼내 들었다.

바이킹의 후손 스웨덴.

2018년 월드컵에서도 한번 부딪친 경험이 있는 만큼 경기
초반부터 치열한 부딪침이 있었다.

-손흥민, 넘어집니다. 아. 부상은 안 돼요.

-네. 오늘 경기는 승리보다 절대적으로 부상을 당하지 않는
게 중요해요.

부상에 대해 서로가 예민한 만큼 거친 몸싸움과 태클에 대해서
과한 반응이 있었다.

다행히 심판이 적절하게 카드를 꺼내면서 과열을 막는 분위기
가 형성되었다.

결과는 1-0이었다.

이성준의 컷백을 최남일이 밀어 넣으면서 대한민국이 승리를

거뒀다.

하지만 승리에 대한 기쁨보다 비평이 훨씬 많았다.

-마지막 평가전인데 지금 경기력 실화냐?

-이 경기력으로 우승한다고?

-오늘 전체적으로 좀 별로네. 나검호가 뚫고 패스 다 해 줘도 날려 먹고.

-황대훈이 컨디션 많이 망가졌네. 파워 트레이닝 후유증인가?

팬들의 비판이 있다는 걸 안 에릭 텐 하그가 인터뷰를 시도했다.

-걱정할 필요 없다. 의도대로 되고 있다. 대한민국의 최고 전력은 월드컵에 나올 것이다.

보통 우승을 하는 팀은 페이스를 조별 리그 이후로 맞춘다고 한다.

그때 이후가 중요하니까.

우승을 노리는 만큼 대한민국도 그러는 게 아니냐는 팬들의 옹호도 있었다.

물론 그 반대 여론이 더 컸다.

-우리나라가 언제부터 우승 후보였다고 페이스 조절을 해. 1차전부터 최선을 다해야지.

-1차전부터 초점 맞춰야지. 조별 리그 고작 두 경기야. 첫 경기 지면 진짜 위험하다고.

-우승 후보들이 그래서 조별 리그 때 떨어지기도 한다니까. 감독이 생각 잘했으면 좋겠다.

힘겨운 승리 탓에 기다렸다는 듯이 방구석 전문가들이 나오기 시작했다.

날씨, 온도, 시차, 훈련, 몸 상태, 컨디션, 사기 등등등.

대표팀의 상황을 기사로밖에 접하지 못하는 이들이 아는 척을 한다.

축구를 사랑한다는 명목하에 많은 이야기를 꺼낸다.

그런 글을 보는 대표팀 선수들이 사기가 떨어지는 것도 모른 채.

"스웨덴전 졸전했다고 난리네요."

"우리가 좀 못하긴 했지."

"아직 체력이 덜 붙어서 그래. 회복이 되면 컨디션 좋아질 거야. 그럼 1차전 때 좋아지겠지."

"대훈이가 넣을 거 넣었으면 3-0은 됐을 텐데."

"아, 저도 컨디션 이제 막 끌어올리고 있는 상태에요. 기다려 보세요. 1차전 때 맞춰지니까."

검호도 한마디 했다.

"우리 탓이잖아. 팬들 뭐라 할 거 없어. 그냥 우리가 잘하면 모든 게 바뀐다. 알잖아?"

모두가 고개를 끄덕였다.

알고 있다. 안다. 분명한 사실이다.

최고의 스타가 될 수 있는 자리.

반대로 역적이 될 수도 있다.

월드컵에서 선수 인생이 바뀔 수도 있다는 뜻.

그래서 부담도 크고 긴장도 된다.

하지만 그걸 이겨 내야 더 높은 곳으로 향할 수 있다.

"긴장하자. 이제 진짜 월드컵이 시작이다."

＊＊＊＊

2026 월드컵이 개막했다.

미국. 멕시코, 캐나다의 경기가 진행되면서 재밌는 결과가 나왔다.

C조에 있는 브라질이 홈팀 캐나다를 6-0으로 대파하며 기분 좋게 1승을 거두었다.

레오날두가 해트트릭을 하며 화끈하게 승리를 챙긴 것.

"저놈도 괴물은 괴물이야."

선우의 말에 성준이 고개를 끄덕였다.

"맞아. 그런데 우리도 괴물 한 놈 있잖아."

"있지."

둘이 검호를 바라봤다.

마침 폰을 보고 있던 검호가 둘의 시선에 고개를 돌렸다.

"응? 뭐라고 했나?"

"좀 딸빵하긴 한데 말이야."

"저럴 땐 참 못 미더워."

"아니. 뭐라는 거야. 도대체."

"뭘 보고 있기에 우리가 하는 말도 못 들어."

"재밌는 거면 같이 좀 보자."

그 말에 검호가 폰을 보여 주었다.

-스위스 주장, 오메라지크. 내가 껌을 막겠다. 그는 아무것도 하지 못할 것이다. 06년 스위스가 이겼던 것처럼 이번에도 우리가 이길 것이다.

"하. 이놈 미쳤네?"

"뭐라는 거야. 06년을 들먹여?

둘과 달리 검호는 웃었다.

"좀 많이 혼내 줘야겠지?"

끄덕. 끄덕.

"우리 아버지가 06년 월드컵만 떠올리면 혈압이 오른대."

"우리 형도 그러던데."

"미희네 가족도 그래."

"그럼 제대로 복수해야겠네."

"해야지. 암."

"그때 생겼던 응어리들 풀어 드려야지. 20년 만에 복수전이다."

검호도 의지를 불태웠다.

"크게 이기자. 다신 못 덤비게."

그렇게 경기 당일이 다가왔다.

E조의 첫 번째 경기는 대한민국과 스위스.

미국에서 펼쳐지는 경기라 인프라 면에서는 부족할 게 없는 구장이 배정되었다.

훈련을 하러 필드로 나갔더니 이미 입장한 팬들이 웅성거리기 시작했다.

"껌이다."

"저기 껌이 나왔어."

"아시아 선수가 세계 최고라니. 좀 부럽네."

진정한 축구 팬이라면 대륙을 따지지 않는다.

그 선수의 실력을 보지.

많은 이들이 검호를 눈에 담으려고 시선을 놓지 않았다.

각종 폰과 카메라를 들고 찍는 것은 이제 당연할 정도.

"나왔다. 저놈."

선우의 말에 검호가 반대쪽을 바라봤다.

스위스 선수들이 몸을 풀러 나왔다.

주장 오메라지크도 그 안에 포함되어 있었다.

"올해 뉴캐슬 소속으로 빼어난 활약을 했지. 도널드 케넌 다음으로 리그 최고 수비력을 보여 줬어. 정확히는 5순위권이지만. 그래서 지금 맨시티, 맨유 이적설이 크게 난 상태야. 알지?"

"아니. 몰라."

선우가 웃으며 설명을 덧붙였다.

"리그에서 나와 몇 번 부딪치긴 했는데 수비력은 인정해. 첼시에서도 영입하려는 느낌이 있는 거 같더라. 그래서 자신감이 넘치나 봐. 널 막을 수 있다고. 그래서 단점을 설명하자면……."

"설명 안 해도 돼."

"응?"

"이미 공부했어. 별로 파악할 게 없던데?"

선우가 웃었다.

"그래, 너니까."

"첫 경기부터 화끈하게 가자. 선우야."

은퇴 좀 해라

4장. 나검호 보유국이잖아

은퇴 좀 해라

18세 강태수.

19세 박우진.

20세 박우성, 주태식.

21세 권석훈.

22세 이성기. 권주성

23세 황대훈까지.

대한민국 평균 연령을 대폭 낮춰 버린 선수들.

과거에도 어린 선수들이 대표팀에 들어오는 경우는 있었다.

이강인, 이승우 이전에도 지동원이나 구자철, 기성용, 이청용
등이 존재감을 보였었다.

그런데 이번에 보여 주는 어린 선수들의 실력은 더 뛰어나다.

이성기를 제외하고 전원이 유럽파라는 점에서 대한민국 10년 미래가 한없이 밝다는 느낌까지 주고 있었다.

더욱 놀라운 건 이들 모두가 성일환 소속이라는 것.

그래서 한 팬이 올린 글이 화제가 되었다.

[대한민국은 진짜 성일환에게 감사해야 한다.]

- 강태수. 기사로 봤겠지만 어렸을 때 감독에게 혼나기만 했던 선수고 박우진과 박우성은 대한민국이 싫어 귀화하려고 했었지. 주태식은 그냥 공격수로 뛰다가 평범하게 마무리했을 테고, 권석훈은 분명 축구를 포기했을 거야. 이성기도 성일환이 아니었으면 발견하지 못했을 테고, 황대훈도 축구를 그만두려고 했었지.

진짜 이거 보면 뭐 생각나는 거 없나? 협회의 무능함 말이지. 이런 인재들이 대한민국 전역에 더 있을 거 아냐.

협회의 무능함, 감독들의 비리, 사리사욕 때문에 꿈을 펼쳐 보지 못한 선수들이 말이야.

진짜 협회 바꾸어야 한다. 지도자들도 바뀌어야 한다. 성일환이 아니었으면 저 선수들은 단 한 명도 대표팀에서 못 봤을 거야. 끔찍하지 않나? 그럼 우리나라는 지금도 16강에 가냐 마냐로 떠들고 있었을 거야. 현실은 조별 리그 탈락이었을 테고.

모두가 인정하는 글이었다.

행복하고 기분 좋은 날이 이어지고 있지만 반대로 끔찍했을 수도 있었을 거라는 생각에 동의를 표하는 팬들이 늘어났다.

성일환도 글을 봤다.

잠재력을 볼 수 있는 능력 때문에 이룬 성과지만 어떻게 보면 협회, 지도자들의 무능함을 확실히 알 수 있는 순간이기도 했다.

이대로 시간이 지난다면 대한민국은 다시 예전으로 돌아갈 수밖에 없을 것이다.

'내가 언제까지 인재를 발견할 수 있을지도 모르고.'

목표에 실패하면 죽음으로 갚아야 한다.

그럼 할 수 있는 게 없다.

계속해서 이 일을 하려면 목표를 달성해야 한다.

띡-

성일환이 TV를 켰다.

월드컵이 끝날 시점엔 오히려 바쁘다.

소속 선수들에 대한 여러 가지 제안과 재계약 문제가 불거질 테니까.

그래서 월드컵 시기에 휴가를 써 집에 들렀다.

마침 TV에선 월드컵 첫 경기, 스위스전에 대한 예측이 이어지고 있었다.

미국 시간으로 저녁 7시, 대한민국 시간으론 아침 6시에 경기가 펼쳐진다.

시간대가 애매해서 직장인들 사이에서 불만이 나오고 있는 상황.

어쩔 수 없다. 미국 시간으로 2시, 5시 경기는 대한민국에선 새벽이니까.

'차라리 그게 나은가.'

유럽 리그에 익숙한 대한민국 팬들에겐 오히려 그게 나을지도 모르겠다.

-팬들의 기대감이 너무 높죠? 월드컵 우승에 대한 기대감을 보이는 팬들도 있을 정도요.

-실제로 우승을 할 수 있다고 보는 팬들은 많지 않을 겁니다. 그러길 바라는 마음으로 기대치를 높였을 거예요. 그럼에도 최소 4강까지는 가지 않을까 예상하는 팬들은 실제로 많습니다. 그걸 가능하게 만든 건 오로지 나검호의 존재 때문이죠.

-스위스전 키 플레이어는 누구라고 보십니까?

-당연히 나검호입니다. 나검호의 활약이 따라 준다면 무난하게 승리할 것으로 보입니다.

'검호야.'

마침 방송사에서 준비한 검호의 플레이 영상이 나온다.

언제, 어디서 봐도 전율이 느껴지는 플레이들.

세계 최고의 플레이를 보는 건 축구 팬들에게 어쩌면 축복이다.

다행히 그런 플레이를 꽤 오래 볼 수 있다.

'아직 8년 남았나?'

28인 예비 명단에 들기 전.

광주에 있었던 검호가 악마를 만나고 왔다.

-악마를 만나 두 개의 질문을 사용했어요.

그때 있었던 일을 검호가 전부 설명해 주었다.

두 개의 질문. 그리고 들은 답.

질문을 잘 사용했고, 답도 괜찮았다.

그리고 그 질문과 답에서 검호가 뭘 하고자 하는지도 어렴풋이 깨달을 수 있었다.

'목표를 달성한 이후의 일이지만.'

만약 이번 월드컵을 우승하게 된다면 검호는 그걸 실행하려고 할 것이다.

바르셀로나 팬들에게 엄청난 욕을 먹더라도 말이다.

"그래도 난 널 응원한다."

그 욕을 최대한으로 줄이기 위해 언플이 필요하다.

그건 오로지 자신의 역할.

"마음껏 날뛰고 와라. 뒤는 내게 맡기고."

우승만 할 수 있다면, 뭐든 못 하겠는가.

끼이이-

마침 방문이 열리며 아름이가 나왔다.

아침잠이 많은 딸이 월드컵 첫 경기를 보기 위해 나온 것.

"하아암."

"아직 한 시간 남았는데 좀 더 자지 그래."

"아냐. 지금부터 볼래. 모처럼 아빠도 집에 왔는데. 당연히 월드컵 보러 미국 갈지 알았는데."

성일환이 웃었다.

"우리 딸하고 시간 보내고 싶어서 왔지. 이리와. 무릎에 앉아."

"무릎? 언제적 무릎이야."

그러면서 소파에 앉아버리는 아름이.

어렸을 땐 바로 뛰어와서 무릎에 앉았던 모습이 떠올라 괜히
서운한 감정이 생겼다.

꾸욱. 꾸욱.

"응?"

"우리 아빠. 많이 힘들지? 내가 어깨 주물러 줄게."

그 서운한 마음이 사라졌다.

귀여웠던 아름이 대신 이제는 씩씩하고 예쁜 아름이가 인생을
즐겁게 해 준다. 그래서 살아야 한다.

"좀 더 쎄게 해 줘."

"그럼 이따 용돈 좀. 나 살 거 있어. 아빠."

"……."

그럼 그렇지.

****

-안녕하십니까! 대한민국 축구 팬 여러분! 드디어 오늘! 대한민
국의 첫 번째 경기가 펼쳐집니다! 2026 월드컵! 국민들의 기대감
이 실현이 될 역사적인 경기가 이제 곧…….

미국까지 비행기값은 상당히 비싸다.

경기 관람료 역시 만만치 않다.

직장 생활도 해야 하는 만큼 많은 이들이 월드컵을 보러 가지 못한다.

그런 그들이 할 수 있는 건 TV를 보며 응원하는 것뿐.

대한민국 시간으로 아침 6시에 시작되는 첫 번째 경기.

-출근 10시까지 해! 경기 보고들 와!

사장의 통 큰 허락에 아침 일찍부터 많은 사람들이 TV 앞으로 모였다.

그런 센스 없이 출근해야 하는 직장인들은 차, 지하철, 버스 안에서 폰으로 영상을 틀었다.

국민 대부분이 비슷한 모습으로 출근 준비를 하거나 출근을 하고 있다.

"이 씨! 와서 축구 보고 해!"

"축구가 중요한가. 내 인생이 중요하지."

"그래도 축구는 봐야지. 언제 이런 대표팀을 보겠어. 평생 못 본다니까."

노인정에 모인 어르신들도 하나 같이 모여 이야기를 해 댔다.

"내가 펠레 플레이를 봤었잖아? 그때와 비교하면 검호 저놈이 꿀리지 않아."

"난 차범근을 보고 자랐었지. 확실히 나검호가 차범근은 넘어섰어. 엄청 잘하더만."

"마라도나보다도 잘하는 건 확실해. 검호 저놈이 잘하긴 잘해."

어르신들의 구수한 말에 할머니들은 깔깔거리며 웃었다.

각종 병원이나 터미널에서도 비슷한 광경이 펼쳐지고 있었다.

대형 스크린 앞에 하나같이 모여 한곳만 바라보는 사람들.

그들이 바라는 건 하나다.

오늘 있는 첫 번째 경기를 아주 깔끔하게 이기는 것!

대한민국과 스위스의 첫 번째 경기가 이제 곧 시작된다.

****

몸을 풀고 라커룸에 들어온 대한민국 선수들.

에릭 텐 하그의 전술적 지시 내용을 머리에 담은 이후 각자만의 생각에 잠긴다.

선발 라인업에 포함이 된 11명과 그렇지 않은 12명이 생각을 정리하고 일어났다.

검호가 양 옆에 있는 성준, 선우의 어깨에 손을 올렸다.

그걸 본 모두가 자신의 옆에 있는 동료에게 어깨동무를 했다.

"월드컵이다. 실수하면 엄청나게 욕을 먹을 수 있는 대회. 그래서 말한다. 그렇다고 쫄아서 플레이하는 놈 있으면 귀에 욕 박는다. 오로지 하나만 생각해. 이기는 것. 그걸 위해 자신이 뭘 할수 있는지를 생각해라. 밖에서도 마찬가지야."

한번 호흡을 고른 검호가 한마디 더 보탰다.

"승리 외엔 아무것도 필요 없는 대회다. 월드컵은. 이기러 가자."

오우!!!

힘차게 파이팅을 한 선수들이 의욕 넘치게 라커룸을 나섰다.

"짜식, 주장 됐다고 카리스마도 생겼네."

"말도 잘해. 이제."

선우, 성준의 말에도 검호의 표정은 바뀌지 않았다.

"니들도 잘해라. 실수하지 말고."

지나가던 손흥민이 물었다.

"나도 실수하면 욕 듣는 거냐?"

"물론이죠. 저에게 주장 넘기실 때 각오하셨잖아요?"

"워. 잘해야겠네. 동생한테 욕 안 먹으려면."

"등번호 7번답게 플레이해 주세요. 형."

주장을 넘겨주면서 등번호도 7번을 주겠다고 한 그다.

그것만큼은 싫다며 한사코 거부해서 아직 7번은 손흥민이다.

검호의 등번호는 지금까지 쭉 그래 왔던 것처럼 16번.

"그러니까 7번 가져가라니까. 부담 주고 있어. 자식이."

"형이 이 정도에 부담 느낄 사람이 아니잖아요. 오늘 하나 해요, 형."

나이는 찼지만 미소는 여전히 예쁜 손흥민이 싱긋 웃었다.

"그래. 잘해 보자."

라커룸을 나와 통로로 나오니 스위스 선수들이 보였다.

그들 모두가 검호를 한 번씩 바라봤다.

레오날두와 더불어 세계 최고의 선수.

아무리 아시아 선수라고는 해도 그 실력을 폄하할 순 없다. 국가대표 레벨이라면 그걸 알 수밖에 없다.

그래서 그들도 검호에게 악수를 신청하며 친분을 나누려고 했다.

오메라지크도 예외는 아니었다.

"처음 상대해 보는 거라 기대가 커. 실망시키지 않았으면 좋겠어."

웃으면서 하는 말이지만 분명한 도발성 멘트다.

상대와 악수할 때 여러 번 들었던 도발이라 별 감흥이 없지만 그렇다고 그냥 넘어갈 순 없다.

"끝나고도 웃으면서 악수하자. 바로 라커룸 가지 말고."

"……."

경기 지고 스스로에게 실망해서 바로 라커룸으로 가는 선수들이 여러 명이었다.

하나같이 그런 도발을 했던 선수들. 의도를 알아챈 오메라지크지만 미소를 잃지 않으며 고개를 끄덕였다.

"그래 보지."

우와와와와.

웅성. 웅성.

곧 심판을 따라 두 나라 선수들이 필드로 입장했다.

나란히 선 이후, 첫 번째로 대한민국 국가가 울려 퍼졌다.

-동해물과 백두산이~

검호도 힘차게 불렀다.

이걸 부름으로써 더 높은 자긍심과 승부욕을 갖추기 위함.

스위스의 국가까지 울린 후 양 팀 선수들이 필드로 들어갔다.

동그랗게 원을 만든 11명의 대한민국 선수들.

"월드컵은 국민을 위해, 나라를 위해 뛰는 무대이기도 해. 하지만 가장 중요한 건 나 자신을 위해 뛰어야 한다는 거다. 집중하자. 화끈하게 가자. 승리하러 가자!"

오우!!!

삐이이익-

그렇게 경기가 시작되었다.

스위스의 선축으로 시작이 된 경기.

공이 뒤로 가자 황대훈이 바로 달려갔다.

검호와 손흥민도 스피드를 올렸다.

동시에 후방에 있는 김민재와 권석훈도 라인을 올렸다.

유기적으로 올라간 라인 덕에 압박이 강해지면서 스위스는 바로 걷어 내는 수비를 보였다.

-김민재 헤딩, 최남일이 잡습니다. 바로 이강인에게.

-좋아요! 손흥민!

이강인이 바로 킬 패스를 시도했다.

수비 사이로 침투하는 손흥민을 향해 멋지게 패스를 한 것!

'좋아.'

스피드를 살릴 수 있게 터치를 한 손흥민이 박스 안을 살폈다.

황대훈과 그 뒤에서 뛰어 들어오는 검호.

케인과 함께 무수히 많은 공격 포인트를 기록했던 날카로운 기감이 발동되었다.

펑-

왼발 땅볼 크로스.

무척이나 빠르게 올라간 크로스에 황대훈이 슬라이딩 태클을 하며 발을 맞추려고 시도했다.

"아!"

공이 워낙 빨라 놓쳤다.

상관없다.

애초에 손흥민의 패스는 그 뒤에 있는 검호를 위해서였으니까.

펑-

출렁-

달려들어 오던 검호가 왼발로 공을 갖다 맞추면서 그물을 흔들었다.

우와와와와와와와와!!!!!!!!

경기 시작 1분도 채 되지 않은 엄청 빠른 골이었다.

"검호 형!!!"

"검호야!!!"

골을 넣은 검호는 그 즉시 패스를 해 준 손흥민에게 뛰어갔다.

그 뒤로 대한민국 모두가 뛰어온다.

마침 그 장면이 카메라에 잡히며 엄청난 장면을 만들어 냈다.

등번호 7 손흥민.

그에게 안기기 위해 달려가는 검호와 대표팀 선수들.

그 뒤로 보이는 벤치와 많은 관중들.

사진으로 남긴다면 분명 최고의 순간으로 기억될 모습이었다.

"형!!!"

검호를 꽉 안아 준 손흥민이 머리를 쓰다듬었다.

"잘했다. 잘했어! 이 자식아."

세계를 놀라게 할 대한민국의 월드컵은 이렇게 출발되었다.

****

2002년 한일월드컵.

대한민국은 경험이 많은 홍명보, 황선홍 등의 노장과 패기 넘치는 박지성, 이천수 등을 앞세워 기적 같은 4강을 이뤄 냈다.

히딩크라는 명장의 지도력과 선수들의 투지, 투혼이 좋은 영향을 끼쳐 만든 결과다.

K리그를 멈추고 합숙을 할 정도로 정성을 들인 이유도 있고.

어쨌든, 그전까지 단 1승도 못했던 나라가 4강까지 가 버리는 바람에 대한민국 축구 팬들의 기대치가 한껏 높아졌다.

그 대회 이후 유럽으로 나간 선수들이 많아진 탓이다.

그래서 2006년 월드컵에 대한 기대치가 어마어마했다.

맨유로 간 박지성.

토트넘의 이영표.

판타지스타 안정환과 날카로움의 대명사 이천수까지.

거기에 최진철, 송종국, 이운재 등 02년 월드컵을 경험한 선수들이 즐비한 탓에 팬들은 최소 8강 이상을 기대하고 있었다.

1차전, 토고를 2-1로 역전승하고 프랑스와 1-1로 비기면서 희망 회로를 돌렸다.

하지만 3차전 스위스전에서 0-2로 패배하며 대한민국은 조별리그 탈락이라는 충격적인 결과표를 받아야 했다.

신기하게도 경기 이후 대표팀에 대한 비난은 많지 않았다. 조별리그 탈락이었음에도.

피파 회장이 스위스 사람이라 주심이 편파적이었다는 느낌 때문에 오히려 그쪽으로 사람들의 분노가 집결되었다.

언론이 그걸 잘 이용하기도 했고.

그리고 그 분노는 시간이 지나면서 대한민국 축구의 현실을 깨닫게 만드는 계기가 되었다.

역시 아시아의 한계구나.

우리나라가 그럼 그렇지.

우리가 못하긴 했어 등등등.

축구 팬들 입장에선 솟아오르던 축구에 대한 관심이 확 줄어버리는 순간이라 유독 속이 쓰린 순간이었다.

그 모든 것의 원인이 스위스전 패배다.

당시 느꼈던 그 분노를 여전히 간직하는 팬들은 많다.

당시 이십 대였던 청년들은 사십 대의 어른이 되었다.

삼십 대는 오십 대가 되었고.

무려 20년 동안 분노를 간직하고 있었던 건 아니지만, 아무리 시간이 지나도 그 패배가 기억에서 사라지는 것도 아니다.

그래서 오늘 스위스전을 기대하는 사람이 많았다.

역대 최고의 대표팀이 화끈하게 이겨 주길 바라는 마음에.

그 기대치를 실현시켜 줄 통쾌한 골이 전반 1분도 되지 않아 터졌다.

당연히 엄청난 환호성이 터질 수밖에 없었다.

우와와와와와-

"깜짝이야."

"이게 뭔일이래."

아파트, 버스, 지하철, 터미널 등등등.

사람들이 몰린 곳에서 엄청난 함성이 터지면서 대한민국의 아침이 그 어느 때보다 힘차게 시작되었다.

****

-ㅋㅋㅋㅋㅋㅋㅋㅋㅋㅋㅋㅋㅋㅋㅋ누구냐. 검호가 후반에만 강하다고 한 놈이.

-ㅋㅋㅋ말했잖아. 우리나라 극초반에 골 넣은 거 대부분이 검호라고.

-아주 지리게 만들고만 ㅋㅋㅋㅋㅋㅋ1분. 화끈하네. 오늘.

나검호 보유국이잖아 219

-와! 저 이제 TV 켰어요! 아아아. 1분 차이로 못 봤네 ㅜㅜㅜ

-방금 순간 지진 난 줄. 지금 6시인데 아파트 떠들썩했음 ㅋㅋ
ㅋㅋㅋㅋㅋㅋ

└우리 아파트도 ㅋㅋㅋㅋ 전쟁 터진 줄.

└우와와와!!! 소리 터짐 ㅋㅋㅋㅋㅋㅋㅋ 아침부터 이게 뭐야.

└지하철도 난리 났었어요. 순간 ㅋㅋ 다 소리 지름 ㅋ

└나 버스 타고 있는데 ㅋㅋ 버스도 ㅋㅋㅋ

-청소부 아저씨도 잠깐 앉아서 폰 보고 있었는지 소리 지름.
왜 그거 보고 내가 감동받냐 ㅎㅎ

대한민국의 아침을 힘차게 만든 골.

그 골을 만든 검호와 손흥민이 껴안고 기뻐하는 모습이 대한민국 곳곳으로 퍼지고 있다.

TV나 폰으로도 충분한 감동을 느낄 수 있는 장면.

그래도 축구는 현장감이다.

비싼 돈을 들여서 미국으로 온 대한민국 팬들은 선수들에게 큰 힘이 되는 함성을 마구마구 지르기 시작했다.

대~한, 민국!!!

대~한, 민국!!!

선취골을 넣은 이후 기세가 오른 대한민국.

그 기세를 타서 더 크고 강렬한 함성을 내비치는 축구 팬들.

미국 팬들은 그 모습을 흥미롭게 지켜봤다.

"부럽군. 저렇게 힘차게 응원할 수 있다는 게."

"껌을 보유한 나라라는 게 난 더 부러워."

"역시 이 경기를 보러 오길 잘했어. 껌의 나라는 강해."

기세를 타면 선수들도 더 많이 뛰게 된다.

괜히 흥분해서 더 많은 플레이를 하려고 한다.

그게 자칫 잘못하면 오버 페이스가 될 수 있다.

"자자. 침착해. 차분하게 하자. 경기 이제 시작됐어."

그걸 검호가 말로 가라앉혔다.

필드 위의 감독이라고 할 수 있는 주장 역할.

세계 최고의 선수 말이라면 그 누구보다도 거대한 힘이 실릴 수밖에 없다.

따를 수밖에 없는 힘!

"짜식, 제법이네."

뒤에서 지켜보던 김민재가 픽 하고 웃었다.

고교 1학년 때 검호를 처음 봤다.

북산고와 왕중왕전 4강전 때.

그때도 엄청난 체력과 드리블로 필드를 누비고 다녔다.

이미 그때 재능의 싹이 보였었다.

그래도 지금처럼 엄청난 선수가 될 거라곤 생각하지 않았다.

그 예상을 뛰어넘어 버린 성장으로 대한민국을 놀라게 만든 장본인.

검호의 등을 보고 있자니 엄청난 든든함이 느껴졌다.

그래서 자신의 역할을 더 잘할 수 있다.

"뒤는 맡겨라! 검호야! 마음껏 공격해!"

여포답게 우렁찬 한마디가 검호의 귀에 도달했다.

뒤를 돌아보지 않은 채, 검호가 조용히 오른손을 들어 올려 엄지를 세웠다.

"새끼, 건방져졌어."

저런 게 존멋인가. 그냥 멋지다는 생각이 들었다.

삐익-

경기가 재개되었다.

기세를 탄 대한민국.

검호의 말에 차분한 감정까지 지배한 선수들이 더 강한 집중력으로 몰아붙이기 시작했다.

강한 압박을 필두로 패스를 빨리하며 공격을 풀어 나간다.

수비 시에도 모두가 도와주러 뛰어다닌다.

-나검호, 좋아요. 이성준과 함께 빼앗아 냅니다!

검호의 주장 역할은 단순 말이 끝이 아니다.

플레이 하나가 팀 전체에 퍼지는 힘은 상상했던 것보다 훨씬 컸다.

수비할 때도 적극적으로 내려가서 도와주니 그 누구도 대충 뛸 수 없다.

모두가 더, 더, 더 뛰게 만드는 힘이 생기는 것.

-좋네요. 오늘. 대한민국 스웨덴과의 평가전과는 완전히 다른

모습입니다.

    -예상했던 모습이네요. 역시 스웨덴전은 파워 트레이닝 효과가 제대로 나오지 않았을 때였나 보군요. 오늘, 진정한 대한민국의 실력이 나오고 있습니다.

    "석훈아 라인 올리자!"

    "네!"

    "성태는 더 올라가! 성준이처럼 뛰어!"

    "아, 뛰고 있어요!"

    후방에선 김민재가 라인 컨트롤을 하며 집중력을 보인다.

    나이가 찬 만큼 경험도 많이 생겼다.

    원래도 뛰어났던 그가 더 많은 공격수와 경험을 하면서 한층 더 성숙해졌다.

    여포처럼 달려들던 모습은 여전하지만 때와 상황을 분별하는 모습이 훨씬 나아졌다.

    설령 그가 벗겨져도 뒤에는 발이 빠른 권석훈이 대기하고 있다.

    -나이스 태클! 권석훈, 절대 공간을 주지 않습니다!

    -여포와 적토마! 별명답게 완벽한 호흡을 보여 주는 두 선수네요!

    기세를 탄 대한민국과 달리 스위스는 일격을 맞았다는 생각에 꽤 당황하는 모습을 보였다.

어려운 경기가 될 거라는 건 알았지만 시작부터 골을 허용하고 경기가 이렇게 될 거라고 생각한 이들은 없었다.

"당황하지 마. 침착해!"

주장 오메라지크가 불안한 심리를 차분하게 다스렸다.

선취골 이후 분명히 흔들리고 있는 모습이지만 그렇다고 추가골을 허용하진 않고 있다.

팀이 안정화만 된다면 충분히 반전을 만들어 낼 기회는 있다는 생각에 계속해서 소리치며 분위기를 잡아 나갔다.

효과는 있었다.

스위스도 유럽 예선을 돌파하고 월드컵에 나온 강팀이다.

선수들의 레벨도 상당한 만큼 이런 위기를 빠져나온 경험은 선수들도 모두 가지고 있다.

역습으로 공격을 시도하면서 수비 라인이 호흡을 틀 기회가 생기니 자연스럽게 라인도 맞춰지면서 심리를 안정화시킬 시간도 벌 수 있었다.

-스위스, 공 돌립니다. 대한민국, 압박이 약해졌네요.

-약해졌다기보다는 잠시 숨을 돌리는군요. 소강상태로 접어드는 거 같습니다.

압박을 90분 내내 할 순 없다.

클럽의 게겐프레싱의 단점은 끊임없이 압박을 하다 중요한 순간에 체력이 문제를 일으킨다는 것이었다.

그래서 클롭도 90분 내내 게겐프레싱을 시도하지 않는다. 중간에 숨을 고를 타이밍을 전술적으로 바꾸며 활용해 봤다.

아약스 시절, 433으로 재미를 봤던 에릭 텐 하그 역시 그 점을 알고 있다.

젊고 강한 대한민국이지만 미친 듯한 압박은 문제를 야기할 수 있다.

"남일! 라인 컨트롤!"

3의 미드필더 중앙 자리.

공수에 대해 밸런스를 잡아야 하는 중요한 자리다.

수비도 잘해야 하고, 공격 연결고리도 잘해야 한다.

그래야 그 옆에 있는 이강인과 백승호가 더 좋은 모습을 보일 수 있다.

특히 공격 쪽 위치에서 더 좋은 모습을 보여 주는 이강인을 살리려면 최남일의 수비적 역할이 매우 중요하다.

'안 밀려!'

벤피카에서 많은 경험을 쌓았다.

유럽에서 실패했던 일을 다시는 겪지 않기 위해 엄청난 노력도 했다.

그 결과 주전으로 올라섰고, 이렇게 제 역할을 할 수 있게 만들었다.

월드컵이 아니었다면 이미 더 큰 리그로 갔을 수도 있다.

하지만 이번 월드컵을 위해 욕심을 잠시 내려 놨다.

좋은 선택이었다.

쌓아 온 노력과 경험이 오늘 컨디션이 최상임을 알려 주고 있었다.

라이벌 팀인 포르투에서 뛰는 상대 미드필더 예비셔에게 공을 빼앗을 수 있을 정도로.

펑-

그리고 시도한 롱패스.

기성용을 연상케 하는 멋진 롱패스가 오른쪽 검호에게 도달했다.

툭-

완벽한 터치로 공을 죽여 놓은 검호.

그 뒤로 뛰어 들어가는 성준.

툭툭-

'여기선.'

대각선으로 뛰어 들어가던 검호가 잠시 속도를 죽였다.

드리블을 칠 공간에 셋이 막고 있어서다.

메시의 드리블이지만 사람을 뚫고 갈 순 없는 법.

발바닥으로 잡고 끌어서 몸을 튼 검호가 수비 뒤로 파고드는 성준에게 패스를 찔러 주었다.

-뚫립니다! 이성준!!

엄청난 시야와 패스 능력이 성준이 파고든 공간 앞으로 환상적인 패스를 가능하게 만들었다.

성준은 그걸 앞으로 굴리며 터치했다.

박스 모서리 안에서 골대 쪽으로!

세계 정상급 윙백으로 성장한 성준이지만 그렇다고 골 욕심이 없는 건 아니다.

'때린다!'

공격수로 컸어도 유럽에서 성공했을 이성준의 능력.

그게 가능하게끔 만드는 이유는 바로 킥력이었다.

먼 거리에서도 정확한 크로스를 올릴 정도로 뛰어난 킥력이 슈팅으로 바뀌면.

펑- 슈아아아아-

출렁-

그 누구도 막지 못하는 슈팅이 되기 마련이다.

우와와와와와와!!!!!!

전반 36분.

대한민국의 두 번째 골이 터졌다.

골을 넣고 자신에게 뛰어오는 성준을 보며, 검호가 자연스럽게 두 팔을 벌리며 힘차게 외쳤다.

"성준아!!!"

그건 분명 기쁨의 외침이었다.

****

우와와와와와와-

이성준의 두 번째 골.

엄청난 함성이 터졌다.

당연했다. 키퍼 머리 옆을 관통하는 통쾌한 슈팅이었으니까.

경기장을 찾은 대한민국 팬들이 거대한 기쁨을 토해 내기 시작했다.

그리고 그 기쁨은 곧 구호로 바뀌었다.

대~한, 민국!!!

대~한, 민국!!!

팬들 사이에 조용히 끼어 있던 이지혜도 구호를 따라 하기 시작했다.

"대~한, 민국!!!"

"대~한, 민국!!!"

최고의 남편이 되겠다고 한 남편 이성준.

여태까지 봐 온 그는 허투로 그런 말을 할 남자가 아니다.

우승하겠다고 했다가 미끄러진 적은 있지만, 그래도 자기가 한 말에 근접하게까지는 갔다.

마지막 한 계단이 아쉬웠을 뿐.

그 계단도 바르셀로나로 이적하면서 이뤄 냈다.

친구 검호의 도움을 받아서.

검호가 있기 때문에 가능했던 일이라고 계속해서 말을 했던 성준이다.

절대적인 믿음이 느껴지는 말.

그 절대적인 믿음을 가진 검호와 대표팀에서 함께 뛴다.

그것도 오른쪽 라인에서.

그때, 팬 중 한 명이 외쳤다.

"역시 우리나라 오른쪽이 최고라니까!"

"으하하하!! 그럼!! 검호와 성준이 최고지!"

"저 둘만큼 완벽한 선수가 없지! 크흐흐흐!!"

그 말을 들은 이지혜가 씨익 웃었다.

"그냥 최고가 아니라, 세계 최고니까요."

*****

-대한민국이 두 골 차이로 앞서 나갑니다!!!! 역시 대한민국! 우리 대한민국이 너무나도 자랑스럽군요!! 보고 계신가요! 국민 여러분! 대한민국이 이렇게나 강합니다!

흥분한 중계진의 멘트가 대한민국 곳곳으로 퍼져 나갔다.

이런 국가대항전은 국뽕을 잘 살려야 한다.

나라에 대한 자긍심이 평소에 없더라도 이런 스포츠에선 그게 살아나기 마련이다.

중계진이 감정이 잔뜩 실린 멘트로 분위기를 살리자 놀랍게도 다양한 곳에서 비슷한 표정의 국민들을 볼 수 있었다.

하나같이 다 웃고 있는 모습.

옅은 미소든, 환한 미소든 멘트를 들은 모두가 미소를 보이고 있었다.

그 미소와 같은 흥분된 감정이 배출될 곳은 오직 하나.
다양한 커뮤니티였다.

-오늘 중계 좋다!!! ㅋㅋㅋㅋ
-우리 대한민국이 이렇게나 강합니다! ㅋㅋㅋ왜 오그라드는데
ㅋㅋㅋ기분이 좋냐.
-이성준 대포알 슈팅 ㅋㅋㅋㅋ 진짜 얼굴 맞았으면 어쩌려고
저렇게 때리냐.
-골 넣고 바로 검호한테 뛰어가는 거 보고 감동 ㅎㅎ. 저 둘은
도저히 사랑하지 않을 수가 없다.
-여러분! 아직 전반이요! 후반이 남았어요! 골이 더 터질
수도 있다는 거죠! ㅋㅋㅋㅋㅋㅋ

스코어 2-0.
화끈한 대한민국의 공격은 아직 끝나지 않았다.

*****

삐익-
성준의 골 이후 대한민국의 기세는 더 올라갔다.
반면 스위스의 분위기는 축 처졌다.
유럽 경험이 많은 그들이라도 예기치 못한 상황에 당황스러움
이 생긴 탓.

그래서 전반 마지막까지 제대로 된 공격 기회도 가져 보지 못했다.

삐익, 삐익, 삐이이이-

전반이 그렇게 끝났다.

첫 번째 골을 넣은 검호를 제일 먼저 카메라가 잡았다.

환히 웃는 표정이 역시나 멋지고 예쁘다.

그 다음 성준의 밝은 미소도 찍혔다.

이후 나란히 걸어서 라커룸으로 가는 둘의 등 뒤가 찍혔다.

등번호 16번과 2번.

검호가 성준의 어깨에 슬쩍 손을 올려 토닥거리는 장면에서 팬들은 더 진한 감동을 느꼈다.

그리고 그 옆으로 다가온 등번호 7번의 손흥민과 10번의 황대훈.

대한민국을 대표하는 선수들이 그렇게 라커룸으로 향했다.

"껌."

라커룸으로 들어온 검호를 반겨 준 이는 에릭 텐 하그였다.

필드 위에서 플레이는 물론이고 주장 역할도 훌륭히 해낸 거에 대한 보답이랄까.

주먹을 앞으로 내미는 그의 반응에 검호가 손바닥을 펼쳤다.

"보. 제가 이겼네요."

"……."

분명 주먹끼리 부딪치자는 의도였을 텐데.

"워, 검호 형. 아재."

"도대체 저건 언제 적 개그야."

"저럴땐 좀 부끄러워요. 진짜."

흐뭇한 모습을 기대했던 동생들이 비판하자 검호가 얼른 화제를 돌렸다.

"시끄러, 자리에나 앉아. 얼른. 감독님 시간이야."

"날 부끄럽게 한 건 너야. 껌."

"……"

나름 화기애애한 시간 속에 라커룸 시간이 지나갔다.

에릭 텐 하그는 좋은 경기력이었다며, 후반에도 이렇게 하자며 자신감을 심어 주는 선택을 했다. 검호도 비슷한 맥락으로 말을 했다.

"하면 할 수 있다. 스코어가 그 증거야. 후반에는 더 날뛰어 보자. 다들."

방심하지 말자는 말은 하지 않았다. 그런 말이 필요하지 않을 정도로 모두가 충분히 인지하고 있으니까.

전반 중후반이라도 방심한 모습을 보였다면 한마디 했을 텐데 전혀 그럴 필요가 없어 보였다.

스위스는 1명의 선수를 교체했다.

미드필더에서 제 역할을 하지 못한 예비셔를 뺐다.

"짜식, 꼴좋다."

라이벌 팀 포르투에서 뛰는 미드필더라 그런지 최남일이 꽤나 기뻐했다.

"남일아. 지금처럼 가자!"

백승호의 말에 힘차게 고개를 끄덕인 최남일.

"귀여운 맛을 보여 드리죠!"

잘생긴 외모는 아니지만 귀엽고 훈훈한 외모에 꽤 인기가 많은 최남일이다. 그래서 유독 귀여운 사진이나 영상, 짤들이 많이 생성되는 선수. 이제는 본인도 그걸 즐기는지 자기 입으로 말을 하고 다니기도 한다.

"저놈도 가끔 이상하단 말이지."

김민재의 말에 권석훈이 웃었다.

"남일이 형이 귀엽긴 하잖아요."

"시끄러. 남자는 호쾌해야지."

자신감이 넘치니 농담도 나온다. 그건 분명 여유를 증명하는 모습이다.

삐익-

하지만 휘슬이 울림과 동시에 표정과 행동이 바뀌었다.

"가자!!"

"집중해!!"

"마지막까지 뛰자!"

오로지 승리만을 위해 뛰는 전투 모드로.

그렇게 후반전이 시작되었다.

****

후반 50분. 60분. 70분.

스코어는 변화가 없었다.

추가 골이 터질 거라는 팬들의 기대감과 다른 경기가 후반에 펼쳐지고 있었다.

라커룸에서 당황을 지우고 나온 스위스가 거세게 반격을 해 왔기 때문이었다.

빠르게 공을 돌리며 방향 전환을 하고, 힘과 높이를 이용해 피지컬 싸움을 걸어온다.

힘과 높이라면 아시아에서는 탑 클래스지만 유럽 기준으론 조금 못 미치는 대한민국.

선이 굵은 축구에 문제를 보이기 시작했다.

"웃차!"

수비 라인에선 김민재와 권석훈이 그나마 좋은 모습을 보여 준다.

원래 피지컬이 좋은 김민재와 영리하게 몸을 사용할 줄 아는 권석훈.

이성준과 추성태도 180이 넘기 때문에 수비 라인은 괜찮게 유지가 되었다. 문제는 세컨드 볼이었다.

-김민재 머리로 걷어냅니다. 흘러가는 볼. 스위스가 다시 잡는 군요.

-세컨드 볼 차지가 쉽지 않군요. 스위스가 라인을 많이 올려 힘과 높이로 중앙을 잡고 있습니다.

"아우. 힘들이 좋네."

최남일이 어깨를 만지며 입술을 삐죽거렸다.

"괜찮냐?"

경합 중에 넘어진 이후 파울을 얻어내긴 했지만 어깨가 살짝 아프다.

"네. 괜찮아요."

검호의 말에 억지로 웃은 최남일이 일어났다.

"자리를 먼저 잡고 영리하게 몸 써. 힘으로 이겨 내려고만 하지 말고. 벤피카에서 배웠을 거 아냐."

"알겠습니다. 더 집중할게요."

키가 크지 않아도 몸싸움을 잘하는 선수는 많다.

몸을 사용하는 법을 알기 때문이다.

갑작스러운 변화에 대응이 조금 느렸을 뿐, 이후로는 최남일과 백승호가 좋은 모습을 보여 주었다.

역시 그들도 유럽파.

그리고 73분.

-스위스 오른쪽으로. 바로 올라옵니다! 권석훈이 클리어 하는 군요! 세컨드 볼 따야죠?! 오! 나검호!

세컨드 볼 싸움에서 문제가 보이자 검호가 그 자리까지 내려가서 숫자 싸움에 힘을 실어 줬다.

제공권과 점프, 헤딩 능력과 레전드급 멘탈 능력이 있는 검호에게 공이 오면 그건 그냥 검호 것이나 다름이 없다.

툭-

헤딩으로 패스를 하자 이강인이 잡았고, 착지한 검호가 다시 달려 나가자 그 앞으로 굴려주는 이강인.

힐끔-

펑-

달려 나가던 검호가 앞을 봤고, 드리블 대신 패스를 선택했다.

-빠집니다!! 황대훈이에요!!

수비 뒤로 돌아나가는 대훈의 영리한 움직임과 검호의 훌륭한 로빙 스루 패스가 만나자 스위스의 라인이 무너졌다.

'역시!'

검호라면 줄 거라는 생각에 뛰었는데 기가 막히게 패스가 들어왔다.

흡사 리온 테드가 준 것 같은 아주 멋진 패스가.

그렇게 홀로 치고 나가는 황대훈.

키퍼가 움찔거리면서 고민한다.

각을 줄이기 위해 나가야 하긴 하는데 그 나갈 타이밍을 잡기 위해.

그사이 오메라지크가 이를 악물고 쫓아간다.

대훈의 판단이 그보다 더 빨랐다.

툭-

가볍게 찍어 찬 공이 허공을 난다.

동시에 뒤로 물러나는 골키퍼.

체공 시간이 좀 길었지만 상관없다.

공이 향하는 방향만큼은 정확했으니까.

툭-

출렁-

한번 바운드가 된 공이 그대로 골문 안으로 들어갔다.

우와와와와와-

대한민국의 세 번째 골이 그렇게 터졌다.

"아자아아아아!!!!"

골에 대한 기쁨을 표현하기 위해 황대훈이 뛰었다.

-황대훈!!! 날뛰기 위해 골을 넣는 사나이! 어떤 세리머니를 보여 줄까요!

측면 라인으로 간 황대훈이 이내 필드를 보며 똑바로 섰다.

그러고선 오른손을 높이 들어올렸다. 그 모습이 마치 부심이 오프사이드를 선언하는 모습과 비슷했다.

-으하하하. 황대훈, 재밌는 세리머니를 준비했군요! 06년 월드컵을 떠올리게 합니다!

-통쾌합니다! 통쾌해! 저러는 황대훈이 밉지 않아요!

-ㅋㅋㅋㅋㅋ역시 황대훈 ㅋㅋㅋㅋ 그래. 그래야 관종답지.

-기다렸다! 자극 세리머니! ㅋㅋㅋ

-06년 오심 세리머니구나 ㅋㅋㅋㅋㅋㅋ 진짜 황대훈이라면 혹시나 했는데.

-근데 06년 오심 아니지 않음? 이호가 찬 거 오프사이드 아니잖아.

└그건 오심 아님. 근데 그 전 상황에서 오프사이드를 들었어야 했음. 그게 결국 골로 연결이 됐으니까.

└222 뒤에 있던 선수가 나오면서 받은 거라 그게 오프사이드였음. 프레드가 잡고 골 넣은 건 문제 없는 거고.

└그거 외에도 그날 주심이 좆같긴 했지. 진짜 회장이 스위스 사람이라 좀 많이 편파적인 느낌도 있었고.

-ㅋㅋㅋㅋㅋㅋ황대훈 세리머니 보니 묵은 체증이 내려가네.

-우리 아빠 ㅋㅋㅋ통쾌하다고 박수 치신다. 그때 이야기 시작하셨어 ㅋㅋㅋㅋㅋ

황대훈의 세리머니는 20년을 간직하고 있던 아쉬움을 완전히 날려 버리는 세리머니였다.

그래서 더 큰 즐거움이 있는지 모른다.

"세리머니 평범하게 못하냐?"

"왜요. 전 국민들을 위해서 한 거라고요."

"말이나 못하면."

피식 웃은 검호가 자리로 돌아갔다.

그 등을 보며 황대훈이 소리쳤다.

"형! 패스 아주 멋졌어요!"

"너도 잘 넣었다."

삐익-

경기가 다시 재개되었다.

스위스는 세 골 차이를 만회하기 위해 남은 두 장의 카드를 모두 꺼내 들었다.

하지만 바뀌는 건 없었다.

오히려 기세를 탄 대한민국이 더 몰아붙였다.

-대한민국도 교체 카드를 꺼냅니다. 이강인이 나오고 이승우, 손흥민이 나오고 황희찬이 들어가는군요.

끝까지 공격을 하겠다는 의도가 담긴 교체 카드.

효과는 컸다.

세 골 차이에 기운이 빠진 스위스의 문제를 대한민국이 효과적으로 공략했다.

빠른 스피드와 피지컬로 왼쪽을 파괴하고 들어가는 황희찬과 드리블로 중앙을 헤집고 다니는 이승우로 인해 검호에게 또 한 번의 찬스가 왔다.

'이번에는!'

오메라지크가 마침 검호 앞을 가로막았다.

박스 라인.

슈팅 기회를 주면 위험한 만큼 집중력을 올렸다.

네 번째 골은 안 된다는 생각으로 적극적으로 막아섰다.

휙-

왼발로 때릴 듯하다 오른발로 공을 옮겨 또 한 번 때릴 자세를 잡았다.

그거에 오메라지크가 완벽히 속았다.

"……!!!"

순식간에 다시 왼쪽으로 간 공.

그것도 슈팅하기 좋은 거리가 생겼다.

펑-

그걸 검호가 놓칠 리가 없었다.

메시의 슈팅과 결정력이 지금과 같은 기회에서 아쉬움을 남길 리 없었다.

출렁-

-으아아아아!!! 나검호!!! 나검호!!! 대한민국 네 번째 골이 터집니다!! 나검호!!!!

골을 넣고 뛰어가는 검호의 뒤로 대한민국 선수들이 달려갔다.

황대훈은 아니었다.

오메라지크의 옆을 지나가며.

"어때, 괜히 신소리 듣는 게 아니지?"

"……."

"리그 수준이 아니야. 저 형은. 많이 배웠다 생각해라."

"아아아아아!!"

****

-대한민국 마지막 교체 카드입니다. 오늘 많이 뛰었어요. 백승호가 빠지고 강태수가 들어갑니다. 추가시간 5분. 열심히 뛰어주면 좋겠군요.

다소 짧은 시간이지만 강태수는 열심히 뛰어다녔다.

이 시간조차 부여받지 못한 선수들이 벤치에 많으니까.

5분 동안 온 힘을 다해 뛰어다닌 강태수로 인해 미드필드는 더욱 안정되었다.

그렇게 5분이 지났고.

심판이 시계를 본다.

펑-

김민재가 마지막 공을 걷어내면서 심판이 호각을 입으로 가져갔다.

이제는 끝났다. 끝났음을 알려야 한다.

삐익, 삐익, 삐이이이이-

-경기 종료! 대한민국이 스위스를 완벽히 제압합니다! 스코어 4-0! 화끈하게 1승을 챙기는 대한민국! 역시 대한민국은 강합니다!!

경기 종료 휘슬이 울리자 검호가 두 팔을 들어올렸다.

그 등 뒤로 가장 가까이 있던 이성준이 올라탔다.

그렇게 모든 선수가 몰려들었다.

"형!!"

"검호 형! 이겼어요!"

"이겼어! 이겼다!!!"

기뻐하는 동료들의 모습을 만류할 생각은 없다.

충분히 같이 기뻐하고 싶은 마음이 더 크다.

그런 생각에 환히 웃을 때.

볼에서 느껴진 이상한 느낌에 검호가 버럭 소리쳤다.

"어떤 놈이 뽀뽀했어!! 누구야!!"

선우가 웃었다.

"많이들 해 둬라. 모쏠이 언제 해 보겠냐."

*****

-대한민국 4-0 완승! 스위스 격파! 순조로운 출발 시작해!

-2골 2도움 나검회! 역시 검신! 그의 발끝에서 모든 것이 결정된다!

-대승 대한민국! 카메룬에게 대패하지 않는 이상 사실상 32강 확정!

-에릭 텐 하그, 아직 대한민국은 모든 걸 보여 주지 않았다.

-나검호, 기분 좋은 출발이네요. 계속 이렇게 가 보겠습니다.

첫 경기를 승리한 직후부터 수없이 많은 기사가 포털 사이트에 등록됐다.

당연했다.

그 어느 때보다 기대치가 높은 이번 월드컵.

대표팀과 관련된 모든 것이 엄청난 조회수를 기록하고 있다.

그만큼 기사 수도 늘어날 수밖에 없다.

선수들의 인터뷰는 물론이고 관계자 썰 같은 것들이 기사로 마구 나왔다.

축구협회도 발 빠르게 움직였다.

승리의 분위기를 더욱 증폭시키기 위해 1차전 준비 과정을 비롯해 선수들 간 에피소드를 공개했다.

파워 트레이닝에서도 돋보이는 검호.

먹방 찍는 검호.

후배들 사이에서 장난치는 검호.

검호 뒤를 강아지처럼 졸졸 쫓아가는 후배들의 모습까지.

검호와 관련된 영상은 항상 백만 이상을 넘어서며 압도적인 조회수를 기록했다.

"짜식, 진짜 엄청나네."

검호의 가치가 올라가면 갈수록 인연이 있던 사람들도 기분이 좋아진다.

어렸을 때 함께했던 추억이 살아나면서 흐뭇함을 느낄 수 있기 때문이다.

"쌤! 나검호 선수가 후배라는 거 진짜에요?"

"어디서 들었어? 그건?"

"우리 엄마가 그러던데요? 쌤이 나검호 선수와 같은 학교 출신이라고."

"우와! 진짜야?"

"맞아! 우리 엄마도 그랬어!"

"쌤! 사실이에요?"

이제 10살이나 되었을까.

어린 꼬마들이 성찬우를 보며 입을 벌린다.

검호의 선배라고 딱히 홍보를 하지 않았는데도 프로필 때문에 알아보고 찾아오는 부모들이 있다.

시기상 같은 학교에서 운동한 게 확실하니까.

검호 덕에 꽤 이득을 보고 있는 상황.

"맞아. 내 후배였지."

"우와와!"

"그럼 쌤도 엄청났겠네요?!"

"암. 그랬지. 검호만큼은 아니어도 나도 꽤 잘했지."

애들 앞에서 허세를 떠는 것도 나름 재밌다.

우와와와.

애들의 이런 반응 때문에 더 그러고 싶은 마음도 있다.

"저놈 저거 또 저런다."

풋살장에서 어린 회원을 모집해 교육을 하며 돈을 버는 성찬우.

점점 입소문이 나면서 회원 숫자도 늘어나 옛 친구들을 데려왔다.

북산고에서 함께 축구를 했었던 백성호, 민성일, 차성수가 함께 하기 시작했다.

넷 다 프로가 되진 못했지만 검호와 함께 뛰었다는 이유로 꽤 많은 인기를 끌고 있다.

애들 가르치는 데도 소질도 있고.

"냅둬라. 언제 저래 보겠냐. 솔직히 우리도 종종 저러잖아?"

"하하하. 그렇지. 검호 그 자식이 그렇게 크게 될 거라곤 생각도 못했지만, 어쨌든 개이득이니까."

"검호야 미안하다. 선배들이 너 팔아먹고 장사하고 있다."

하하하하─

북산고 시절. 왕중왕전을 함께했던 그때 그 추억이 잊히지가 않는다. 아마 앞으로도 그럴 것이다.

오히려 더 자랑할 거리가 되겠지.

"나중에 자식, 손주들에게도 자랑해야지. 검호가 내 후배였다고. 공도 빼앗아 봤다고."

"나도 마찬가지야. 크흐흐."

"미친놈들. 애인부터 만들고 그런 이야기나 해라."

***

주물. 주물.

1차전 승리 이후 대표팀 선수들이 휴식에 들어갔다.

선발 라인업에 포함이 된 선수들은 가볍게 트레이닝만 하고 마사지를 받으며 쉬었다.

벤치에 있던 선수들은 컨디션을 유지하기 위해 강도 높은 훈련으로 땀을 흘렸고.

"됐냐?"

"아직. 조금 더."

"일부러 그러는 거 아니지?"

"진짜 더 풀어야 돼."

동생 검호의 다리를 마사지해 주는 누나 려원.

투덜거리면서도 성심성의껏 하고 있다.

검호가 가지고 있는 비중, 가치를 너무나도 잘 알기에.

-누나라서 좋겠어요. 진짜.

-동생이 너무 잘생겼어요. 뿌듯하겠네요.

-오호호호. 동생 잘 관리해 주세요.

검호의 누나라는 걸 모르는 스태프가 없다. 영양사나 셰프들까지.

그런 그들이 하나같이 하는 말이 있는데 요약하면 딱 하나다.

검호를 최우선으로 관리해 주길 바라는 것.

대한민국의 월드컵 성적이 검호의 발끝에 달렸다고 해도 과언이 아니라서 그럴까.

그만큼 기대치가 높아서 그럴지도 모른다.

"근데 누나. 뭐 할 말 없어?"

"무슨 할 말?"

"아니, 뭐. 그냥."

검호가 콧등을 긁었다.

어느덧 28살.

나이가 점점 차면서 누나와 싸웠던 어렸을 적 기억이 오히려 조금은 부끄럽게 느껴진다.

그땐 왜 그렇게 싸웠을까.

남매끼리 원래 그런다고는 해도 지금 생각하면 참 이상한 일이었다.

그래서 대표팀에 와서는 이상하게도 싸우지 않는다.

버릇이 남아 있어서 장난이나 시비를 거는 경우는 있지만.

"칭찬 바라는 거냐? 어제 잘했다. 최고였어."

"오. 무슨 일이야. 누나가."

"그러니까. 나도 늙었나 봐. 너 따위를 다 칭찬하고."

"그만큼 내가 잘하긴 했지."

딱-

"다 됐어. 일어나. 이제."

"발가락도 해 줘야지."

"그건 네가 해, 인마."

"대표팀 에이스를 그런 식으로 취급할 거야?"

"야. 선우야. 어서 데려가라. 이놈."

"네! 누님!"

"아아악!"

검호의 귀를 잡고 끌고 가는 선우.

힘으로 밀어낼 수 있으면서도 억지로 끌려가는 검호의 모습에 피식 미소가 지어진다.

아직 자신과 허심탄회하게 이야기를 주고받기는 어려워서 저러는 걸까.

'그러고 보면 나도 변했네.'

어렸을 땐 검호의 경기를 가면 고래고래 소리를 질렀다.

죽을 듯이 싸웠어도 이상하게 소리 높여서 응원을 했었다.

그래도 하나밖에 없는 동생이라서였을까.

소리 좀 지르지 말라고, 부끄럽다고 하는 검호의 말에 경기 후에 또 싸우기도 많이 싸웠었다.

그때를 생각하면 지금은 참 얌전해졌다.

월드컵 경기를 바로 옆에서 지켜보면서 아무런 소리도 지르지 않고 보기만 하니까.

왜 그런지는 잘 모른다.

그냥 믿게 돼서?

검호가 나간 뒤로 성준이 들어왔다.

"저도 부탁드려요. 누나."

"그래. 우리 새신랑. 시원하게 풀어 줄게."

주물. 주물.

"누나도 그 생각뿐이죠?"

"응? 무슨 생각?"

"제가 최고의 남편이 돼서 돌아오겠다고 지혜에게 말했더니, 뭐라고 했는지 아세요?"

잠시 생각하던 려원이 답했다.

"기다릴게?"

"아뇨. 다치지만 말라고요. 건강하게 뛰고 오라고요."

이해가 가는 말이었다.

최고가 되는 모습도 보고 싶겠지만 다치는 걸 보고 싶은 가족은 없다.

생각해 보면 어느 순간 검호를 보면서 자신도 그런 생각을 하는 듯했다.

그래서 경기 후에 항상 검호를 최우선으로 체크하고 마사지까지 해 주는 거고.

"누나도 검호가 안 다치길 바라고 있죠?"

"뭐, 그렇지. 그래야 우승 가능성이 있으니까."

"가족 입장에서도 그렇잖아요."

"신랑 됐다고 말이 많아졌네. 성준이."

"결혼이 남자를 완성시킨다고 하더니, 저도 그렇게 되나 봐요."

말이 늘은 성준의 모습에 려원이 픽 하고 웃었다.

"검호와 이야기할 때 넌지시 누나 이야기가 나왔어요."

"내 이야기?"

"네. 악수 이야기를 하던데요. 누나와 악수해야 한다고."

또다시 미소가 지어진다.

아약스로 떠날 때 했던 말.

-성공하고 나서 하자. 악수는.

성공의 기준이 무엇일까.

축구를 기준으로 하면 검호는 충분히 성공했다.

그런데, 악수는 아직 하지 않았다.

신기하게도 검호도 그 악수를 요구하지 않고 있다.

"목표를 달성하고 나서 말하라고 했다면서요. 누나가?"

분명히 그랬다.

국가대표가 목표냐는 말에 그보다 훨씬 큰 목표가 있다고.

"설마 그 목표가 월드컵이야?"

"아직 악수 안 하셨죠? 검호도 요구하지 않고?"

"응."

"그럼 맞을 거예요. 검호의 목표가 월드컵인 거."

"아약스로 떠날 때 고작 18세였어. 그 나이 때부터 월드컵이 목표였다고?"

"원래 꿈만큼은 큰 놈이었잖아요."

"유럽에서 성공할지 안 할지도 몰랐던 시절이었잖아. 근데 그런 목표를 가졌었다고?"

성준이 웃었다.

"저랑 선우랑 검호, 공원에서 그 이야기 했었어요. 반드시 대표
팀에 가서 월드컵 트로피 들자고. 검호뿐만이 아니라 저랑 선우도
그때부터 그걸 목표로 하고 있었어요."

"아니, 그 어렸을 때?"

"저랑 선우는 검호의 요구에 그러겠다고 말만 했는데 어느새
그게 진짜 목표가 돼 있더군요. 이상하게."

공원에서 갑자기 웃으면서 트로피를 들자고 했던 검호.

신기했다.

그때 했던 이야기를 정말로 꿈꾸고 있으니까.

아직 1차전을 치렀을 뿐인데 느낌이 좋아서일까.

어제 같은 경기력이라면 정말로 해볼 만하다고 생각해서일까.

그것도 있지만, 더 큰 이유가 있다.

"누나. 진짜로 가능할지도 몰라요. 월드컵 우승. 검호가 있으니
까."

검호의 존재 유무.

그것만큼 큰 이유가 없다.

듣고 있던 려원이 웃고 말았다.

"그래. 우리나라는 나검호 보유국이잖아."

****

대한민국의 경기 이후로 월드컵 분위기가 후끈 달아올랐다.

잉글랜드, 독일, 포르투갈, 네덜란드, 스페인, 프랑스 등 우승 후보들이 잇따라 승리를 거두면서 치열한 대결을 예고했기 때문이었다.

야슬로신이 있는 러시아도 이탈리아를 꺾으며 존재감을 드러냈다.

그렇게 1차전이 끝나고 2차전이 시작되었다.

E조의 두 번째 경기는 스위스와 카메룬이다.

대한민국은 이번에 휴식을 취한다.

그래서 상대적으로 여유를 가지고 경기를 시청할 수 있었다.

"카메룬이 이기면 우리 32강 확정이지?"

"응. 스위스가 2패가 되니까 자동 탈락이 돼."

"그럼 그게 낫겠네."

후배들의 말을 듣고 있던 선우가 차갑게 한마디 했다.

"뭘 재고 있냐. 누구든 이기면 되는데."

"그냥 편한 길이 뭔지 생각해 봤어요."

"그런 생각은 예전에나 하는 거야. 우린 누구를 만나도 두려워할 필요가 없어."

그 말에 화답하는 이가 있었다.

김민재였다.

"맞아. 저 미친놈이 있잖아."

마침 로비로 내려오는 검호가 보인다.

갑자기 자신을 바라보는 모두의 시선에 검호가 고개를 갸우뚱거렸다.

"또 내 이야기 하고 있었나 보네."

킥킥킥.

세계 최고의 선수지만 거리감이 없는 형이다.

동생들이 검호를 애정 어린 눈빛으로 쳐다봤다.

"태수, 월드컵 데뷔전 어땠냐?"

"더 뛰고 싶었는데 아쉽습니다. 다음엔 더 뛸 수 있게 할 겁니다."

"뭐야. 나 밀어내겠다고?"

"네! 형!"

백승호의 말에도 당당하게 포부를 밝힌 강태수.

"저도 뛰고 싶어요. 선발로."

"날 제치고?"

"네! 흥민이 형."

"와, 애들 많이 컸네. 컸어."

"우진아. 넌 흥민이 삼촌이라고 불러야 되는 거 아니냐?"

"조용해라. 선우야."

박우진까지 의욕을 드러내자 모두가 피식 웃는다.

어린 나이의 장점이 패기라고는 해도 잔뼈가 굵은 선배들 앞에서 이러기는 쉽지 않은 일.

유럽에서 경험하고 배운 것들이 이렇게 자신감을 가질 수 있게 해 준다.

삐익-

경기가 시작되었다.

1차전 패배를 한 스위스는 전력을 다해 카메룬을 상대했다.

카메룬은 에투 이후 오랜만에 유럽 정상급 공격수가 등장했다.

프랑스 리그 득점 2위를 한 파벨로가 그 주인공.

23세로 나이가 어리지만 유연한 몸과 스피드로 수비수들에겐 최악의 병기라고 불릴 정도다.

월드컵이 끝나면 빅클럽을 갈 것이 확실시되는 만큼 스위스 수비진이 힘들어하는 게 보였다.

반격을 시도한 스위스였지만 1차전 대패의 충격이 워낙 커서일까.

결정력을 살리지 못하며 득점에 실패, 결국 0-1로 패배했다.

이로써 대한민국과 카메룬이 조 1위를 놓고 격돌하게 되었다.

"어디 보자. 1위로 올라가면 어디랑 붙으려나."

"F조가 네덜란드, 콜롬비아, 호주. 뭐, 콜롬비아 정도 될지도?"

"네덜란드가 2위가 될 수도 있잖아."

카메룬에게 져서 조 2위가 될 거라는 생각은 조금도 하지 않는 세 얼간이.

그걸 보며 모두가 또 한 번 자신감을 가질 수 있었다.

****

츠츠츠츠-

"대충 준비는 끝났지?"

"물론."

"좋아. 이번에 실험해 보자고."

크크크크-

크흐흐흐-

어둠 속에서 두 악마가 비릿하게 웃었다.

뭔가 재밌는 걸 준비한 것처럼.

***

2026 북중미 월드컵. 1차전, 2차전이 끝나면서 32강 진출팀에 대한 윤곽이 나타나고 있다.

단 두 경기를 했을 뿐인데도 조별 리그가 마무리되는 느낌이다.

물고 물려서 마지막 경기까지 지켜봐야 하는 조도 있지만 대부분 두 경기에서 결정이 되고 있다.

홈팀인 미국과 멕시코가 32강에 진출했고, 우승 후보 브라질도 1위로 진출을 확정했다.

그렇게 E조의 차례가 왔다.

스위스가 조별 리그 탈락이 확정된 가운데 이제는 대한민국과 카메룬의 조 1위 싸움이 필요하다.

-가능하면 이겨서 조 1위로 올라가는 게 좋습니다. 반대쪽에 브라질, 프랑스, 포르투갈, 스페인 등 쟁쟁한 나라들이 배치가 되고 있거든요.

-그렇긴 합니다만 1위를 해도 만만치 않을 거 같습니다. 이쪽도

잉글랜드, 러시아, 독일을 만날 수 있어요.

-자, 그럼 카메룬을 잡기 위해선 무엇이 최우선돼야 할까요?

-당연한 말이지만 파벨로를 잡아야 합니다. 프랑스 리그 득점 2위에 지금 빅클럽 이적설이 잔뜩 나고 있는 선수거든요. 큰 키에 유연한 몸과 스피드까지. 흑표범 에투를 떠올리게 하는 선수입니다.

-미드필더에는 라치오에서 뛰는 조홀이 있어요. 탈압박이 좋고 패스도 훌륭하죠. 스위스전에서 도움을 기록한 선수죠. 오른쪽에 은쿠누도 위험하고요.

2차전을 앞두고 TV채널에서 방영이 된 전문가들의 예상평. 경계 대상과 주의점을 이야기하며 많은 이야기를 꺼낸다. 하지만 결국엔 모두의 생각이 동일했다.

-우리나라가 이길 수 있을까요?

-네. 이길 거라고 봅니다.

-충분히 가능하다고 봐요. 저는.

-어려운 경기가 될지도 모르지만, 질 거라는 생각이 들진 않는군요.

대한민국의 승리를 의심하는 이가 없다는 것만으로도 그들의 기대치가 높다는 걸 알 수 있었다.

그렇게 3차전 시간이 다가왔다.

버스를 타고 구장에 도착한 대한민국 대표팀은 곧장 트레이닝 복으로 갈아입고 필드로 나갔다.

"검호 형!"

왼쪽에서 박우성이 올린 크로스.

꽤나 정확하게 올라오는 공을 가슴으로 트래핑해서 왼발로 꽂아 넣는다.

이야!

먼저 입장한 골대 뒤쪽 팬들이 감탄을 흘린다.

"역시 껌이야. 저렇게 부드럽게 발리슛을 하다니."

"가슴 트래핑도 예술이었어. 기대 이상이야."

"내 고향에서 껌을 볼 수 있다는 게 너무 기뻐. 정말 좋은 날이 될 거 같아."

워낙 대단한 선수라서 그런지 아시아 선수에 대한 차별적인 시선은 많이 없는 듯했다.

이곳을 찾은 많은 미국 팬들이 검호를 향해 환호의 눈길을 보냈다.

몸을 푼 검호가 라커룸으로 들어갔다.

이제는 붉은색 유니폼을 입고 필드로 나가야 할 시간.

차분하게 축구화를 신고 일어나서 모두와 파이팅을 외치고 나왔다.

"오늘도 날뛰어 보자. 다들."

심플하지만 힘이 실리는 말.

모두가 고개를 끄덕이며 자리로 돌아갔다.

삐익-

그렇게 대한민국과 카메룬의 경기가 시작되었다.

-역시 카메룬. 라인을 내리지 않는군요. 강하게 부딪칩니다.

-대한민국도 밀리면 안 돼요. 이럴 때 더 강하게 부딪쳐서 초반 기세를 가져와야 합니다.

-이강인, 패스 차단됐네요. 카메룬이 올라옵니다. 조홀에게. 최남일이 재빨리 붙는군요.

카메룬의 핵심 미드필더 조홀.

오늘 그를 잘 마크해야 한다고 귀에 딱지가 생길만큼 많이 들은 최남일.

첫 부딪침에서 강렬함을 느끼게 해 주고 싶어 거칠게 접근했다.

상체로 밀고 발을 넣으며 약간의 반칙성 플레이를 시도했다.

하프라인 쪽이니 파울이 되도 상관이 없다는 생각에.

"……!!!"

무릎에 부딪쳐 넘어질 것처럼 보였던 그가 버티면서 나간다.

엄청난 유연성에 최남일이 깜짝 놀라 어깨로 한 번 더 부딪쳤는데도 치고 나간다.

그렇게 최남일이 벗겨지자 권석훈이 나올 수밖에 없었다.

툭-

그 틈에 오른쪽에서 안으로 파고드는 윙 포워드 은쿠누.

완벽한 스루패스가 나왔다.

워낙 순식간에 벌어진 일이라 추성태도 늦었고, 김민재의 백업도 조금 느렸다.

평-

-박선우!!!!! 다행입니다! 역시 박선우에요!!! 한 골 막아 냈어요!

"야!! 이 새끼야!!"

"최남일!! 뭐하는 거야!"

골을 막은 기쁨보다 첫 슈팅이 매우 위험했던 상황에 화가 난 선우가 버럭 소리를 쳤다.

김민재도 마찬가지.

둘이 동시에 뭐라고 하자 최남일이 머쓱한 표정을 지었다.

"죄송합니다! 집중할게요!"

자신의 뺨을 두들기며 집중력을 살리는 최남일.

'그런데 내가 방심했었나?'

아니었다.

공을 빼앗지 못하더라도 파울로 끊을 생각을 했었다.

다른 선수였다면 백이면 백 넘겨졌을 상황.

'역시 흑인인가.'

소속팀에도 흑인이 있다.

그들이 가진 유연성과 민첩함은 경험한 만큼 충분히 알고 있다.

그런데 조홀은 그보다 더 뛰어난 것처럼 보였다.

의문이 드는 이유는 하나.

'영상으론 그렇게 뛰어나 보이지 않았는데.'

좋은 선수인 건 맞지만 막지 못하는 선수라는 생각은 조금도 들지 않았다.

하지만 방금 플레이로 더 진한 집중력을 가져야 한다는 걸 깨달았다.

-백승호, 왼쪽. 추성태에게. 앞으로 차 줍니다. 아, 짧았어요. 카메룬 역습! 바로 올라옵니다!

또 한 번 조홀에게 가는 공.

이번에도 최남일이 마음먹고 달려들었다.

'어딜!'

같은 실수를 하지 않기 위해 더 강하고 빠르게 붙었다.

효과가 있었는지 돌지 않고 옆으로 내주는 조홀.

대신 그게 더 빠른 공격 전환으로 연결이 되었다.

툭

다시 오른쪽 은쿠누에게 간 공. 추성태가 쫓아가지만 조금 느렸다.

권석훈이 백업을 갔는데도 엔드 라인으로 치고 가는 은쿠누.

-빠르네요! 은쿠누!

생각보다 빠른 순간속도에 권석훈이 당황했다.

왼쪽과 오른쪽을 다 대비하고 있어야 했기에 적당히 거리를 벌리고 있었음에도 쫓아가는 속도가 느렸다.

'그래도!'

끝까지 막아야 하는 게 자신의 위치이자 임무!

마지막까지 태클을 하며 공을 아웃시킨 권석훈이 호흡을 푹 내쉬었다.

"와. 엄청 빠르네요."

"빠르다는 거 알고 있었잖아."

"스피드만 따지면 검호 형이랑 차이 안 날 거 같은데."

"괜히 샬케에서 뛰겠냐. 집중하자."

-카메룬, 초반부터 거칠게 몰아붙이네요. 역시 만만치 않아요.

-스위스전 때보다 훨씬 좋은 경기력을 보이고 있어요. 카메룬. 생각했던 것보다 너무 좋은데요? 1차전을 통해 긴장과 부담을 덜어 버려서 그럴까요. 아무튼 대한민국, 지금 위기를 잘 넘겨야 합니다.

전반 8분. 카메룬의 코너킥.

'온다. 온다.'

김민재, 권석훈이 잔뜩 긴장했고, 선우도 언제든지 뛰어 나가려고 준비했다.

조홀이 코너킥을 올렸다.

펑-

그렇게 올라온 코너킥.

방향은 김민재 쪽이었다.

다만, 김민재를 다른 선수가 막으면서 그가 막아야 할 파벨로가 한 발 더 앞에서 뛰는 결과가 나왔다.

투악-

그의 머리에 맞은 공이 선우의 머리로 향했다.

선우가 재빨리 손을 위로 뻗으며 공을 쳐 냈다.

다만 워낙 공이 빨라서 내보내지 못했다.

그렇게 떠오른 공.

위로 치면서 뒤로 넘어졌던 선우가 벌떡 일어나 다시 잡으려고 할 때, 파벨로가 먼저 반응하고 있었다.

툭-

출렁-

-아, 실점합니다. 전반 8분. 대한민국이 먼저 실점하는군요.

가볍게 머리에 맞추며 골대 안으로 공을 밀어 넣은 파벨로.

이후 선우와 엉켜 넘어진 그가 빠르게 일어나 세리머니를 하러 간다.

"아 시발."

절로 욕이 나올 수밖에 없는 상황.

선우가 공을 저 멀리 걷어차며 분노했다.

"선우야. 미안. 내가 놓쳤다."

"됐어요. 다시 합시다."

김민재도 짜증스러운 표정을 지었다.

단 한 발자국 차이지만 놓쳤다. 다른 선수의 방해가 있었다고 해도 놓쳤으면 안됐다.

그리고 크로스도 워낙 좋았다.

"저놈들 오늘은 좀 잘하네."

이성준도 고개를 갸우뚱거렸다.

스위스전 때의 카메룬이 아니다.

"그렇지 않냐?"

검호에게 한 질문이다.

끄덕-

영상으로 봤을 때보다 훨씬 좋은 플레이를 하는 카메룬.

전술도 스위스전과 다르지 않는데 이런 경기력 차이라면 하나밖에 없다.

"컨디션이 다들 좋나 보네. 오늘."

카메룬 선수 대부분이 최고의 컨디션을 유지하고 있는 것 같았다.

*****

크흐흐흐.

크크크크

대한민국과 카메룬의 경기를 지켜보는 어둠속의 두 존재.

악마 둘이 평소보다 더 비릿하게 웃기 시작했다.

"기대 이상이야. 이 정도일지 몰랐어."

"크크크. 그러니까. 몇 명의 컨디션을 최상으로 올려 주는 정도로도 이 정도라니. 이러면 앞으로도 더 재밌겠는데?"

나검호가 이끄는 대한민국.

그들이 보여 주는 전력에 약간의 불안감이 생겼던 악마는 동료 악마의 힘을 빌려 약간의 장치를 실현시켰다.

월드컵 우승을 위해 아직 많은 경기가 남았기 때문에 오늘은 실험일 뿐이다.

그런데 그 실험이 생각 이상으로 효과를 드러내고 있다.

"크흐흐. 그냥 컨디션을 올려 준 게 아니잖아. 인간 세계로 따지면 약물을 먹고 뛰는 기분일 거라고. 지금."

"크하하하! 맞아. 맞아. 아마 지금 자신들의 컨디션에 새로운 힘을 느끼고 있을 거야."

대한민국의 우승을 저지시키기 위해 어떤 장난을 칠까.

여러 고민을 하다 내린 결정이 이것이다.

갑작스럽게 새로운 선수를 등장시킬 순 없으니 최근 두각을 드러내는 선수에게 약간의 힘을 부여하는 쪽으로 가는 걸로.

이러면 인간 세계에 개입하는 힘도 그리 많이 들지 않고, 효과도 볼 수 있을 거 같아 시도했는데 지금 상황에선 기대 이상이었다.

"그래도 아직 몰라. 저놈은 항상 내 기대를 깼던 놈이거든."

"크흐흐. 상관없잖아? 다른 것도 준비했으니까."

"그렇긴 하지. 일단 지켜보자고. 크크크."

*****

카메룬에게 일격을 맞은 대한민국.

승리를 예상했던 만큼 많은 팬들이 당황했다.

"카메룬 강한데?"

"쟤들 잘하잖아. 기대 이상이야."

"우리가 지금 실점한 거 맞지?"

경기장을 찾은 팬이나, 출근 준비를 하는 팬이나 다 마찬가지였다.

사람들이 밀집한 곳에선 0-1 이라는 스코어에 어색함을 느끼는 팬들이 많았다.

그런데.

"라인 올려!"

"야! 더 붙어! 더 나가!"

"자자! 아직 시간 많아! 차분하게 하자!"

대한민국은 더 이상 예전의 대한민국이 아니다.

1승이 어려웠던 대한민국이 아닌, 이제는 우승 후보로 불리는 나라가 되었다.

보이지 않는 끈끈함. 세밀한 조직력. 서로를 위하는 희생정신 등이 몸에 베일만큼 베인 선수들이다.

비록 먼저 실점을 했어도 그것만으로 당황하는 건 그들에게 어울리지 않는 일인 것이다.

평-

그리고 대한민국에서 뛰는 한 존재가 고작 1실점에 무너질 거라고 생각하게 만들지 않는다.

최남일이 오른쪽으로 보낸 공.

이성준이 받고 앞으로 밀어준다.

검호가 잡고 돌아서 다시 이성준에게 내주고 박스 안으로 들어갔다.

-이성준, 중앙으로. 이강인. 백승호에게. 황대훈이 잡습니다.

"대훈아!"

순식간에 방향전환이 돼서 왼쪽으로 갔던 공이 중앙의 황대훈에게 향했다.

등을 쥐고 공을 잡은 황대훈이 들려온 목소리에 보지도 않고 옆으로 공을 내줬다.

안다. 보지 않아도 검호가 어디에서 말을 했는지.

리버풀에서 스트라이커 역할을 하려면 이 정도는 기본이다.

툭

툭

"……!!!"

놀랍게도 검호는 그 패스를 받지 않았다.

공을 흘리면서 수비 뒤로 돌아서 들어갔고.

흐른 공은 뒤에 있던 이성준이 앞으로 밀어주었다.

또다시 만들어진 둘의 완벽한 호흡에 카메룬의 수비가 무너졌다.

기세를 탄 카메룬도 이렇게 무너진 라인 앞에선 할 수 있는 게 없다.

-나검호오오오오!!!!

펑-

튀어 나온 키퍼의 옆으로 살짝 밀어 차는 검호.

그렇게 공이 옆으로 굴러가면서 그물을 흔들었다.

출렁-

우와와와와와!!!!!

전반 13분 만에 동점골을 터트린 대한민국!

벤치를 향해 뛰어가는 검호.

그 뒤를 쫓아가는 모든 선수.

그렇게 한데 모인 곳에서 검호가 외쳤다.

"아무것도 걱정하지 마! 우리가 더 잘하니까!"

이게 나검호 보유국, 대한민국의 위엄이다.

은퇴 좀 해라

5장. 너희들이 도와줘야 한다

은퇴 좀 해라

전반 13분 만에 동점골. 기뻐하는 대한민국 선수들.

그걸 물끄러미 쳐다보는 카메룬의 파벨로.

"역시 껌이야."

축구 선수라면 좋아하고 존경하는 선수가 생기기 마련이다.

메날두 시절에도 많은 선수들이 둘 중 한 명을 존경했다.

그들처럼 되고 싶어 했다.

그들이 은퇴한 지금, 그 뒤를 이은 검호와 레오날두를 보며 꿈을 꾸는 선수들이 많다.

축구 강국 브라질에서 태어나 세계 최고가 된 레오날두보다는 변방인 아시아에서 나타난 검호에게 더 큰 호감을 가진 선수들도 분명 있다.

파벨로도 그중 한 명이었다.

유럽에서 수없이 당하는 인종 차별. 그런 설움 속에서도 묵묵하게 플레이를 하며 자신의 가치를 알리기 위해 애를 썼다.

그 차별이 얼마나 스트레스를 주는지 너무나 잘 알고 있다.

검호는 아시아 선수라서 받는 차별을 이겨 내고 정상으로 올라갔다. 그게 더 존경스러운 이유였다.

차별을 받으면서 플레이를 한다는 게 얼마나 힘들고 외로운 일인지 알기 때문에.

그래서 오늘 경기를 무척이나 기다렸다.

좋아하고 존경하는 검호와 맞대결을 펼칠 수 있다는 생각에.

"당연히 쉬운 경기가 될 리 없지."

오늘 컨디션은 최상이다.

스위스와 경기를 한 이후 이상하게 몸 상태가 좋아지고 있다.

파워 트레이닝 효과인지, 아니면 부담감이 덜어져서인지, 좋아하는 선수와 맞대결이라서 그런지 몰라도 컨디션이 바짝 올라와 있다.

기분도 너무 상쾌하고 좋다.

어제 꾼 꿈 때문일까?

꿈에서 누군가 나타나서 뭔가 이야기를 했던 거 같은데.

어찌됐든 그 이후 오늘 몸이 좋다.

아무리 뛰어도 지치지 않을 거 같은 느낌.

위치 선정이나 시야, 움직임도 한층 좋아진 듯싶다.

첫 번째 골을 넣었을 때도 그런 기민한 움직임 덕을 봤다.

살짝 마음에 걸리는 건 하나. 여태 자신이 경험했던 최고의 몸 상태보다 더 좋다는 것 정도, 약을 했다면 마치 이런 기분일까.

월드컵이라 성장 중이라 그런 거라고 자위한 파벨로가 이내 주먹을 쥐었다.

"껌, 끝까지 해보자."

****

-조홀이 다시 올라옵니다. 최남일이 쫓아가요. 은쿠누에게. 추성태가 갑니다. 은쿠누 왼발 크로스! 파벨로오오!! 골대 위를 넘어갑니다! 다행이네요!

"야! 추성태!"

또다시 돌파를 허용해 크로스를 내준 추성태.

올라온 크로스도 워낙 좋아서 파벨로의 머리까지 맞았다.

이런 상황이라면 아무리 김민재나 권석훈이어도 완벽히 막을 수 없다.

선우의 윽박지르기에 입술을 깨무는 추성태.

"나도 집중하고 있어. 저놈이 빠르다고."

"그래서 계속 당할 거냐?!"

빠득-

이를 간 추성태가 투지를 불태웠다.

"다시 해본다!"

"잘 막아라. 교체 당하고 싶지 않으면!"

"빌어먹을! 그럴 순 없지!"

벤치엔 19세의 박우성이 기다리고 있다.

유럽에서 뛰는 선수라고는 해도 아직 어린 선수.

그에게 밀리는 건 자존심이 허락하지 않는다.

그래도 꽤 오랜 시간 대표팀의 왼쪽을 책임지고 있는데.

-카메룬. 이번엔 왼쪽으로 공격을 시도합니다. 이성준이 딱 붙습니다.

"저놈은 걱정할 필요 없겠네."

오른쪽은 문제없다.

이성준이 최고의 컨디션으로 완전히 틀어막고 있다.

상대가 드리블 돌파를 시도해도 잘 쫓아간다.

방향을 틀어도 몸으로 밀며 방해를 하고 동료를 이용해 공을 빼앗아 낸다.

심지어 검호가 도와주러 오면 거의 다 빼앗아 내기까지 한다.

그렇게 수비에 체력을 쓰고도 역습 시에 오버래핑 하는 속도가 엄청나다.

"저놈도 괴물이야."

또다시 달려 나가는 이성준.

검호만 괴물이 아니다.

성준도 이제는 어엿한 괴물 레벨에 도달했다고 봐도 될 거 같았다.

　-이성준 크로스!! 손흥민이 떨궈 줍니다. 황대후우우운!! 살짝
비껴갑니다! 신발을 찾는 황대훈!

　욕하는 장면이 카메라에 고스란히 잡힐 정도로 아쉬운 슈팅.
　"거기선 더 짧고 간결하게 쳐라. 임팩트만 실어서. 그래야 정확
도가 올라간다."
　"네! 해 볼게요!"
　"뭐, 가르쳐 준다고 바로 할 거라 기대는 안 하지만."
　"합니다! 해요!"
　검호의 조언에 이를 악문 황대훈이 다시 집중했다.
　저런 도발이 황대훈에겐 오히려 통한다.
　그렇게 성장해 왔으니까.

　-나검호, 이성준. 이강인에게. 왼발 감습니다!! 키퍼에게 읽혔
군요. 좀 약했어요.

　-황대훈, 내줍니다. 손흥민. 백승호. 백승호오오!! 골대 위로
넘어가는 슈팅! 이번에도 아쉽네요. 대한민국.

　-카메룬이 올라갑니다. 은쿠누, 파벨로. 김민재가 막아섭니다.
조호오올! 박선우 세이브! 대한민국 최후방엔 이 선수가 있어요!

-최남일, 조홀을 따돌리고 오른쪽으로. 다시 나검호예요. 반대쪽 손흥민에게! 열렸어요! 가야죠! 손흥민! 손흥민! 손흥민! 아, 수비 몸에 맞고 마는군요. 대한민국 코너킥!

-파벨로, 돌아서 때립니다! 박선우가 손가락으로 쳐 냅니다!

1-1 스코어가 된 이후 경기는 꽤 흥미롭게 진행됐다.

두 팀 모두 라인을 내리지 않고 싸우면서 서로 간에 슈팅 기회가 생겨나기 때문이었다.

빠른 공격 전개, 역습, 재역습이 나오면서 경기 속도가 올라가니 경기장을 찾은 팬들의 재미도 늘어날 수밖에 없었다.

하지만 필드에서 뛰는 선수들은 긴장이 될 수밖에 없다.

특히 공격수와 일대일 상황을 계속 맞이하고 있는 수비수들 입장에선 더더욱.

"슈팅 좀 못 하게 해 봐. 민재 형!'

"저놈 오늘따라 미쳐 날뛰네. 기다려 봐. 이제 딱 스타일 파악했으니까."

"좋아! 그럼 믿겠어! 정 힘들면 슈팅 각만 잡아 줘. 나머진 내가 알아서 막을 테니까!"

"알았다!"

투덜거리면서도 서로를 믿는 듯한 둘의 대화에 권석훈이 웃었다.

"언젠가 필드에서 두 분이 싸울지 알았는데."

"왜 갑자기?"

"두 분 다 성격이 호쾌하니까요. 서로 잔소리하는 거 싫어하실 거 같아서."

김민재가 아무렇지도 않다는 듯 대꾸했다.

"잔소리하면 어떠냐. 팀이 이길 수만 있다면 그 까짓 것."

"역시 그렇죠?"

"그리고 내가 잔소리한다고 들을 놈이냐. 신경도 안 써. 너도 한 귀로 듣고 한 귀로 흘리고 그래라. 딱 필요한 조언만 듣고."

"그런 조언을 고르는 게 쉽지 않던데요."

"그럼 내 말만 들어. 수비할 땐."

"네! 그렇게요!"

선우도 외쳤다.

"권석훈! 내 말도 들어!!! 흘리지 말고!"

"네!!"

"내가 지켜본다!"

*****

파벨로. 조홀. 은쿠누.

컨디션이 유독 좋은 셋이 미드필더와 공격에서 대한민국을 괴롭힌다.

상당히 유기적으로 움직이는 셋의 플레이에 은근히 공간을 많이 내주는 대한민국.

하지만 전반 30분이 넘어가면서 바뀌기 시작했다.

-다시 은쿠누. 추성태가 쫓아갑니다. 좋아요. 백승호! 협력 수비 좋습니다!

-끝까지 붙어야죠, 이강인!? 최남일, 뺏어 냅니다! 역습 가야죠!

원래 대한민국은 조직력의 나라다.

개개인의 기술이나 실력이 뛰어난 편이 아니어서 어렸을 때부터 조직력으로 상대를 이겨 내 왔다.

청소년 팀들이 유럽 유스와 붙어도 이겨 내는 이유가 그 때문.

개인의 기술보다는 조직력을 중요시한 전술적 움직임으로 인해 많은 이점을 얻어 온 것.

당연하게도, 성인이 되면 유럽 팀들도 그 조직력이라는 걸 배우게 된다.

그래서 유럽과 대한민국의 실력에 차이가 생기는 것이었다.

유럽 리그에 대한 경험 유무 차이도 큰 편이고.

이제는 다르다.

개인 기술이 좋은 선수들이 조직력까지 갖췄다.

스스로의 능력을 과시하지 않고 동료의 도움을 받아 최선의 플레이를 펼친다.

상대의 최고 실력을 확실히 알았으니, 이제는 협력 수비를 통해 대응책을 마련하기 시작했다.

-발을 뻗어 막아내는 권석훈! 역시 예측력이 좋아요!

-김민재 헤딩! 파벨로 앞에서 먼저 걷어 냅니다!

컨디션이 아주 좋다고 해서 그들이 펠레나 마라도나가 되는
건 아니다.

본인이 가지고 있는 힘 이상을 내는 건 맞지만 그것도 한계가
있는 법.

대한민국의 협력 수비에 카메룬의 공격이 서서히 막혀 들었다.

그건 즉, 대한민국의 공격 빈도가 늘어남을 뜻하게 된다.

"올라가!"

"역습이다!!"

"나검호! 검호에게 줘!"

추성태가 빼앗은 공이 백승호를 거쳐 검호에게 향했다.

'좋아.'

오른쪽 라인에서 공을 받은 검호.

역시나 이성준이 옆을 지나쳐 올라간다.

그걸 이용해 중앙 드리블을 시도하며 치고 나가자 카메룬의
수비가 몰려들어 온다.

툭

두세 명이 마크하러 오는 건 항상 있는 일.

그럴 때 무리할 필욘 없다.

좋은 동료들이 많으니까.

마중 나오는 황대훈에게 공을 주고 침투하자, 공이 다시 돌아온다.

바로 때릴 것처럼 자세를 잡자 달려오던 수비가 멈춰서 움찔거린다.

'지금!'

그 틈에 안으로 파고 들어가는 손흥민.

검호가 완벽하게 그 앞으로 공을 찔러주었다.

펑-

침투하던 손흥민이 그대로 오른발을 휘둘렀다.

잡고 찰 필요도 없는 박스 안의 공간이었기 때문이다.

출렁-

손세이셔널.

원래 센세이셔널이라는 단어를 함부르크 팬들이 손흥민의 활약에 빗대어 바꾼 말이다.

센세이셔널 한 손흥민을 가리키는 단어.

그 별명이 괜히 붙은 게 아니라는 걸 증명하듯이 손흥민의 오른발 슈팅이 깔끔하게 그물을 흔들었다.

우와와와와와!!!!

-손흥민!! 손흥민이에요!! 손흥민이 넣었습니다!!!

모처럼 환한 미소를 짓고 달려가는 손흥민.

앞서 가던 그가 이내 뒤를 돌아보더니 모두에게 오라고 손짓을 한다.

그 손짓에 모두가 달려와 안긴다.

검호도 마찬가지.

"너라면 패스가 올지 알았어."

"형이니까 준 거예요. 대훈이었으면 안 줬어요."

"아, 형. 저도 좀."

"장난이다. 돌려주는 패스 아주 좋았어."

"그럼 저도 그런 패스 하나 줘요."

"기다려 봐라. 아직 경기는 많으니까."

스코어 2-1. 대한민국이 앞서 나가기 시작했다.

****

전반이 그렇게 끝나고 후반이 시작되었다.

역전골을 넣으며 기세를 탄 대한민국이 그대로 밀어붙였다.

카메룬이 여전히 위력적인 모습을 보여 주고 있지만 협력 수비에 막혀 득점을 하지 못한다.

그사이 또 공격을 시도하는 대한민국.

-모처럼 추성태가 올라갑니다.

은쿠누에게 몇 번 뚫리긴 했지만 그 이후 좋은 플레이를 보였다.

백승호, 손흥민과 함께 왼쪽 라인을 잘 잡았다.

그렇게 간직한 체력을 이번 공격에 사용했다.

측면 깊숙이 올라간 그가 크로스를 올렸다.

이성준을 보면서 수없이 연습한 크로스.

정말 좋은 윙백이 되려면 수비 능력이 최우선이 돼야 하지만, 이 크로스 능력 또한 성장해야 함을 스스로 알고 있었다.

펑-

그 훈련 성과가 지금 나타났다.

누구를 보고 올린 게 아니다.

엔드 라인에서 크로스를 올릴 땐 선수보다는 공간을 향해 올리는 게 더 나은 선택지가 될 수 있다.

그래서 페널티 지점보다 조금 앞쪽으로 깊게 보냈다.

그 공을 향해 저 멀리 뒤에서부터 달려오며 점프하는 검호가 있었다.

예전 화면 밖에서 뛰어 들어와서 헤딩골을 넣었던 호날두를 연상케 하는 플레이!

출렁-

검호의 머리에 맞은 공이 그대로 골이 되었다.

-이야아아아!! 나검호!!! 역시 뚝배기, 아니 머리도 좋은 선수에요!!! 나검호! 대한민국! 확실히 앞서 나갑니다!!

후반 72분. 스코어 3-1.

대한민국은 이 스코어를 지키기 위해 교체 카드를 사용하며 시간을 벌었다.

-이번에도 손흥민이 빠지고 황희찬이 들어갑니다.

-이강인도 이승우와 교체되는군요. 1차전과 같은 교체네요.

공격 카드를 사용하며 마무리를 지으려는 에릭 텐 하그.

두 골을 넣기 위해 상대는 올라올 테니 공격해서 쐐기골을 터트리겠다는 의도로 보였다.

'아직이야. 아직.'

카메룬은 아직 포기하지 않았다.

그들도 마지막까지 골을 넣기 위해 뛰어다녔다.

파벨로도 지치지 않은 체력을 이용해 계속해서 공격을 시도했다.

하지만 협력 수비가 너무 강했다.

"앗!"

이번에도 김민재와 최남일의 접근에 공을 놓쳤다.

아무리 컨디션이 좋아도 둘을 상대로 하기엔 아직 미숙한 부분이 있었다.

"제길!"

튕겨져 나간 공을 잡기 위해 파벨로가 길게 발을 뻗었다.

김민재가 그 공을 먼저 걷어 냈다.

빡-

걷어 낸 직후, 파벨로의 발이 김민재에게 닿았다.

"아악!"

불길한 비명이 그때 터졌다.

****

후반 85분.

이제 서서히 경기를 마무리 지어야 할 때.

두 골 차이긴 하지만 아직 방심할 수 없는 시간대.

그래서 선수들의 집중력이 어느 때보다 높을 순간이다.

높은 집중력은 좋은 체력이 있어야 유지된다.

체력 없이 정신력이 성장할 수 없는 법.

그래서 후반 막판에 극적인 골이 많이 터지기도 한다.

누군가의 높은 집중력 때문이거나 다른 누군가의 낮은 집중력 때문에.

대한민국 선수들은 높은 집중력을 유지하고 있었다.

검호만큼의 체력을 가지고 있지는 않지만 그래도 프로 중에 상위권의 체력을 가진 이들이다.

파워 트레이닝을 통해 충분히 몸을 끌어올렸기 때문에 85분이 넘어가는 와중에도 높은 집중력을 보일 수 있었다.

김민재도 그렇게 공을 걷어 낼 수 있었다.

최남일과 함께 파벨로를 괴롭혔고, 흘러나온 공을 저 멀리 검호를 보고 찼다.

하지만 차고 난 이후가 문제였다.

공에 대한 집념은 파벨로도 마찬가지였다.

오늘따라 좋은 체력이 김민재에게 태클을 시도하게 만들었다.

평소라면 힘들어서 그런 태클을 하기 힘들었을 텐데.

결과는 김민재의 비명으로 이어졌다.

"민재 형!!"

"형!"

발을 잡고 드러누운 김민재가 인상을 찌푸리고 있다.

"아아."

약간의 신음이 흘러나오는 게 꽤 고통스러운 모습이기도 했다.

"이 새끼가!"

권석훈이 분노하며 파벨로에게 달려들었다.

이번 월드컵을 위해 김민재와 얼마나 많은 대화를 나눴는지 모른다.

하나의 실수가 실점이 될 수 있기 때문에 그런 실수를 줄이기 위해 정말 많은 조언을 구했다.

아무리 아약스에서 주전을 차지했다고는 해도 김민재의 경험은 무시할 수 없었다. 그런 과정에서 정도 많이 들었고, 함께 끝까지 뛰자고 다짐도 했다.

지금 상황은 굉장히 나빠 보였다.

앞으로 같이 뛸 수 있을까란 생각이 들 정도.

그래서 분노가 생겼다. 태클을 하지 않았어도, 하더라도 발바닥을 들지 않았어야 했으니까.

"참아! 석훈아!"

"야! 참으라고!"

추성태, 최남일이 얼른 막아섰다.

자칫 잘못해서 경고라도 받으면 앞으로 어떤 문제가 생길지 모른다. 경고 누적이 쌓이면 한 경기 출전 정지가 되는데, 이후로 이어지는 토너먼트에선 매우 중요한 문제다.

"하아."

카메룬 선수들도 와서 파벨로를 떼어 놓는다.

동시에 심판도 휘슬을 불며 두 팀을 떨어트려 놨다.

삐비비비비-

이후, 심판이 벤치를 향해 의료진을 불렀고, 이내 파벨로에게 노란 카드를 꺼내 들었다.

"어디 보자."

급하게 투입이 된 의료진.

김대우와 려원이 김민재의 상태를 살폈다.

"여긴 어때? 여긴?"

여기저기 만져 보던 김대우가 려원에게 물었다.

"다행인 거 같지?"

부딪치는 순간과 비명으로만 따지면 큰 부상을 생각했다. 이대로 그의 월드컵이 끝나지 않았을까란 생각이 들 정도로.

"네. 그나마 다행인 거 같아요."

초조하게 지켜보던 대한민국 선수들이 물었다.

"큰 부상 아니에요?"

"아니. 일단 이 경기는 힘들어. 교체해야겠다."

"자세한 건 검사를 해 봐야겠는데, 우리 생각대로라면 월드컵이 끝난 건 아니야."

벤치에 사인을 내자 진수호가 당장 유니폼을 갈아입기 시작했다.

"민재 형. 푹 쉬고 있어요. 끝나고 갈게요."

"바로 병원 가요. 경기 끝나고 간다고 오기 부리지 말고."

이제는 고통을 참을 만해졌는지 김민재가 한마디 했다.

"한 골도 먹히지 말고 와라."

그렇게 김민재가 나가고 진수호가 들어왔다.

황의조의 뒤를 이어 프랑스 보르도에서 뛰는 수비수.

권석훈과 함께 올림픽 금메달을 따낸 그가 모처럼 호흡을 맞추게 되었다.

"남은 시간 잘해 보자."

"형. 올림픽 때처럼 해요. 우리."

"물론이지. 집중하자."

*****

김민재의 부상 여파일까.

대한민국이 흔들렸다.

팀의 중심이었던 선수가 빠졌으니 어쩌면 당연한 일일지도 모른다. 아무리 올림픽 금메달리스트들의 호흡이라고 해도 발을 맞춰 본 지 꽤 시간이 지난 후다.

진수호도 급하게 투입이 된 탓에 호흡이 터지기 전이라 파벨로를 마크하는 데 버거워 하는 모습을 보였다.

'이놈 왜 이렇게 힘이 세졌지?'

파벨로를 상대하는 진수호의 표정이 구겨졌다.

프랑스에서 뛰며 상대를 해 본 적이 있는 파벨로다.

그때 느꼈던 힘과 오늘은 분명 다르다.

'내가 약해졌나?'

착각이 들 정도로.

물론 아니라는 생각에 더 강한 집중력을 보였다.

-등을 지는 파벨로. 옆으로 내줍니다. 조홀, 은쿠누! 추성태가 막아 냅니다! 좋아요! 추성태!

슈팅 기회를 태클로 끊어 낸 추성태가 이내 포효했다.

"이제 안 통한다고!"

추성태의 투지는 감염되었다.

진수호도 서서히 경기 템포에 적응하면서 적절하게 상대를 마크했다.

힘이 좋아지긴 했지만 상대를 해 본 경험이 파벨로를 효과적으로 상대할 수 있게 해 주었다.

그렇게 90분이 넘어갔다.

시간이 흐를수록 카메룬의 기세가 꺾였다.

잠깐 탄 흐름 속에서도 득점을 만들어 내지 못하며 스스로 자멸해 나갔다.

삐익, 삐익, 삐이이이-

그렇게 경기가 종료되었다.

-스코어 3-1! 대한민국이 2승으로 32강에 진출합니다!!

-정말 힘든 경기였네요. 보기 좋게 역전승을 거둔 우리 선수들이 정말 자랑스럽군요!

경기가 종료됐지만 크게 기뻐하는 선수는 없었다.

작게 하이파이브 정도만 하고는 곧바로 라커룸으로 향한 선수들.

그들은 바로 김민재가 있는 병원으로 향했다.

발에 깁스를 하고 있는 그의 모습이 가장 먼저 보였다.

"형. 뭐래요?"

"부러졌어요?"

"월드컵 끝난 건 아니죠?"

"어때요? 형. 괜찮아요?"

병실을 방문하자마자 수없이 쏟아 내는 후배들의 질문에 김민재가 미간을 찌푸렸다.

"한 놈씩 물어봐라. 머리 터지겠다."

손흥민이 웃었다.

"다 네 걱정해서 하는 소리잖아."

"일단은 뼈에 문제는 없단다. 됐냐?"

권석훈이 가장 먼저 안도했다.

"다행이네요. 그럼 앞으로 같이 뛸 수 있는 거죠?"

"그건 좀 지켜봐야겠는데."

"네?"

"일단 32강은 힘들 거 같아. 인대를 다친 거래. 다행히도, 그래서 최소 일주일, 길게는 이 주 이상은 상태 봐야 돼."

"그럼 16강까지 문제가 생길 수 있겠네요?"

"그래서 봐야지."

김민재가 검호를 바라봤다.

"32강에서 질 거라고 생각은 들지 않지만, 그래도 물어본다. 16강이든 8강이든, 나 복귀 때까지 이길 거지?"

그 말에 검호가 웃더니 이내 뒤를 돌아봤다.

그리고 둘을 끌어당겼다.

진수호와 주태식이었다.

"이놈들에게 물어보셔야죠. 형 대체자는 얘들인데."

"인마. 네가 앞에서 골을 넣어 주면 애들도 편하게 할 수 있어."

그 답은 성준이 했다.

"형. 답을 정해 놓고 물어보면 어떡합니까. 이미 넣어 줄 거라고 믿고 있으면서."

선우도 웃었다.

"그냥 쉬다 오세요. 저 둘은 나한테 맡기고. 검호 걱정은 하는 거 아니라니까요."

"그냥 확신이 담긴 말을 듣고 싶을 뿐이야. 나는."

그 말에 검호가 답을 해 줬다.

"아무 걱정하지 말고 오세요. 다 이겨 놓을 테니까."

＊＊＊＊

-천만 다행인가? 불운인가? 김민재 1~2주 부상! 16강전 이후
로나 복귀 가능하다.

-김민재 대체자는 누구? 진수호? 주태식? 베테랑의 부재에
고민이 생겼을 에릭 텐 하그.

카메룬에게 이겼지만 김민재의 부상이 대한민국을 걱정하게
만들었다.

모두가 알겠지만 이번 대표팀의 센터 백은 대체적으로 나이가
어리다.

그나마 진수호가 24세.

모두가 유럽파이긴 하지만 경험과 노련미가 필요한 자리치고는
분명 어린 감이 있었다.

-어제 진수호 5분간 꽤 버거워 하던데.

└파벨로에게 힘에서 밀리는 게 보였음. 확실히 힘은 김민재를
못 따라감.

└원래 진수호는 서울에서도, 올림픽에서도 조율이 최고 장점임. 영리하게 경기 운영하기도 하고, 터프하게 수비하는 스타일은 아님.

-누가 와도 김민재만큼은 못할 거 같은데. 걱정이다.

-32강 상대가 네덜란드만 아니면 좋겠다. 차라리 콜롬비아가 나을 듯.

└2222 네덜란드 반데봄이 피지컬 깡패임. 진수호, 권석훈으로는 좀 걱정되긴 함.

-이럴 땐 공격수들밖에 믿을 게 없다. 아, 우리 검호 있지. ㅋㅋㅋㅋ검호만 믿어야겠다. 진짜.

└그러게. ㅋㅋ공격수들은 세계 최고 라인이지. 손흥민. 황대훈. 나검호, 거기에 이강인까지. 세 골 먹혀도 네 골 넣자! 검호야!

여러 가지 우려 속에서도 대표팀은 회복 훈련을 시도했다.

그리고 그날 오후.

대표팀의 32강 상대가 결정이 되었다.

F조 1위를 위한 네덜란드와 콜롬비아의 대결.

조 2위가 대한민국의 상대로 결정이 된다.

결과는 1-0으로 콜롬비아의 승리.

팽팽했던 경기력이 페널티 킥 한 방에 주인공이 정해졌다.

"네덜란드네요."

"네덜란드네."

"아. 네덜란드네."

콜롬비아가 이기긴 했지만 경기력은 네덜란드가 더 좋았다.

반데봄. 클루이베르트. 보아두로 이어지는 공격력과 검호의 동료인 반더빅, 대용의 호흡은 최고 수준이다. 칼마인츠와 데리흐트가 이끄는 수비 라인도 결코 쉽지 않은 상대.

김민재가 빠져서인지 평소처럼 밝은 분위기가 나오진 않았다.

그때, 권석훈이 말했다.

"걱정할 필요 없겠네요."

"그렇게 생각하는 이유는?"

이성준의 질문.

"왼쪽 수비요. 아약스 제 동료잖아요. 괜찮은 놈이긴 한데, 검호 형이 데리고 놀 수준이에요. 그쪽에서 골이 좀 터지면 우리가 충분히 이깁니다."

"들었나?"

검호가 웃었다.

"나한테 안 털리는 수비가 있었나?"

자신감 넘치는 반문에 그제야 모두가 웃는다.

그래. 검호가 있다. 그가 있으니까 기대할 수 있다.

"그래도 나 혼자서 모든 경기를 이길 수 없다. 너희들이 도와줘야 한다. 이제는."

"네! 물론이죠!"

"형한테 의지만 하는 바보 같은 동생은 없습니다. 여기는."

"저희한테도 믿음 많이 주세요!"

권석훈. 황대훈. 이강인. 최남일 등등등.

모두가 신뢰를 바라는 눈빛을 보낸다.

충분히 신뢰하고 있다. 그래서 그다지 큰 걱정이 들진 않는다.

"철저하게 대비하자. 민재 형 돌아올 때까지."

****

"누구로 하지?"

에릭 텐 하그는 코치들을 불러 회의에 들어갔다.

김민재의 자리에 누굴 넣을지에 대한 고민.

진수호. 주태식.

"반데봄이 피지컬이 좋아요. 그가 공을 지켜 주고 좌우에서 클루이베르트와 보아두가 침투합니다. 최우선으로 반데봄을 막지 못하면 측면에서 위험한 장면이 나올 겁니다."

"같은 생각입니다. 헤딩에서도 강점을 보이는 선수죠. 측면에서 올라온 크로스가 매우 위협적일 겁니다."

같은 의견을 보이면서도 누구의 이름을 올리지 않는다.

고민이 되는 탓이다.

맞춤형 수비수라면 한 명 있다.

김민재를 닮아 괴물 같은 피지컬을 자랑하고 헤딩 능력은 오히려 더 뛰어난 주태식.

문제라면 나이다.

주태식을 넣으면 21, 20살로 너무 어린 수비진이 구성된다.

둘 다 유럽파이기 때문에 능력 면에서는 걱정을 하지 않지만 경기 조율, 경험 문제가 신경 쓰인다.

만약 먼저 실점하면 많은 실점을 할 수도 있는 문제.

그때, 수비 코치가 한마디 했다.

"크게 걱정할 필요가 있을까요? 필드에 껌이 있는데."

그 말에 모두가 그를 쳐다봤다.

"껌의 득점력만 이야기하는 건 아니겠지?"

"물론입니다. 수비가 흔들려도 그걸 바로 잡아 줄 존재에 대해 이야기를 하는 겁니다. 플레이면 플레이, 말이면 말. 어느 것 하나 부족하지 않은 껌이니까요."

맞는 말이다.

"실점할 수 있습니다. 흔들릴 수 있겠죠. 그런데 그건 어느 팀이나 마찬가지입니다. 석훈. 태식. 둘 다 어리지만 유럽 경험이 있는 만큼 금방 회복도 할 겁니다. 껌이 도와준다면 전 문제가 없을 걸로 봅니다."

전술. 명단.

모든 선택은 감독이 한다.

그에 대한 책임도 감독이 지기 마련이다.

그래서 대한민국이 자신을 데려와 일을 맡겼다.

이런 상황에서도 최선의 선택을 하고, 최고의 결과를 가져오게 만들기 위해.

오로지 우승만을 위해.

자신이 대한민국을 맡은 첫 번째 이유를 생각했다.

'껌 때문에.'

검호 때문이다.

세계 최고의 선수를 계속해서 지도해 보고 싶어서.

유망주 시절이 아닌, 전성기의 그를 이끌어 보고 싶어서.

그리고 가능성이 있는 대한민국을 위해서.

"나도 자신감을 가질 필요가 있겠군."

자신감은 있었지만 막상 월드컵이 시작되니 조금은 긴장되고 걱정이 들기도 했다.

약간의 불안감도 있었고.

"우리 선수들을 믿고 가면 됩니다."

"네. 충분히 잘해 주고 있어요. 모두가."

"누구든지 제 역할을 해낼 수 있습니다."

코치들의 말에 에릭 텐 하그가 미소를 보였다.

"좋아. 우리의 생각대로 가지. 조국에겐 미안하지만 이기자고."

네덜란드 감독인 에릭 텐 하그가 대한민국 감독으로 네덜란드를 상대하려고 한다. 코치들도 웃었다.

"이기고 나면 나중에 돌아가서 욕먹겠죠?"

"아마 많이 혼날지도."

"그건 그때 가서 생각하지. 우린 프로잖아."

****

조별 리그가 끝났다.

총 48개팀 중 32개팀만 토너먼트 라운드에 진출해서 싸운다.

A블럭과 B블럭으로 나뉜 32강 대진표도 그렇게 결정이 되었다.

〈A블럭〉

1경기 멕시코 vs 터키

2경기 잉글랜드 vs 코스타리카

3경기 대한민국 vs 네덜란드

4경기 러시아 vs 칠레

5경기 우루과이 vs 폴란드

6경기 아르헨티나 vs 이란

7경기 독일 vs 일본

8경기 알제리 vs 벨기에

〈B블럭〉

1경기 포르투갈 vs 이집트

2경기 브라질 vs 미국

3경기 콜롬비아 vs 카메룬

4경기 나이지리아 vs 이탈리아

5경기 스페인 vs 모로코

6경기 스웨덴 vs 덴마크

7경기 크로아티아 vs 뉴질랜드

8경기 프랑스 vs 페루

우승 후보 대부분이 토너먼트 라운드에 올라온 만큼 앞으로 더 치열한 월드컵이 전망된다.

대한민국의 상대도 결정이 되었다.

-대한민국 32강 상대는 오렌지 군단 네덜란드. 나검호, 동료를 상대하게 된다.

-조국을 상대하게 되는 에릭 텐 하그, 나는 지금 대한민국의 감독이다. 승리를 위해 최선을 다할 것이다.

-칼마인츠, 오랜만에 껌을 상대하게 된다. 매우 기대가 된다. 확실하게 막아서 팀의 승리를 이끌겠다.

-데용, 껌의 능력은 누구보다도 잘 알고 있다. 딱히 걱정을 하지 않는다. 우린 팀으로 맞설 생각이다.

-데리흐트, 레알에서 껌을 수없이 상대했다. 칼마인츠와 함께 확실하게 막아 보겠다.

-나검호, 동료들이 나를 아는 만큼 나도 그들을 잘 알고 있다. 그들의 모든 것을 대표팀과 공유하겠다. 반드시 이기겠다.

32강 일정이 다가오면서 주요 선수에 대한 인터뷰도 공개가 되었다.

두 팀 모두 경계를 하면서도 승리에 대한 자신감을 피력했다.

두 나라의 팬들도 그만큼 다양한 감정에 휩쓸렸다.

-김민재가 없어서 불안하긴 하다.

-칼마인츠, 데리흐트. 둘 다 검호를 너무 잘 아는 선수들이야.

괜찮겠지?

└검호도 그 둘을 잘 아니 괜찮아요. 솔직히 메시 때도 안다고 다 막았나요? ㅋㅋㅋㅋ걱정 안 해도 될 듯.

-대용과 반더빅의 중원도 너무 좋아 보여. 좀 걱정되네.

-이게 다 김민재 탓이다. 뒤에 김민재 없으니까 이상하게 불안하네.

대한민국 팬들은 약간의 불안감과 함께 검호에 대한 믿음을 드러냈다.

네덜란드 팬들도 마찬가지였다.

아약스 시절부터 바르셀로나 시절까지 성장 과정을 쭉 지켜본 팬들이 꽤 많은 나라다.

-껌을 상대하게 되다니. 이렇게 적으로 만나게 될지는 몰랐어. (껌! 아약스로 돌아와 줘!)

-껌은 아약스 시절과는 비교도 하지 못하게 성장했어. 엄청난 선수가 된 거야. 난 껌을 좋아하지만 우리가 월드컵에서 너무 빨리 떨어지는 걸 원치 않아.

└그러면 껌을 더 볼 순 없지만 어쩔 수 없지. 우리가 이길 거야.

└너무 빨리 만난 감이 있어. 아쉬워. 좀 더 높은 곳에서 만났다면 좋았을 텐데.

-코리아의 4번이 부상으로 빠졌네. 남은 선수들은 나이가 어려.

우리가 공략할 루트는 바로 그곳이야!

-에릭 텐 하그가 조국을 상대로 최선을 다할까? 프로니까 당연하겠지? 난 그가 미래를 위한 선택을 했으면 좋겠어.

└그건 아니지! 그도 최선을 다할 거야. 그건 뭐라 하면 안 돼.

└난 그저 우리가 이기길 바랄 뿐이야.

두 나라 팬들의 생각은 비슷하면서도 승리하길 원하는 마음은 강했다.

그만큼 선수들의 각오도 올라갈 수밖에 없었다.

푸억-

"일어나! 태식!"

"네!"

에릭 텐 하그는 주태식을 철저하게 훈련시켰다.

그를 32강 선발로 쓰기로 마음을 먹으면서 그에 대한 대비를 확실히 하려는 것.

반데봄.

홀란드가 뮌헨으로 떠나면서 도르트문트의 최전방 공격수 자리를 대신 차지한 선수.

과거 즐라탄을 연상케 하는 큰 키와 피지컬, 거기에 유연한 발재간까지 완성형 공격수의 표본이라고 할 수 있는 선수다.

주태식을 선발로 낙점한 건 독일 아우크스부르크에서 그를 상대해 본 경험이 있기 때문이었다.

또 대한민국에서 그를 상대할 수 있는 유일한 피지컬의 소유자이고.

하지만 둘이 붙었을 때 영상에선 주태식이 조금 밀리는 경향이 있었다.

타고난 피지컬이 있지만 나이가 어린 만큼 완벽하게 근육이 올라오지 않은 탓이다.

"성기! 더 강하게 해! 다쳐도 된다는 생각으로!"

"진짜요?"

"해!"

다행히도 대표팀에도 엄청난 피지컬의 소유자가 있다.

190이 넘는 큰 키에 유연한 몸.

어떻게 보면 반데봄과 비슷한 유형의 공격수. 이성기.

"이익!"

등을 진 상대를 못 돌게 하는 것. 공중 볼 경합. 힘으로 밀고 들어오는 상황 등등.

반데봄이 장기로 보여 주는 플레이를 모두 연습하면서 주태식의 의지를 키워 냈다.

"새끼, 제법이네."

이를 악물고 훈련에 임하는 주태식의 모습에 선우가 마음에 든다는 듯 미소를 보였다.

김민재와 비슷한 스타일이라는 건 훈련을 통해 알고 있다.

다른 점이라면 하나.

"공격수 출신이라 상대가 어떻게 움직이는지 아는 것 같아.

예측력이 좋아."

"성기가 좀 부족한 게 있어 보이긴 한데, 그래도 훈련 파트너로는 제격이지."

성준과 선우가 말을 하고 있을 때 백승호가 다가왔다.

그 역시 독일에서 잔뼈가 굵은 선수.

"근데 반데봄이 성기보다 더 뛰어난 선수는 맞아요. 웬만한 수비들도 나가떨어지는데 좀 걱정되네요. 민재 형이었으면 걱정 안 하는데."

"걱정 마라. 뒤에 내가 있잖아."

"앞엔 저놈이 있고."

저 멀리 황대훈, 손흥민, 이강인과 함께 뭔가를 이야기하고 있는 검호. 수비가 약해진 만큼 공격이 강해져야 하기에 자기들만의 부분 전술을 만드는 모양이다.

"설사 골 먹혀도 저놈이 넣어 줄 거야. 우린 우리가 할 수 있는 것만 생각하자."

그때 검호가 외쳤다.

"성준아! 너도 이리와!"

검호의 부름에 성준이 일어났다.

"나도 한 골 더 넣어 볼까."

*****

32강 날이 밝았다.

대한민국 팬들도 진수호냐, 주태식이냐로 많은 이야기를 나눴다.

대부분이 진수호가 선발로 나올 것으로 예측을 했다.

당연했다. 세 번째 수비수니까.

그런데 32강 일정이 다가오면서 수없이 뜬 기사.

주전조의 조끼를 입고 있는 주태식의 모습과 사진이 여러 차례 공개가 되면서 의문을 만들어 냈다.

그렇게 경기 당일이 다가왔고, 한 시간 전에 뜬 라인업에서 주태식이 선발로 확정되면서 팬들은 걱정과 우려를 드러냈다.

-걱정되긴 하는데, 믿는다.
-평가전처럼만 해라. 진짜.
-아우크스부르크 팬인데! 걱정 안합니다! 주태식 믿어요!
-김민재 대신 주태식이라. 하. 왜 불안하냐.

올해 월드컵의 중계진도 레전드들이 함께하고 있다.

여전히 뛰어난 입담을 과시하는 안정환과 4년 전에 호평을 받았던 구자철, 그리고 이번엔 기성용 대신 이재성이 함께 하고 있다.

중계진도 선발 라인업에 대해 많은 이야기를 나눴다.

아우크스부르크 선배인 구자철이 좋은 이야기를 들려주었다.

-소속팀에서 주태식은 매우 호평을 받고 있어요. 대형 수비수

가 될 능력이 충분하다고 합니다. 지인을 통해 들은 말로는 전혀 위축되는 게 없다고 합니다. 야망도 매우 크고요. 그래서인지 전혀 긴장 같은 걸 안 한다고 하네요. 항상 자신의 최고 플레이를 보여 주고요. 물론 나이가 어린 만큼 경험이 적어서 실수를 할 때도 있는데 그런 날에는 홀로 남아 트레이닝을 받는다고 합니다. 절대로 같은 실수를 하지 않기 위해.

-리그에서 반데봄을 만난 적이 있는 주태식인데요. 그래서 선발로 나왔을까요?

-일단 그의 피지컬을 막을 필요가 있죠. 김민재가 빠진 이상 그걸 메울 선수는 진수호보다 주태식이 낫다고 판단한 것 같아요. 보세요. 저 덩치. 어리지만 믿음직스럽지 않습니까? 하하하.

구자철의 호평이 생기자 불안해하던 팬들도 조금은 안정세를 찾았다.

이번에도 버스, 지하철, 집, 길거리에서 각자만의 방식으로 아침을 보내고 있는 많은 팬들이 조용히 믿음을 보내기 시작했다.

짝-

깍지를 끼고 고개를 푹 숙이며 기도하고 있는 주태식의 모습에 검호가 등을 한번 때렸다.

"어떤 신을 찾는 거냐?"

"저희 집안이 천주교라서요."

"그래? 오늘은 다른 신을 믿어라."

"다른 신이요?"

"축신. 나."

자신을 가리키며 하는 말에 주태식이 웃었다.

낯 뜨거울 수 있는 말이다.

건방져 보일 수 있는 말이다.

그런데 검호가 하니까 전혀 그렇지 않다.

오히려 멋지고 위대해 보인다.

"형 원래 그런 캐릭터 아니었잖아요."

"아니었지. 근데 신 소리 듣다 보니까 재밌긴 해서."

원래 스스로를 띄우는 걸 그리 좋아하지 않았던 검호다.

그런데 이번 월드컵에선 스스로 그러기로 다짐했다.

대표팀이 좀 어리다. 다른 나라에 비해 평균 연령도 어린 편.

라운드가 진행이 되면 될수록 멘탈적으로 위기가 올 것이다.

매 시합에서도 그런 경험을 겪을 수 있고.

그럴 때 그들이 믿는 건 자신밖에 없다.

세계 최고라는 타이틀 때문에 모두가 자신을 믿고 있다.

그게 부담이 되는 면도 분명하게 있다.

하지만 그런 부담을 스스로 감내하면 후배들은 더 좋은 플레이를 보여 준다.

나만 믿고 뛰어라.

이걸 보여 주기 위해 모든 걸 내려놓은 검호였다.

"한두 번 실수해도 절대 위축되지 마라. 내가 어떻게든 해결해 줄 테니까."

"네, 형."

"민재 형 돌아오면 너 자리는 다시 벤치일 수 있어. 하지만, 지금 이 순간은 네가 대한민국의 수비수다. 마지막 경기라고 생각하고 죽어라 뛰어 보자. 태식아."

그 말에 주태식의 야망이 불타올랐다.

월드컵 23인 명단에 발탁이 된 것만으로도 기뻤지만 그의 마음 안에는 경기를 뛰고 있는 욕망이 계속해서 꿈틀거렸다.

네 번째 수비수여도 어떻게든 필드에서 뛰기 위해 최선을 다해 팀 훈련에 임했다.

기회가 왔다.

자신의 야망을 분출시킬 수 있는 기회가!

"형도 저 믿어 보세요. 보여 드릴 테니까."

역시 야망가다운 말.

"그럼 가자. 이기러."

****

짝-

짝-

통로로 나가니 네덜란드 선수들이 인사를 해 온다.

대부분이 안면이 있는 선수들.

"껌, 컨디션 괜찮아?"

"오늘 무리하지 마. 껌. 어차피 우리가 이기니까."

"얼굴빛이 안 좋네. 껌. 어제 뭐 잘못 먹었지?"

"우리 너무 일찍 만났네."

"소속팀에서나 열심히 뛰자. 껌. 월드컵은 그만 포기해."

데용, 반더빅, 데리흐트, 칼마인츠, 클루이베르트 등등.

검호와 안면이 있는 모두가 검호를 둘러싸고는 한마디씩 한다.

"너희들 긴장했냐? 뭔 말이 그렇게 많아."

"오우. 여전히 여유롭네. 껌."

"아. 저럴 때 껌은 무서운데."

"반칙 조심해. 껌. 오늘 나 거칠게 할 거야."

"퇴장이나 당해라."

친우들과 인사를 하고 돌아선 검호.

오른쪽 어깨에 찬 완장을 다시 한 번 조여 매고는 가장 앞으로
나갔다.

"껌, 손 잡아 줘."

바로 옆에서 6살이나 될 법한 소년이 손을 내민다.

귀여운 미소와 함께 그 작은 손을 보니 절로 미소가 지어진다.

꾸욱-

"됐지?"

"응!"

해맑게 웃는 소년.

"그럼 가자."

그렇게 대한민국이 입장했다.

애국가를 부르고, 마지막 파이팅을 외친 후.

삐이이이이-

심판의 거대한 호각이 울렸다.

32강 토너먼트 라운드.

이제 죽기 살기로 싸워야 하는 징검다리 승부가 막이 올랐다.

투억-

선공을 택한 네덜란드는 시작부터 반데봄에게 공을 보냈다.

데용을 거쳐 간 공.

등을 진 반데봄이 좌우를 살폈다.

"욱."

그때 느껴진 힘.

수비가 붙었다.

리그에서 상대한 적이 있는 수비수.

좋은 선수긴 하지만 아직 자신의 상대라고는 생각하지 않는다.

그런 여유 속에 몸을 흔들어 측면으로 공을 주고 앞으로 뛰었다.

푸억-

공이 오길 바라는 마음에 그쪽으로 시선을 두고 뛰었는데.

옆에서 또 한 번 거대한 힘이 덮쳤다.

이번엔 아까보다 훨씬 강했다.

방심을 해서일까?

철푸덕-

옆으로 넘어지는 반데봄.

그렇게 그에게 온 공이 그대로 선우가 잡았다.

"나가!!"

선우가 앞으로 달려 나가며 던졌다.

던지기의 장인!

그냥 던진 공이 하프라인까지 날아갔다.

검호가 완벽히 트래핑 하고는 필드 전체를 살폈다.

대한민국 역습의 시작이었다.

그걸 본 주태식이 소리쳤다.

"라인 올리자!!!!"

그 말에 권석훈이 볼을 부풀렸다.

"아, 오늘 리딩은 내 역할인데."

그래도 이내 지어지는 미소.

"마음껏 해라. 오늘은."

****

-반데봄이 넘어집니다! 주태식, 시작부터 강한 모습을 보이는
군요!

-앞으로 나가는 공, 대한민국! 역습 기회에요!

나검호에게 간 공. 중앙의 이강인을 거쳐 황대훈에게 향했다.

펑-

타이밍 있게 때린 슛이 데리흐트 몸에 맞고 코너킥이 되었다.

-아쉬운 슈팅. 황대훈. 대한민국, 초반 분위기 좋습니다.

TV에서 흘러나오는 중계진의 음성.

그걸 보는 주성철의 표정에 걱정과 초조함이 묻어난다.

기대는 했지만 가능성이 높지 않다고 판단했던 아들이 선발로 출전했기 때문이었다.

팀의 네 번째 수비수라서 전혀 기회가 없을지 알았다.

상관없었다.

이제 스무 살.

월드컵에 간 것만으로도 너무나 대견스러웠으니까.

앞으로도 기회는 많으니까.

그런데 선발 출전 기회를 잡으면서 자신을 초조하게 만든다.

실수를 하면 전 국민에게 욕을 먹을 수 있다.

대형 실수를 하면 모든 것이 비난으로 바뀔 것이다.

아마 그룹에 대해 욕을 하는 자들도 생길 것이다.

"역시 힘이 좋네요."

옆에는 항상 함께하는 비서가 있다.

새벽 6시.

무척이나 이른 시간이지만 함께 경기를 보기 위해 자신의 집에 직접 찾아온 비서다.

"나도 어렸을 때부터 힘이 좋았지. 온몸이 근육이었거든. 아마 날 닮아서겠지."

"다른 아드님들은 안 그러던데요."

"아마 내 유전자가 태식이에게 다 갔나 봐."

"하하하. 그건 어떻게 보면 축복이네요. 대한민국 축구 입장에서는요."

경기는 계속 진행된다.

원래 토탈 축구의 원조가 네덜란드다.

전원 공격, 전원 수비.

최후방 라인을 높게 올려 모두가 강하게 압박해서 공을 빼앗고, 그 시점에서 바로 공격을 시작하는 현재 트렌드의 기초가 되는 전술.

그만큼 모든 선수의 체력이 뛰어나야 하고, 패스와 시야도 훌륭해야 한다.

그런 토탈 축구에 롱 볼을 섞으면서 전술적 유연함이 더 좋아진 네덜란드다.

반데봄의 피지컬, 클루이베르트와 보아두의 측면 파괴력이 전술적 효과에 힘입어 좋은 경기력으로 연결된다.

롱 볼의 대부분은 반데봄에게 향한다.

-반데봄, 주태식. 치열합니다. 자리를 차지하기 위한 몸싸움이죠?

-네. 공중볼은 큰 키와 피지컬도 도움이 되지만 누가 좋은 자리를 선점하냐에 따라 달라지기도 합니다. 주태식도 그걸 잘 알고 있어요.

-카산비료, 길게 찹니다. 주태식! 먼저 떠서 헤딩합니다! 백승호가 급하게 걸어 내는군요.

190cm가 넘는 반데봄과 187cm의 주태식의 대결.

이 대결에서 유리한 고지를 점령한 쪽이 승리 가능성을 높게 될 것이다.

위험 지역에서 위험 요소를 없애느냐, 아니면 더 좋은 찬스를 만드느냐에 대한 싸움이니까.

워낙 중요한 싸움이라 에릭 텐 하그가 믿고 투입을 결정한 것.

반데봄에게 향하는 공은 공중 볼만 있는 게 아니다.

몇 번의 패스를 거쳐 땅볼로도 그에게 향한다.

-못 돌아서게 해야죠? 좋아요. 주태식. 잘하고 있어요.

-오늘 컨디션이 좋아 보이는군요. 아직까지 잘 막아 주고 있어요. 주태식.

경기 초반 점유율은 네덜란드가 우세했다.

대용과 반더빅, 거기에 바르셀로나 유스 출신인 레이스가 이끄는 중원은 완벽한 호흡을 보이고 있었다.

이강인, 백승호, 최남일이 수시로 압박을 가해 보지만 그들은 적절하게 공을 뒤로 돌리면서 빈틈을 만들어내려고 노력했다.

그렇게 틈이 보이면 한두 번의 패스로 반데봄 또는 측면으로 공이 갔다.

-오른쪽 측면으로 갑니다. 보아두, 주춤주춤. 왼발 크로스! 주

태식!! 멋진 클리어링!

측면에서 올라온 크로스도 잔뜩 집중하고 있는 주태식에게
읽혔다.

반데봄이 앞, 뒤로 움직이는 걸 체크하고 빠른 판단으로 먼저
공중을 장악했다.

원래 헤딩에 강점이 있는 선수다.

데뷔전 데뷔골도 그 헤딩으로 넣었다.

그만큼 상대 크로스에 대한 방어도 가능하다.

물론 모든 공중 볼을 장악하기는 어렵다.

반데봄도 노련한 만큼 먼저 힘을 써서 거리를 벌려 공을 따내는
경우도 있었다.

그럴 때 주태식은 영리하게 자세를 무너트리는 쪽으로 플레이
를 했다.

그렇게만 해도 반데봄의 머리에 맞은 공이 원하는 방향으로
가지 않으니까.

전반 15분간 계속 그런 형태로 경기가 흘러갔다.

"직원들 오늘 모두 10시 출근인가?"

"네. 우리나라 경기니까 모두 보고 출근하라고 했습니다."

6시에 시작해서 8시에 끝나는 경기.

이것저것 준비하고 이동하면 10시까지 시간 주는 게 맞다.

"그냥 오전에 다들 쉬고 오후에 출근들 하라고 해."

"네?"

"오늘 혹시나 우리나라가 이긴다면 말이지."

주성철이 웃었다.

느낌이 아주 좋다.

카메라에 잡히는 태식의 눈빛도 매우 강렬했고.

주성철을 가만히 보던 비서가 웃었다.

"회장님. 혹시 회장님께서 쉬고 싶으셔서 그러신 건 아니신가요?"

"크흠. 뭐, 그렇다고 해 두지."

"저도 너무 일찍 일어나서 오전은 좀 쉬고 싶었는데 잘됐군요. 우리나라가 꼭 이겼으면 합니다."

"응? 이기면 같이 재경기 봐야지."

"네?"

****

"역시."

주태식의 활약에 검호의 마음이 한결 가벼워졌다.

능력은 믿어 의심치 않았다.

괜히 스무 살의 나이에 독일에서 주전을 차지한 게 아니니까.

주태식뿐만 아니다.

반데봄이 영리하게 권석훈 쪽으로도 이동을 한다.

하지만 그곳에서도 그는 원하는 플레이를 가져가기가 쉽지 않았다.

주태식만큼은 아니지만 권석훈 역시 피지컬은 좋다.

키는 오히려 주태식보다 1cm 더 큰 188이다.

타고났다기보다는 후천적인 노력으로 키운 피지컬이지만 유럽에서 버텨 낼 수 있는 힘을 지니고 있는 선수다.

대한민국 축구 레전드 홍명보와 김태영의 장점을 섞어 놓은 만큼 기술과 투지가 더 부각되지만 실상 피지컬도 훌륭한 선수다.

애초에 피지컬이 떨어지는 아시아 수비가 유럽에서 성공할 가능성이 극히 낮다는 걸 감안하면 당연한 말이지만.

권석훈. 주태식.

나이는 어리지만 유럽 물을 먹은 만큼 경기 초반 잘 버텨 주고 있었다.

이성준과 추성태 역시 측면에서 노련함으로 둘을 잘 커버해 주고 있는 편이라 시간이 지날수록 수비는 점점 더 안정세에 접어들기 시작했다.

"그럼 이제 공격수들이 보여 줄 차례인데."

손흥민. 이강인. 황대훈.

검호는 이 셋과 정말 많은 이야기를 나눴다.

수비에서 실수가 나오면 그걸 해결할 수 있는 건 공격수들이다.

설사 실수가 나와도 수비 책임으로 몰지 말고 자신들이 문제를 해결하자고 약속했다.

감독이 정해 준 부분 전술도 있지만, 스스로가 아는 스타일을 분석해 선수들끼리 맞추는 부분 전술도 훌륭한 공격 루트가 되기 마련이다.

툭-

툭툭-

측면에서 두세 번 오간 패스가 중앙을 거쳐 왼쪽으로 향했다.

-손흥민이에요!!

굉장히 빠른 속도에 슈팅 공간이 열렸다.

펑-

-아, 데리흐트. 몸으로 막아냅니다. 최남일. 다시 측면으로.
이성준!

성준이 공을 잡고 다시 시간을 벌었다. 이후로도 대한민국 공격
수들간의 유기적인 부분 전술이 가동되었다.

하지만 오늘 네덜란드 수비진도 매우 강했다.

무려 레알과 바르셀로나에서 주전으로 뛰는 두 수비수가 있는
수비진이다.

그들이 이끌고 지키는 라인을 한 번 시도로 뚫는다는 건 말이
되지 않는다.

-이성준, 주태식에게. 네. 공간이 너무 촘촘해요. 뒤에서 다시
시작하는 것도 좋습니다.

라인 조정을 위해 성준이 공을 내렸다.

그때 보인 주태식의 시야!

펑-

네덜란드 수비가 라인을 올리고 있을 때, 그 뒤로 돌아가는 검호!

그냥 검호니까 믿고 찬 주태식의 공이 훨훨 날아 뻗어 갔다.

툭-

앞으로 굴러가게끔 일부러 터치한 검호가 그대로 속도를 살렸다.

이대로 터치 한 번만 더 하면 슈팅을 때릴 타이밍이 나온다.

"윽!"

그때 덮친 거대한 힘!

속도를 올리는데 집중하던 터라 그 힘을 온전히 이겨 내지 못했다.

그래도 넘어지지 않고 공을 지켜 냈다.

칼마인츠다.

아약스부터 바르셀로나까지 함께했던 동료.

수없이 일대일을 하며 서로를 너무나도 잘 아는 만큼 집중할 필요가 있었다.

그래도 자신감이 있는 쪽은 항상 승자였던 검호다.

휙-

펑-

한번 페인팅을 한 후 바로 왼발로 공을 옮겼다.

칼마인츠가 그 페인팅에 벗겨졌고, 검호가 지체 없이 왼발을
휘둘렀다.

투악-

그 슈팅이 데리흐트의 발에 맞고 아웃이 되었다.

"후우. 다행이야."

일어난 데리흐트가 칼마인츠와 손바닥을 마주쳤다.

"유인이었나?"

칼마인츠가 너무 쉽게 벗겨진다 싶긴 했다.

접었을 때 데리흐트가 가깝게 있다는 것도 알았다.

그래서 타이밍을 좀 더 빨리 가져갔다. 강하게 차기보다는 정확
도만 살려서.

그 타이밍을 데리흐트가 알고 막아 낸 것이다.

"솔직히 널 혼자서 막기는 어렵잖아."

"너를 가장 잘 아는 우리 둘이 상대야. 껌. 쉽진 않을 거야."

칼마인츠. 데리흐트.

네덜란드 역대 최고 수비 라인으로 불리는 둘의 존재에 검호가
모처럼 웃었다.

"그래, 쉬우면 재미없지."

****

스코어 0-0.

전반전 시간이 계속해서 흘러가고 있지만 스코어 변화는 없다.

30분. 35분. 40분.

그럴수록 두 팀의 팬들은 초조하게 가슴을 졸일 뿐이었다.

-경기가 재밌어. 재밌는데 왜 내 손발이 떨리냐.

└2222나도 심장 떨려 죽겠어.

└이거 마치 한 골 게임이 될 거 같아. 아. 두근거리네.

└먼저 골 넣은 팀이 왠지 이길 거 같다.

-주태식 오늘 진짜 잘하네. 큰 경기에 강한 선수가? 월드컵 평가전도 그렇고, 오늘도 그렇고.

└그러니까. 저 나이에 저렇게 침착하고 차분할 수 있어? 아무리 유럽에서 뛴다고 해도?

-박지성 과인가? 강심장인 듯. ㄷㄷㄷ

└나이 어리다고 자꾸 말하는 사람 있는데, 데리흐트나 칼마인츠도 십 대 후반부터 주전 먹은 선수들임. 주태식도 그들처럼 생각하면 돼. 그냥.

-검호야. 얼른 한 골만 넣어 주라. 왜 우릴 힘들게 하냐.

└칼마인츠, 데리흐트가 진짜 영리하게 잘 막음. 확실히 검호를 많이 아는 느낌.

└검호도 둘을 안다면서. 그럼 얼른 해결책을 보여야지.

└아니, 알아도 못 막는다면서. 근데 이게 뭐야.

메시의 전성기 시절에도 드리블을 할 때마다 성공한 건 아니다.

월드클래스 윙어의 보통 경기당 드리블 성공률은 3회에서 5회

내외다.

그만큼 상대 선수를 뚫고 지나가는 게 쉽지 않다.

메시는 8회에서 10회 정도였다.

왜 드리블의 신이라고 불리는지 스텟으로 증명이 된 선수.

그럼에도 모든 선수를 뚫고 지나가지는 못했다.

하지만 한두 명 정도 달라붙는 건 수없이 많이 제치고 나가던 메시였다.

'나와야지?'

권석훈이 말했던 그의 동료 카산비료.

아약스 왼쪽 윙백이자 네덜란드 국가대표.

이제 23살의 패기 어린 선수라 아약스의 전설이 될 검호와의 맞대결을 무척이나 기대했던 선수다.

-이야! 나검호, 뚫고 나갑니다! 역시 빨라요!

패기만으로 검호를 막을 수 없다는 건 너무나도 많은 선수들에 의해 증명이 되었다.

혼자서 막으러 온 그가 뚫리면서 측면이 열리자 기다렸다는 듯이 데리흐트가 나왔다.

'그래.'

카산비료를 제치면 당연히 데리흐트가 나온다.

이곳이라면 칼마인츠와 협력 수비를 할 수 없다.

중앙에는 황대훈과 손흥민이 또 있으니까.

'너희들이 날 아는 만큼.'

툭-

공을 툭툭 치고 들어가는 검호.

메시의 드리블을 또 한 번 발동 걸기 직전 현상이다.

'나도 너희들을 알아.'

엘클라시코에서 무수히 많은 대결을 했다.

서로가 서로를 너무 잘 알지만 이런 상황에서 유리한 건 공격수다.

왜?

-나검호, 밀어줍니다! 이강이이이이인!!!!!!

드리블 외에도 다양한 선택지가 있으니까.

동료를 이용할 수 있다는 아주 멋진 선택지가.

황대훈을 막기 위해 박스 안에 있던 칼마인츠도 아무것도 할 수 없는 아크서클 정면!

그곳으로 이강인이 달려오며 왼발 인사이드로 공을 밀어 찼다.

드리블에 대비하고 있던 데리흐트가 그 패스에 깜짝 놀라 시선만 돌렸다.

펑-

그의 시선에 걸린 건 이강인의 발에 맞고 먼 골대 쪽으로 굴러가는 공이었다.

출렁-

우와와와와와와!!!!!!

"강인아!!!!"

"이야아아아!!!"

"강인이 형!!!!"

전반 43분.

팽팽했던 경기에 먼저 균열을 일으킨 건 대한민국이었다.

"정말 형 말대로 됐어요!"

"실수했으면 어떻게 죽일까 생각했는데."

"으흐흐! 진짜 죽어라 연습했잖아요. 밀어 차는 거."

검호가 웃었다.

"알아. 아니까 준 거야. 믿어서."

이강인도 웃었다.

리그에서 부딪쳤을 때 자꾸 놀리기만 했던 형이다.

그게 자극이 돼서 더 열심히 했다.

놀림을 받는 대상이 아니라 인정을 받고 싶어서.

"형. 하나 더 가요."

"이젠 네가 나한테 줘야지."

"맡겨 주세요!"

　　　　＊＊＊＊＊

-이강인! 숫돌이 이강인이 드디어 해냈어요! 대한민국! 앞서 나갑니다!!

-또 나검호 도움이죠? 대한민국, 저는 나검호 없이는 안 될 것 같네요. 하하하.

팽팽했던 균형의 추를 깨트린 대한민국의 선취골.

이 골에 대한민국이 열광했다.

그럴 수밖에 없었다.

토탈 축구의 네덜란드가 끊임없이 압박하는 바람에 대한민국의 패스 플레이가 좀처럼 살아나지 않을 때였다.

오히려 점유율은 밀리던 상태.

수비들이 잘해 주고 있지만 여전히 불안한 마음은 계속해서 머물고 있을 때에 터진 골이라 그 기쁨은 배가 될 수밖에 없었다.

대한민국을 연호하는 함성이 필드에 퍼졌다.

대형 태극기도 휘날렸다.

세리머니를 마치고 필드로 복귀하는 선수들이 그걸 봤다.

자긍심이 한없이 차오르는 순간이 분명하다.

태극기가 휘날리는 만큼 많은 사람들이 기뻐하고 있다는 증거였다.

"저 팬들, 끝날 때까지 태극기 흔들게 만들자."

"좋아요!"

"갑시다!!!!"

삐익-

경기가 재개되었다.

일격을 맞은 네덜란드.

전반이 끝나 가던 시점이라 이 실점의 영향은 컸다.

먼저 선취골을 넣어도 안심할 수 없는 나라가 대한민국이다.

검호가 있으니까.

그가 언제 골을 넣을지 모르니까.

세계 최강의 듀오 센터 백을 가졌다고는 하지만 무실점을 할 거라고 생각하기는 쉽지 않았다.

그래서 먼저 골을 넣으려고 부단히도 애를 썼다.

김민재도 없는 만큼 반드시 그러해야 했던 상황이다.

그걸 반대로 허용했으니 어딘가에 머물고 있던 불안감이 증폭하기 시작한 것이다.

-대용, 레이스에게. 뒤로 돌리는……짧아요! 황대훈 빨리 가야 죠!!!

다소 짧은 패스에 골키퍼가 태클을 하며 공을 걷어 냈다.

간발의 차이로 터치를 못한 황대훈이 아쉬워할 때 칼마인츠의 호통이 들렸다.

"레이스!!!!!!"

엄청난 소리에 황대훈이 귀를 막았다.

"와, 케넌인 줄."

팀 동료 케넌의 화통한 목소리도 들을 때마다 놀라는데, 칼마인츠의 분노 섞인 목소리도 만만치 않았다.

-네덜란드, 실점 이후 흔들리나요?

-예상치 못한 선제 실점에 당황하는 듯합니다. 대한민국, 지금 기회를 살리면 좋을 거 같은데, 시간이 얼마 없군요.

아쉽지만 전반은 그대로 끝이 났다.

네덜란드 선수들이 분노, 짜증, 침울한 표정으로 라커룸으로 들어갈 때 대한민국 선수들은 옅은 미소를 보이며 대조를 보였다.

"좋아! 이기고 있어!"

"생각했던 것보다 압박이 강하긴 한데, 그래도 할 만하네요."

"역시 우리가 더 좋은 팀이야!"

라커룸에 들어온 대한민국 선수들이 각자만의 방식으로 전반을 평가했다.

먼저 들어와 있던 에릭 텐 하그가 그걸 가만히 지켜봤다.

좋은 팀이다. 자랑스러운 전반 결과다.

하지만.

지금은 조금 들떠 있는 게 보였다.

고작 한 골 차이다.

밀리고 있다가 넣은 골 때문에 유리한 고지를 선점했을 뿐이다.

여기선, 조별 리그 때처럼 잘했다고 칭찬을 하면 오히려 역효과가 날 수 있다.

축구에서 가장 중요한 시간.

라커룸에서 감독의 시간이다.

이 시간을 어떻게 보내냐에 따라 결과가 뒤집어질 수 있다.

혹은 유리한 고지를 더욱 유리하게 이끌어 갈 수 있고.

"자리에 앉고, 들어. 모두."

에릭 텐 하그의 저음에 떠들던 선수들이 입을 다물었다.

"이기고 있지만 전반은 형편없었어. 다들 웃을 때가 아니라고."

아약스 시절에도 많이 겪었다.

이기고 있던 경기가 순식간에 뒤집히는 경우도 수없이 많았다.

오늘 경기도 그러지 말라는 법이 없었다.

그걸 미연에 방지하는 게 감독의 역할이다.

"웃는 건 승리하고 나서 해도 늦지 않아. 남은 45분, 집중하고, 또 집중해라. 월드컵이 여기서 끝날지, 더 즐길지는 너희들의 집중력에 달렸다. 벌써 집에 가고 싶은 사람은 없겠지?"

에릭 텐 하그의 말에 들떠 있던 분위기가 가라앉았다.

선수들의 표정도 진중해졌다.

이후로도 에릭 텐 하그는 여러 가지 조언을 해 주었다.

선수들 가슴속에 남아 있는 티클 만큼의 방심도 모조리 지워 버릴 생각으로 많은 이야길 꺼냈다. 검호가 마무리를 지었다.

"우리도 간절한 만큼, 상대도 간절할 거야. 그 무게를 가늠하지 마. 이기는 건, 더욱 절실한 쪽일 거야."

끄덕. 끄덕.

모두가 인정하는 말이었다.

조별 리그에서 잘해서, 오늘 경기도 이기고 있어서 무의식적으로 승리를 생각했던 선수들이 표정을 바꿨다.

"그래. 이기고 나서 웃자."

"벌써 집에 갈 순 없지."

"집중합시다. 집중."

에릭 텐 하그가 마지막 말을 했다.

"난 나의 조국을 상대하고 있다. 조국을 이기려고 하고 있다. 아마 내 심정을 이해하는 선수는 없을 것이다. 하지만 난 이길 생각이다. 이기고 싶다. 그러니 이기고 와라. 내 걱정은 하지 말고."

검호가 웃었다.

"이겼다고 조국에서 욕하면 대한민국으로 귀화합시다. 감독님."

＊＊＊＊

라커룸에서 각오를 다진 건 대한민국만이 아니다.

네덜란드 선수들도 더 강한 마음을 품고 필드로 돌아왔다.

삐익-

시작이 된 후반전. 눈빛이 달라진 네덜란드 선수들이 돌격대장처럼 달려들었다.

오늘 지면 집에 가야 되는 건 그들도 마찬가지.

팬들에게 받는 비난도 비난이지만 스스로의 자존심이 무너질 수 있는 상황이다.

아무리 검호가 있는 대한민국이지만 32강에서 탈락하고 집에 간다는 건 네덜란드라는 나라의 위엄에 걸맞지 않다는 생각이다.

"올라가!!"

"더 붙으라고!!"

"내버려 두지 마!! 데용!!!"

칼마인츠, 데리흐트가 고래고래 소리를 친다.

주장 완장을 찬 반더빅도 모두를 독려한다.

동점, 더 나아가 역전골을 위한 그들의 의지가 엿보였다.

"밀리지 마! 여기서 밀리면 끝이다!"

"우리도 강하게 가자!"

"라인 올려! 더 올려!!"

그에 맞서는 대한민국의 투지도 강렬했다.

방심을 완전히 지운 대한민국은 공간의 틈을 허용하지 않았다.

-데용, 반더빅. 측면 클루이베르트에게. 못 나가죠? 이성준이 자리를 완벽히 잡고 있어요. 다시 뒤로 나오는 공. 네덜란드. 공만 돌립니다.

공을 잡았을 때 네덜란드는 이렇다 할 공격 루트를 만들어 내지 못했다.

라인을 올린 대한민국의 압박을 벗겨 낸다면 틈을 만들 수 있지만, 반대로 시간을 허비하면 모두가 제자리로 복귀해 버리기 때문이었다.

안정환이 그걸 칭찬했다.

-축구는 팀플레이에요. 수비는 상대 공만 뺏어 내는 포지션이 아니거든요. 혼자 못 막겠으면 동료가 올 시간을 버는 것도 좋은 선택지가 될 수 있어요. 이성준을 보세요. 월드클래스지만 클루이베르트에게 무턱대고 덤비지 않잖아요? 충분히 시간을 끌어서 팀이 안정화될 시간을 법니다. 반대로 공격할 땐 더 빠르고 날카롭게 나가야 됩니다. 지금이에요! 가야죠!

요리조리 공을 돌리던 네덜란드가 중앙에서 최남일에게 커트당했다. 그 즉시 왼쪽으로 공이 갔고, 손흥민이 한번 접어서 다시 가운데로 연결했다.

백승호. 이강인을 거쳐 오른쪽으로 간 공.

검호였다.

다다다-

이성준이 돌아 나가자 카샨비료가 쫓아가고 클루이베르트가 대신 앞을 가로막았다.

아약스 시절 자신의 백업이었던 선수가 이제는 유벤투스, 네덜란드의 핵심 선수가 되었다.

당연하다고 생각했다. 그 당시에도 그만한 재능을 보였던 선수니까.

하지만 공격수다. 수비 능력은 다소 떨어진다.

'바로 가자.'

툭-

펑-

굉장히 먼 거리. 오른쪽 측면에서 안으로 두 번 정도 드리블을 시도한 다음 그대로 때린 슈팅이 매섭게 골대로 향했다.

-살짝 넘어가는 슈팅! 역시 나검호, 너무나 무서운 슈팅을 보여 줍니다. 키퍼 입장에선 간담이 서늘했겠군요!
-좋아요. 지금처럼 패스 몇 번으로 슈팅까지 가는 것. 감독 입장에선 아주 흐뭇할 겁니다. 대한민국, 후반전에 더 좋은 플레이를 보여 주네요.

"슈팅 쉽게 주지 마! 껌이라고!"
칼마인츠의 외침에 네덜란드 선수들이 다시 긴장했다.
방금 슈팅은 정말 위험했다.
30미터가 넘는 거리에서 저런 슈팅을 할 수 있다는 건 상대하는 입장에선 두려움의 대상이 된다.
그래서일까. 검호가 공을 잡으면 작은 모션 하나에도 반응하는 선수들이 늘었다.

-황대훈, 내려 줍니다. 이강인. 나검호에게. 넘어지는 나검호. 데용의 발에 걸렸어요.

-주심, 다시 파울을 붑니다. 거칠게 미는 반더빅. 나검호를 내버려 두지 않는군요.

파울이 아니면 막지 못하는 선수.

과거에 수많은 명장들이 메시를 두고 한 말이다.

지금은 그 말이 검호에게 해당되고 있다.

동료라서 잘 아는 데용과 반더빅도 막을 방법을 떠올리지 못해 파울로 끊어 낸다.

그렇게 서서히 분위기가 대한민국으로 기울기 시작했다.

-다시 나검호. 또 나갑니다! 나검호, 무섭게 전진하는군요!

파울이 아니면 이렇게 위험한 상황이 벌어진다.

그리고 검호의 모든 플레이를 파울로 끊을 순 없다.

아크서클 근처나 박스 안이라면 파울이 더 위험한 판단이 된다.

그래서 박스 근처의 검호는 매우 위험하다.

슈팅을 막기 위해 모션 하나에도 선수들이 반응하고, 그 반응을 역이용해서 다른 방법을 강구하기도 하니까.

휙-

이번에도 슈팅 모션 이후 공을 접어 찔러주었다.

이성준이 파고들고 있어서.

엔드 라인으로 공이 나가기 직전에 성준이 크로스를 올렸고, 황대훈이 슬라이딩을 하며 슈팅을 시도했다.

아쉽지만 칼마인츠가 먼저 끊어 냈다.

"하. 짜증나네. 이제."

"야. 먼저 튀어 나왔어야지. 너 보고 준 건데."

"다음엔 안 놓쳐요. 진짜."

"공격수들이 그런 거짓말 많이 하지. 저놈 빼고."

"거짓말 아니에요!"

지목 당한 검호가 웃었다.

"괜찮아. 인마. 공격수는 한 골만 넣어도 되잖아."

"만족 못 해요. 저도 형처럼 수십 골 넣고 싶다고요."

대한민국의 공격이 활기를 찾았다.

슈팅 몇 번에 분위기가 좋아지면서 네덜란드의 압박에도 벗어날 수 있는 여유도 생겼다.

확실히 유럽에서 뛰는 선수들이라 분위기를 타니 훨씬 좋은 경기력을 보여 주었다.

의지를 다지고 나온 네덜란드가 밀릴 정도로.

"자! 지금처럼 가자!"

"방심하지 말자! 끝까지!! 집중해서!!"

흐름이 이제 완벽히 넘어왔다.

후반 70분이 넘어간다.

넘어간 흐름을 다시 가져오기 위한 네덜란드의 변화가 있었다.

-네덜란드 선수 교체가 있습니다. 레이스, 보아두가 빠지고 데파이와 이하타렌이 들어옵니다. 역시 공격 쪽 카드를 꺼내는군요.

골을 넣어야 하는 네덜란드는 당연한 교체였다.

그들이 투입된 이후 대한민국에게 기울던 기세가 살짝 바뀌었다.

-데파이, 올립니다! 또 주태식이에요!!

-이하타렌, 올라옵니다. 최남일 나가야죠? 클루이베르트, 때립니다!! 박선우! 대한민국 골문은 그렇게 쉽게 열리지 않아요!

-넘어가는 슈팅, 반데봄. 자세가 무너진 슈팅은 위협적이지 않아요.

교체 카드로 결과가 바뀐 경기는 굉장히 많다.
네덜란드가 그 징조를 보여 주었다.
70분이 넘어간 이후 슈팅이 나오면서 대한민국에게 넘어가던 흐름을 다시 잡아냈다.
에릭 텐 하그가 그걸 지켜볼 리가 없었다.

-대한민국도 준비시키는 선수가 있군요. 진수호가 대기합니다.
-공격쪽 카드를 사용하던 에릭 텐 하그였는데요. 오늘은 수비수를 투입하는군요. 쓰리 백으로 전환하려는 걸까요?
-지켜봐야 할 것 같네요. 저도 궁금합니다. 권석훈이 위로 올라갈 수도 있을 거 같긴 한데요.

"석훈아. 감독님이 너 이렇게 하래. 훈련 때 연습했었지?"

"오, 좋아요. 형 잘 부탁해요."

"태식아. 우리도 처음이지? 잘해 보자."

"네. 무실점 해요. 형."

백승호가 나가고 진수호가 들어오면서 대한민국의 전술이 4231로 바뀌었다.

-권석훈이 살짝 위로 올라옵니다. 최남일과 더블 볼란치 역할 같은데요.

-네. 위로 올라왔네요. 마치 예전 홍명보 선배처럼 리베로 위치로 보이는데요.

포 백이지만 수비 시엔 쓰리 백처럼 권석훈이 내려온다.

네덜란드 이하타렌을 막기 위함.

반대로 공격 시엔 조금 더 전진한다.

홍명보처럼 좋은 패스 능력을 가진 그의 능력은 연결고리로도 훌륭했다.

-돌아섭니다. 이강인.

반더빅의 압박을 뚫어낸 이강인이 아웃사이드로 공을 찔러주었다.

수비 뒤로 돌아가던 황대훈이 슈팅을 때리는 순간!

칼마인츠의 판단이 더 빨랐다.

태클로 먼저 공을 걷어 냈다.

다다다-

다만 걷어 낸 공이 박스 밖으로 굴러 왔다.

그 공을 향해 뛰어가는 선수.

"나가!!!!"

데리흐트가 급하게 외쳤다.

위험하다는 생각에 머릿속 경종이 울렸다.

공에 가장 가까이 있는 데용이 튀어 나갔다.

횤-

슈팅을 할 것처럼 달려오던 검호가 속도를 죽이며 공을 접었다.

데용이 그렇게 벗겨졌다.

수비형 미드필더 레이스가 없는 상태라 데용이 벗겨지면 그 다음은 바로 센터 백이다.

"이익!"

이번엔 데리흐트가 직접 나갔다.

하지만 검호의 판단이 조금 더 빨랐다.

검호의 두 번째 중거리 슈팅.

아까보다 조금 더 가까운 거리에서의 슈팅이고, 이미 영점도 완벽히 잡힌 상황이다.

이걸 놓칠 리 없었다.

그 검호가.

펑-

슈우우우우-

네덜란드로 다시 넘어가려던 흐름이.

출렁-

이 골로 다시 대한민국에게 넘어왔다.

우와와와와와!!!!!!

-나검호에요!!!! 나검호오오오!!!!!

후반 78분.

대한민국 승리에 방점을 찍는 골이 그렇게 터졌다.

월드컵에서 대한민국을 볼 시간이 더 남은 것이다.

〈14권에 계속〉